Andreas Reinhardt

BLUTCOLTAN
Großangriff der zivilisierten Welt
Afrika-Thriller

Impressum

© Zodiac Verlag © Andreas Reinhardt

2024
Deutsche Ausgabe

Bibliografische Information der Deutschen Nationalbibliothek:

Die Deutsche Nationalbibliothek verzeichnet diese Publikation in der Deutschen Nationalbibliografie; detaillierte bibliografische Daten sind im Internet über http://dnb.d-nb.de abrufbar.

Created by Zodiac Verlag

ISBN: 978-3-911085-06-9

Zodiac Verlag
Alexander von Bergen
Broicher Straße 130
52146 Würselen
www.andromedamedia.de/zodiac-verlag

Andreas Reinhardt

BLUTCOLTAN

Großangriff der zivilisierten Welt

Afrika-Thriller

Inhalt

Die Handlung dieses Romans ist frei erfunden. Eventuelle Ähnlichkeiten mit lebenden oder verstorbenen Personen sind rein zufällig und nicht beabsichtigt. Der Roman enthält darüber hinaus zahlreiche Bezüge zu realen gegenwärtigen und historischen Ereignissen und Gegebenheiten.

Einführende Worte des Autors

Die Idee zu diesem Roman kam mir erstmals, als ich für mich erkennen musste, dass der moderne Mensch zwar durchaus vernunftbegabt ist, er jedoch auch nach Jahrtausenden keinen Deut mehr Vernunft unter Beweis stellt. Und ich spreche dabei von seinen Taten, nicht von den Lügen, die er im Laufe der Zeit immer besser hinter wohlerzogen blasierten Worten – genannt Diplomatie – zu verstecken gelernt hat.

Der Zustand der Welt ist einfach zu zwingend: Homo sapiens sapiens, der sich allzu gerne als Krönung der Schöpfung inszeniert, dreht sich nach wie vor in einem selbstzerstörerischen Hamsterrad. Und eine durch Geldgier, Machtwahn, Dauerkonflikte und Vernichtungswillen immer effizienter gewordene Waffentechnologie verhilft ihm aktuell dazu, sich noch schneller darin zu drehen und seinesgleichen erfolgreicher auszubeuten, zu versklaven und zu ermorden, als jemals zuvor.

Eines darf sich diese „Krönung der Schöpfung" insbesondere anrechnen lassen: einen kreativen Intellekt. Nicht zuletzt deshalb wird längst nicht mehr von räuberischer Kolonialpolitik und plündernden Kolonialherren nebst deren Lakaien beziehungsweise Profiteuren vor Ort gesprochen, sondern stattdessen von segensreicher

Globalisierung und helfenden Institutionen wie Weltbank oder Internationalem Währungsfonds. - Kolonialismus und Globalisierung, mitunter zwei Seiten derselben Medaille.

Als Nächstes stellte sich mir die Frage, um welches zwingende Thema internationalen Ausmaßes sich meine Geschichte konkret drehen sollte. Es drängten sich Begriffe wie Religion, Lebensraum, Vorherrschaft oder schlicht Gotteskomplex auf. Doch unter dem Strich lief es vor allem auf dieses hinaus: Rohstoffe.

Meine Affinität zu Schwarzafrika und die Tatsache, dass der afrikanische Kontinent sowohl der rohstoffreichste als auch unverändert der von diesem Reichtum am meisten gequälte Kontinent ist, brachte mich auf die Demokratische Republik Kongo sowie das vor allem dort vorkommende und geförderte Coltan. Dieses ist unverzichtbar für die moderne Kommunikations- und Konsumgesellschaft aber genauso auch für den militärischen Komplex, nicht zu vergessen die als zukunftsweisend vorangetriebene Elektromobilität.

Immer wieder wurde die Wertschöpfungskette rund um das Columbit-Tantal-Erzgemisch nach dem letzten Millenniumswechsel kritisch beleuchtet, geht es doch um einen der Hauptgründe für andauernden Bürgerkrieg, Massenvergewaltigung, Verschleppung, Vertreibung und Versklavung im Osten des großen Kongo mit Millionen von zivilen Opfern. Der Begriff „Blutcoltan" ist ein Synonym für Coltan aus dortigen Provinzen. Sensibler oder gar zurückhaltender sind konsumverwöhnte Käufer von Smartphones, PCs oder diverser Unterhaltungselektronik trotzdem nicht geworden, ganz im Gegenteil. Selbiges gilt für die E-Mobilität-Ideologen, jene selbsternannten Klimaretter, denen es nach eigenem Bekunden doch um das Wohl von Mensch und Natur geht.

Nun unterhalten internationale Minen- und Erzhandelsgesellschaften sowie nachfragende Industrie mächtige Lobbyisten, die Meinung nicht nur machen, sondern vor allem kaufen. Einschätzungen und Informationen zu Coltan können demnach durchaus unterschiedlich ausfallen, je nachdem, von wem einschlägige Untersuchungen und Abhandlungen in Auftrag gegeben beziehungsweise Experten bezahlt werden. Allerdings kommt um die wissenschaftlich fundierten Tatsachen niemand herum:

Fakt 1: Die moderne Welt von heute ist ohne Coltan nicht lebensfähig.

Fakt 2: Nirgendwo sind seit den 90er Jahren so viele Menschen eines unnatürlichen Todes gestorben wie im großen Kongo.

Fakt 3: Die Demokratische Republik Kongo ist der weltweit mit Abstand größte Lieferant von Coltan, nicht zuletzt dank des hochproblematischen Blutcoltans.

Aus all dem lassen sich bereits zwei Dinge ableiten. Zum einen gehören das vergleichsweise kostengünstige kongolesische Blutcoltan und ein auf Massenkonsum mit immer kürzeren Produktzyklen getrimmtes Weltwirtschaftsmodell gegenwärtig noch untrennbar zusammen. Zum anderen wird die von westlichen Politikern in Hinblick auf Schwarzafrika allzu gerne proklamierte Bekämpfung von Fluchtursachen als bloßes Lippenbekenntnis entlarvt. Warum? Nun, dieses hieße nicht weniger, als ein nach Gewinnmaximierung und Rohstoffen dürstendes Wirtschaftssystem entweder konsequent über den Haufen zu werfen oder aber die rohstofffördernden Länder Afrikas als vollwertige Mitspieler auf dem Weltmarkt anzuerkennen – unbeschränkten Marktzugang und ungehinderten Auf-/Ausbau eigener Industrien inklusive. Selbstredend müssten EU und andere fortan auch auf das Instrument des Preisdumpings mittels Subventionspolitik auf dem Rücken eigener Steuerzahler verzichten.

Kurzum, es soll sich gar nichts ändern, die „Bekämpfung von Fluchtursachen" bleibt ein Wortplacebo von unwilligen Politikern für das eigene Stimmvolk, welches die Massenmigration von kulturfremden Menschen kritiklos akzeptieren soll. Doch eine ebenso menschen- wie naturverachtend betriebene Rohstoffausbeutung in fernen Ländern fällt ohne Wenn und Aber auch auf uns zurück, am offensichtlichsten in Form brisanter sozialer Verwerfungen in Deutschland und annähernd ganz Europa. Wir leben grenzenlosen Massenkonsum, fördern damit anderswo Armut und Zerstörung, ernten dafür nicht zu stemmende Massenflucht.

Um eine möglichst glaubhafte fiktive Handlung vor dem Hintergrund der komplexen historischen wie aktuellen Realität insbesondere des großen Kongo zu erschaffen, machte ich mich daran, akribisch recherchierte TV-Dokumentationen wie „Kongos verfluchter Schatz – Das Geschäft mit dem Coltan", „Im Schatten des Bösen – Der Krieg gegen Frauen im Kongo" und „Weißer König, roter Kautschuk, schwarzer Tod" zu studieren. Hinzu kamen Essays, Artikel und Bücher wie „Afrikanische Totenklage –

Der Ausverkauf des Schwarzen Kontinents" des weitgereisten Journalisten und ausgewiesenen Afrika-Experten Peter Scholl-Latour oder „Moralischer Bankrott – Der amerikanische Offenbarungseid" des investigativen US-Enthüllungsjournalisten Wayne Madsen.

Von Anfang an ging es mir darum, mehr als einen kurzweiligen Afrika-Thriller zu schreiben. Dieser Roman soll zum Nachdenken und Hinterfragen anregen, wertvolles Hintergrundwissen vermitteln, ein besseres Verständnis für einen komplexen afrikanischen Kontinent mit seinen 54 Ländern fördern, welcher uns wesentlich näher ist, als ein Atlas es abbildet oder die Medien es gemeinhin suggerieren.

Kommen wir auf den Romantitel zu sprechen oder besser auf den Begriff Blutcoltan. „Coltan" ist zunächst einmal ein gemeingültiger Wirtschaftsname, zusammengesetzt aus den Begriffen Columbit und Tantal. Die herausragende Bedeutung liegt jedoch nicht im Columbit-Tantal-Erzgemisch als Ganzes, sondern einzig im Tantal. Dieses ist durch seine hohe Energiedichte und Säurebeständigkeit unter anderem für die Herstellung von Mikroprozessoren, Mobiltelefonen und Tablets sowie auch Batterien für Elektrofahrzeuge überaus wertvoll. Durch seinen extrem hohen Schmelzpunkt ist Tantal darüber hinaus auch für die Herstellung von Weltraumkapseln und Raketen nahezu unverzichtbar.

Das dunkel anthrazitfarben bis schwarze, bröckelige Mineralgemisch findet sich über Tage in Form feiner Stückchen, die sich insbesondere in Flussläufen schürfen lassen, oder unter Tage in Form von Erzadern, die durch

Minen erschlossen und ausgebeutet werden. Der Weltmarkt wird vor allem mit industriell nutzbarem Coltan aus der Demokratischen Republik Kongo versorgt. Etwa 80 % der globalen Vorkommen werden in Afrika, vor allem im Kongo vermutet. Statistisch wird Coltan aus dem östlichen Afrika auch gerne als aus Ruanda, Uganda oder Burundi stammend ausgewiesen. Tatsächlich hat dieses seinen Ursprung jedoch zumeist in ostkongolesischen Minen, von wo aus es seinen verschleierten Weg in die nahen Nachbarstaaten findet. Die Vorkommen in Australien und Brasilien gelten als annähernd erschöpft. Insbesondere Australien ist aufgrund vergleichsweise hoher Kosten für Personal, Infrastruktur und Sicherheit zudem nicht ernsthaft konkurrenzfähig. Schon in der Vergangenheit hatte es seine Fördermengen aus eben diesem Grund stark reduziert. Im Osten des Kongo fallen hingegen lächerlich geringe Kosten an. Eine Mine bedeutet in den Provinzen Nord-Kivu, Süd-Kivu oder Ituri häufig nicht mehr als ein ungesichertes Loch in Boden und Fels, Hilfsmittel sind vor allem Hände und Muskelkraft.

Der Coltan-Boom ab dem Jahr 2000 setzte im Osten des Kongo eine neue humanitäre Katastrophe in Gang, die sich immer weiter verschärfen sollte. Was anfangs noch weitgehend auf Freiwilligkeit beruhte, ging schon bald über in Verschuldung, Zwangsarbeit und Terror – die Geburtsstunde des „Blutcoltans", welches seither den sicheren Weg in legale Kanäle findet. - Einst galt der Kongo als Kornkammer Afrikas. Dieses Prädikat war unwiederbringlich verloren, als Bauern ihre Felder brachliegen ließen, um in den Minen das schnelle Geld zu machen. Kinder gingen nicht mehr zur Schule, weil es auch sie in die Minen zog. Doch als wäre das nicht schon fatal genug gewesen, entdeckten Rebellenbewegungen und Milizen aus Ruanda und Uganda das wertvolle Erzgemisch als lukrative Einnahmequelle zur Finanzierung von Waffen für ihren blutigen Kampf. Am verheerendsten wirkte sich wohl der Einmarsch der Armeen Ruandas und Ugandas im Jahr 2000 aus. Einem Bericht der Vereinten Nation zufolge soll alleine Ruanda in nur 18 Monaten geschätzte 250 Millionen Dollar verdient haben. Es gilt als erwiesen, dass sowohl Uganda als auch Ruanda Coltan in exorbitanten Mengen an sich gebracht, außer Landes geschafft und an Erzhandelsgesellschaften in Belgien verkauft haben. Sehr eindringlich berichtet Peter Scholl-Latour in seinem Buch „Afrikanische Totenklage", wie sich die beiden früheren Verbündeten selbst im viel weiter westlich gelegenen Kisangani blutige Schlachten geliefert und dabei alles in Schutt und Asche gelegt haben. Massengräber vor der Stadt und kaum noch Geschäfte – außer Diamantenankaufstellen – zeugten noch Jahre später davon. Weiter beschreibt Scholl-Latour, wie die USA zuvor im Jahr 1997 Laurent-Désiré Kabila als kongolesischen Staatspräsidenten nach Diktator Mobuto installiert haben, um sich weiterhin Rohstoffkonzessionen zu sichern. Als es jedoch zum Bruch kam, setzten die Vereinigten Staaten kurzerhand auf Uganda unter Staatspräsident Museveni und Ruanda unter Staatspräsident Kagame als folgsame Vasallen im zentralen und östlichen Afrika, die daraufhin eigene Verwaltungsgebiete im Osten des Kongo gründeten. Eine besonders spannende Randnotiz dabei: US-Außenministerin Madeleine Albright – seinerzeit im Namen der

Clinton-Administration – soll mit Nachdruck eine deutlich höhere Fördermenge an Coltan eingefordert haben, als diese infolge des kriegerischen Konfliktes zwischen Uganda und Ruanda zurückgegangen ist. Sie soll sogar mit Kürzungen der Militär- und Wirtschaftshilfen gedroht haben. Derweil haben der in Ungnade gefallene Kabila und das kongolesische Volk keine nennenswerte Beachtung mehr gefunden.

In einem Bericht des UN-Generalsekretärs an den Vorsitzenden des Weltsicherheitsrates aus April 2001 heißt es, der Konflikt im Kongo sei auf Zugang, Kontrolle und Verkauf von Schlüsselmineralien wie Coltan zurückzuführen. Die Ausbeutung der natürlichen Reichtümer durch ausländische Armeen und kriminelle Kartelle sei in den besetzten Gebieten zur Verhaltensnorm geworden. Verzweigungen und Verbindungen würden in die ganze Welt reichen. Private Gesellschaften seien entscheidend mitverantwortlich für das menschenverachtende Chaos und die Instabilität im Kongo, denn sie würden die gewünschten Rohstoffe nur allzu gerne mit Waffenlieferungen bezahlen.

Seit dem Millenniumswechsel sind über zwei Jahrzehnte vergangen, in denen sich zwei Friedensmissionen der Vereinten Nationen die Klinke in die Hand gegeben haben, jeweils als weltweit größter friedenssichernder Einsatz. Aktuell wirkt dort die MONUSCO – „Mission der Vereinten Nationen für die Stabilisierung in der Demokratischen Republik Kongo" – mit bis zu 20.000 UN-Blauhelmsoldaten aus annähernd 50 Ländern, inklusive einer Brigade von etwa 3.000 Mann mit Kampfmandat in den östlichen Provinzen. Doch nicht nur, dass ungeachtet dessen immer wieder ethnische Konflikte ausbrechen, Städte überrannt und geplündert werden, unverändert illegale Minen florieren und ein ums andere Mal Tausende von Menschen auf der Flucht sind, nein, die Blauhelme unterliegen sogar selbst dem dringenden Verdacht, sich an illegalen Waffen- und Rohstoffgeschäften sowie Übergriffen auf die Bevölkerung bis hin zu Massenvergewaltigungen zu beteiligen. Auch sollen UN-Blauhelmsoldaten immer wieder tatenlos zusehen, wenn die Zivilbevölkerung Angriffen ausgesetzt ist. Weder die reguläre kongolesische Armee mit ihrer schlechten Ausrüstung und Allgemeinversorgung, noch die UN-Blauhelme aus unzähligen und zumeist ebenfalls instabilen Ländern zeigen sich imstande und willens, die Oberhand gegen eine Vielzahl von Gegnern wie die ruandischen FDLR- und M23-Rebellen oder die ugandische Rebellenmiliz ADF zu gewinnen. So überrannten im Jahr 2012 M23-Rebellen nahezu ungehindert die Provinzhauptstadt Goma am Kivu-See, und bis heute werden jeden Tag Dörfer überfallen, Menschen verschleppt und ermordet. Dabei gibt es immer wieder auch großangelegte Offensiven der MONUSCO-Einheiten, die letztlich jedoch als Sturm im Wasserglas enden, als Tropfen auf dem heißen Stein.

Was im Einzugsgebiet der unzähligen illegalen Coltan-Minen geschieht, ist eine Liste des Grauens: Bereits kleine Kinder müssen dort schuften, ältere Kinder werden von den fremden Besatzern auch zu Kindersoldaten gemacht. Und wer einmal getötet hat, traut sich nicht nach Hause zurück. Es folgt derselben perfiden Kriegsstrategie, wie das Verschleppen und Vergewaltigen von Frauen. Auch diese werden nie wieder in ihre Dorfgemeinschaft zurückkehren können, gelten dort als Ausgestoßene. Auf die Art werden ganze Regionen zugrunde gerichtet, ein komplettes Land fortgesetzt destabilisiert. In etliche fremdbestimmte Minengebiete wagt sich nicht einmal die kongolesische Armee. An spärlich besetzten Kontrollposten in halbwegs sicherer Entfernung lässt die sich stattdessen Passierscheine vorlegen. In den von Milizen oder Rebellen kontrollierten Minen schuften kongolesische Männer bis zur völligen Erschöpfung. Wer am Ende ist, wird bevorzugt geköpft, verbrannt oder es wird die Kehle durchgeschnitten. Kugeln kosten schließlich Geld. Frauen hingegen dienen als Sexsklavinnen. Sind sie am Ende, droht ihnen bestenfalls die Vertreibung.

Sicherheit gibt es nicht, oft nicht einmal in den von Kongolesen betriebenen Abbaugebieten. Die Machenschaften und beteiligten Akteure dort sind schwer zu durchschauen, Erpressung und Zwangsabgaben an der Tagesordnung. Die reguläre Armee, welche offiziell für Ordnung und Schutz sorgen soll, sowie Regierungsbeamte, welche für die Verwaltung verantwortlich zeichnen, erheben willkürlich Steuern von den eigenen Landsleuten. Den Ausgebeuteten bleibt keine Alternative. Sie haben ihr Land längst aufgegeben oder verloren und falls in der Vergangenheit vorhanden, damit auch ihr Vieh. Mittlerweile sind vielerorts Geschäftsleute aus den Städten die Eigentümer des ungenutzten Brachlandes, in der Hoffnung, auch dort werden eines Tages gewinnträchtige Rohstoffe gefunden.

Was bei einer schonungslosen Bestandsaufnahme keinesfalls vergessen werden darf, ist der unsägliche Raubbau an Flora und Fauna. Denn das Erschließen und Einrichten von Minen bringt auch ein Roden bislang unberührter Vegetation mit sich. Das gefährdet neben seltenen Pflanzenarten auch den Wildtierbestand geschützter Arten. Deren Lebensraum wird vernichtet, und sie selbst enden als willkommener Fleischlieferant.

Verlässlichen Schätzungen zufolge muss davon ausgegangen werden, dass das billige kongolesische Coltan nicht nur den Weltmarktpreis für Tantal entscheidend hat einbrechen lassen, sondern auch den unnatürlichen Tod von bisher acht Millionen Menschen nach sich gezogen hat. Zudem liegt es nahe, dass bisherige Hauptprofiteure wie Ruanda, Burundi, Uganda, Tansania sowie eine Machtelite in den USA und führende internationale Köpfe bestimmter Wirtschaftszweige den Fortbestand einer destabilisierten Demokratischen Republik Kongo unter einer willfährigen, bevorzugt korrupten Regierung begrüßen und dementsprechend handeln.

Es verwundert nicht, dass seit etlichen Jahren in Endlosschleife Argumente angeführt werden, wonach alles Menschenmögliche getan wird, um Blutcoltan zu ächten und dessen Verarbeitung zu unterbinden. So gibt es tatsächlich ein US-Gesetz namens „Dodd-Frank-Act", welches es US-Unternehmen seit 2010 verbietet, Rohstoffe aus Bürgerkriegsgebieten im Kongo zu verarbeiten. Auch die EU hat sich mittlerweile bequemt, sich des Themas anzunehmen, hat zumindest Bereitschaft signalisiert, die Industrie verstärkt in die Pflicht zu nehmen. Nun ist es aber nahezu unmöglich, legales von illegalem Coltan zu unterscheiden. Beispielsweise wird Blutcoltan in Nacht-und-Nebel-Aktionen in legale Minen geschafft und dort unter den

Bestand gemischt. In dieser Gemengelage treffen erschwerte Exportbedingungen die ganze Region im Osten pauschal, dem kongolesischen Staat entgehen wichtige Steuereinnahmen. Ein Zertifizierungsprozedere, welches das unbedenkliche Erzgemisch aus legalen Minen wiederum zu identifizieren vermag, kostet viel Geld. Die Regierung in Kinshasa will keine zusätzlichen finanziellen Mittel aufwenden, also drückt der Aufwand die Gewinne der Schürfer. Deren Schuldenspirale dreht sich immer schneller, das Volk verarmt immer mehr.

Und auch die Zertifizierung selbst ist nicht unproblematisch. So hat die Bundesanstalt für Geowissenschaften und Rohstoffe in Deutschland (BGR) ein Verfahren entwickelt, Erzproben mittels Massenspektrometer zu analysieren und quasi einen geologischen Fingerabdruck zu erstellen. In der Theorie ist also eine exakte Zuordnung zur ursprünglichen Lagerstätte möglich, die Herkunft jeder Lieferung somit feststellbar. In der Praxis ergibt sich allerdings ein gravierendes Problem, denn zum Abgleich müssten Proben genau genommen aus allen illegalen Coltan-Minen entnommen werden. Doch diese sind, wenn überhaupt bekannt, nur unter größten Strapazen und Lebensgefahr zu erreichen. Mit Kooperation vor Ort kann schon gar nicht gerechnet werden. Zudem wäre ein solches Unterfangen wiederum mit enormen Kosten verbunden.

Letztlich beruft und verlässt sich die Politik in der EU und den USA auf die Absichtserklärungen und Beteuerungen der verarbeitenden Industrie und der Minen- und Erzhandelsgesellschaften. Inwieweit man dem Vertrauen schenken darf, mag ein jeder für sich selbst entscheiden.

Es lohnt sich auch ein eingehender Blick auf die Rolle der US-Politik im zentralen und östlichen Afrika. So zeigt der US-Enthüllungsjournalist Wayne Madsen in seinem Buch „Moralischer Bankrott – Der amerikanische Offenbarungseid" unter anderem ein fragwürdiges, enges Verhältnis zum seit April 2000 amtierenden Staatspräsidenten Ruandas, dem Tutsi Paul Kagame auf sowie offensichtliche Verstrickungen in den Genozid 1994 in Ruanda, dessen Auswirkungen in der Folge auch den kongolesischen Nachbarn destabilisiert haben.

Gemäß Madsen wurde Kagame Anfang der 1990er Jahre an der Generalstabsakademie des Heeres in Fort Leavenworth im US-Bundesstaat Kansas ausgebildet und bekräftigte damit seinen Status als williger Vertrauter und Vasall der USA. Im Jahr 1994 stieg er zum Führer der aktuellen Regierungspartei „Ruandische Patriotische Front" (RPF) auf. Laut zweier Dokumente des „Nationalen Stabes für die Überwachung interner Vorgänge der Vereinten Nationen" aus dem Jahr 1997, soll die RPF für den Raketenanschlag vom 6. April 1994 auf ein Flugzeug verantwortlich gewesen sein, bei dem die Hutu-Präsidenten Ruandas und Burundis getötet wurden. Auch soll Madeleine Albright, seinerzeit US-Botschafterin bei den Vereinten Nationen, anschließende Appelle zur Entsendung einer zusätzlichen Friedenstruppe zwecks Verhinderung eines absehbaren Bürgerkrieges ignoriert haben. Wie befürchtet, brachte der Anschlag das Fass zum Überlaufen. Die über viele Jahre offenkundig gesellschaftlich benachteiligte Mehrheit der Hutu-Ethnie wendete sich gegen die der Tutsi im Ausmaß eines Völkermordes mit bis zu einer Million Toten. Im Jahr 2000 schließlich wurde Paul Kagame Staatspräsident von Amerikas Gnaden und ist es noch heute.

Nach dem Abschuss der besagten Mystère-Falcon 50 nahm der Flugschreiber übrigens seinen heimlichen Weg von Kigali über Nairobi bis nach New York ins UNO-Hauptquartier, wo man dessen Existenz zehn Jahre lang abstritt. Erst die französische Tageszeitung „Le Monde" enthüllte diesen Skandal. Einzige Konsequenz: Der leitende Ermittler des „Büros zur Überwachung interner Vorgänge bei der UNO" wurde entlassen, zweifellos, weil er den Grund für die Leugnung der Existenz des Flugschreibers untersuchen wollte.

Im Jahr 2003 wurde die Chefanklägerin am Internationalen Gerichtshof für Ruanda, Carla del Ponte, abgesetzt. Es soll auf Drängen Kagames geschehen sein, nachdem del Ponte für den Staatspräsidenten äußerst belastende Menschenrechtsverletzungen verfolgen wollte. Wäre eine solche Amtsenthebung ohne mächtige Unterstützung möglich gewesen – wohl kaum. Ins Bild passt in diesem Zusammenhang, dass Ruanda und die USA auch gleich ein gegenseitiges Abkommen unterzeichneten, welches den jeweiligen Regierungschefs Immunität vor jeglicher Strafverfolgung durch den Internationalen Gerichtshof zusicherte.

Aufschlussreich war Anfang 2004 auch der Abschluss einer mehrjährigen Antiterror-Ermittlung des französischen Untersuchungsrichters Jean-Louis Brugnière auf Drängen der Angehörigen der ums Leben gekommenen französischen Flugzeugbesatzung. In seinem Bericht benannte er beweiskräftig die RPF Kagames als Attentäterin des Jahres 1994. Erstmals war darin auch von einer Organisation die

Rede, hinter der mächtige Persönlichkeiten in den USA –
unter anderem aus Politik und Ölindustrie – stehen sollten.
Der Name: „International Strategic and Tactical Organi-
zation" (ISTO). Journalist Madsen setzt die geheimen
Kommandounternehmen der ISTO mit den sogenannten
„Black Ops" von US-Geheimdiensten gleich, was die Liqui-
dierung lästiger Zeitgenossen mit einschließt. Nach seiner
Auffassung unterhält die ISTO auch enge Verbindungen zu
Öl- und Bergbaugesellschaften in Kanada, die wiederum
engagiert an der Rohstoffausbeutung im großen Kongo
beteiligt sind. Die ISTO operiere seit vielen Jahren dort, um
die Demokratische Republik Kongo gezielt zu destabili-
sieren und Förderkonzessionen zu sichern. Gegen
Angehörige dieser Organisation, darunter Mitglieder des
US-Regierungsapparates sowie US-Außenministeriums,
wurde in der Vergangenheit in der Tat wegen Verstoßes
gegen „das Gesetz über Kartelle und korrupte Organisationen" sowie gegen „das Gesetz über ausländische korrupte
Praktiken" ermittelt.

Es ist eine bitterböse Ironie des Schicksals, dass sich die
Geschichte für die Kongolesen wiederholt. In Zeiten der
Globalisierung wird dem Kongo die geradezu hysterische
Nachfrage einer hoch technisierten Welt nach billigem
Coltan und weiteren Rohstoffen zum Verhängnis. Zu Zeiten
eines Freistaates Kongo unter dem belgischen König
Leopold II., sorgte der Siegeszug der Elektrizität und des
Automobils ab der zweiten Hälfte des 19. Jahrhunderts für
eine hysterische Nachfrage nach Kautschuk beziehungs-
weise Gummi. Auch die Ranken des Kautschukbaumes

wuchsen zu über 50 % auf kongolesischem Boden. Es lockten enorme Profite. In der privaten Kolonie Leopolds sollte über zwei Jahrzehnte der Kautschukterror herrschen. Er verkaufte Rechte an Konzessionsgesellschaften, die Gewinne bis zu 700 % erzielten, da die Zwangsarbeit der angestammten Bevölkerung kaum Kosten verursachte. Leopold starb als einer der reichsten Männer Europas, hatte dem kongolesischen Volk zu Lebzeiten Reichtümer im Wert von heute über 700 Millionen Euro gestohlen. Eine belgische Kommission ermittelte im Jahr 1919, dass die Bevölkerungszahl auf dem Gebiet des Freistaates Kongo innerhalb der vorangegangenen 40 Jahre um 50 % abgenommen hatte, von 20 auf 10 Millionen. Die Schreckensherrschaft des belgischen Königs hatte de facto einen Völkermord mit sich gebracht!

Im Jahr 1890 hatte der afroamerikanische Anwalt, Journalist und Prediger George Washington Williams den Kongo bereist. In Erwartung einer milden Regentschaft entsprechend der Propagandalügen des belgischen Monarchen, hatte er stattdessen über sechs Monate nur Folter, Missbrauch und Mord zu Gesicht bekommen. Zurück in den USA klagte Williams die Regierung Leopolds offiziell der Sklaverei an. Seine Kolumne sorgte in ganz Europa für Bestürzung.

Er wies aber auch der eigenen Regierung eine Mitschuld zu, welche Leopold seiner Auffassung nach den Weg auf die internationale Bühne geebnet hatte. Unter dem Eindruck des Erlebten formulierte Williams noch im Jahr 1890 als erster den berühmt gewordenen Ausspruch vom „Verbrechen gegen die Menschlichkeit".

Ist es nicht als blanker Zynismus zu bezeichnen, wenn besagter König noch immer als Wohltäter und Architekt eines modernen Belgiens sowie der Hauptstadt Brüssel geehrt wird, wo die Mittel dafür doch hauptsächlich dem Boden und Blut der Kongolesen entstammen?! Dass ein belgischer Parlamentsabgeordneter den damals gerade frisch eingeweihten Triumphbogen im Brüsseler Jubelpark als „Bogen der abgetrennten Hände" bezeichnete, sprach schon seinerzeit Bände und tut es bis heute. Und dass die EU ausgerechnet Brüssel zu ihrem Hauptsitz auserkoren hat, hinterlässt – jedenfalls bei mir – mehr als einen faden Beigeschmack ob der fehlenden Sensibilität und beklagenswerten Geschichtsvergessenheit.

Es ist ein weitverbreiteter Irrglauben, Armut sei das selbstverschuldete Hauptmerkmal vieler Länder Schwarzafrikas. Vielmehr ist man zum Opfer der eigenen Reichtümer geworden. Genau genommen muss von einer gezielten Verarmung gesprochen werden, denn hinter den internationalen Kulissen wirken perfide Mechanismen. So ist es schlichtweg absurd, Ursachen für Verarmung permanent als eine Lösung der Probleme zu präsentieren. In einem allmächtigen Weltwirtschaftssystem, das auch Afrika mangels freier Entscheidung unisono angenommen hat, ist alles käuflich, man muss es sich nur leisten können. Ein trügerisches Ideal, welches Afrika insgesamt überfordert. Vor allem, weil dortige Marionetten-Regierungen – unfähig, korrupt und diktatorisch – sich bereits seit Jahrzehnten nicht auf die Selbstheilungskräfte ihres Kontinents besinnen, nicht Hand in Hand zusammenarbeiten. So ist es offenkundig gewollt, so soll es bleiben, eine unheilvolle Allianz mächtiger Profiteure lebt einfach zu Gut dank des üppigen afrikanischen Büfetts.

26

Weisheit und Erfahrung
eines Griot

Wer oder was ich bin? - Nun, weit wichtiger erscheint mir die Frage, wer oder was ich nicht bin. Ich bin kein Angehöriger einer dominierenden Kaste. Ich diene keinen ökonomischen Interessen, keiner konstruierten Wahrheit, keinem selbsternannten Führer oder lichtscheuen Phantomen im Verborgenen. Mein Bestreben ist eine Welt, in der das Wohlergehen aller Menschen im Zentrum allen Handelns steht. Eine Welt, die Konflikte gleich welcher Art auf dem Acker gesunder Individualität innerhalb einer respektierten und respektierenden Gemeinschaft löst, dank umfassender Bildung und eines tiefen Verständnisses für die Symbiose allen Lebens. Vernunft, Verständnis, Respekt und Nächstenliebe müssen wieder einkehren und das Zepter der Macht führen.

Ihr haltet das für Utopie, nicht zu verwirklichen und weit ab jeder Realität? - Selbstverständlich, denn solche Zweifel lehrt man euch seit eurer Geburt. Eltern haben sie von ihren Eltern, Lehrern und weiteren gesellschaftlichen Vormündern übernommen, geben die Zweifel an ihre eigenen Kinder und Enkelkinder weiter. So scheint der Lauf der Dinge nun mal zu sein, unveränderlich, wie in einem nie endenden Kreislauf. Warum also darüber nachdenken, wo das Denken doch ohnehin andere für einen übernommen haben, die doch scheinbar so viel klüger sind als man selbst – nicht wahr? Und schließlich, was geschrieben steht, muss Wahrheit sein. Besonders dann, wenn jeder sonst es auch liest und für Wahrheit hält. So hat es der sogenannte zivilisierte Mensch in der modernen Informationsgesellschaft verinnerlicht.

Aber in eurem Innersten wisst ihr es besser, wisst ihr, dass alle Menschen in ihrem Menschsein vereint sind – gleich welcher Kultur, Religion oder Region dieser einen Welt sie entstammen, welchen Ort sie auch immer ihre Heimat nennen. Wir alle sind es und waren es immer, fähig, so viel Liebe zu geben, daneben aber auch so maßlos zu hassen und zu demütigen. Wer hält uns Menschen also davon ab, an ein gedeihliches Miteinander zu glauben? Wer sät Zwietracht und Missgunst anstatt zu einen, kreiert unablässig Kriege, schürt Extreme und ist bestrebt, Menschen überall ihrer Wurzeln und Identität zu berauben? Ja, wer hat die Macht und den Willen, weltweit Elend und Zerstörung herbeizuführen und damit immer neue Völkerwanderungen zu erzwingen? Und wer gebietet zur selben Zeit auch über Regierungen, Banken, weltumspannende Organisationen und Medienkonzerne, kann so ganze Stämme, Völker und Nationen davon abhalten, Hand im Hand und doch selbstbestimmt aus der erträumten Utopie ein erreichbares Ziel werden zu lassen?

Doch verzeiht – wie ich heiße und welchen gesellschaftlichen Rang ich bekleide, ist für euch zunächst natürlich wichtiger, als was ich zu sagen habe. Ihr seid es gewohnt, jeden Unbekannten einer vorgefertigten Schublade zuzuordnen. Ohne dieses Wissen kommen Unsicherheit und Verwirrung auf.

Seht in mir also einen Griot, einen Erzähler. In der Tradition meiner Vorfahren berichte ich als unablässiger Beobachter und Informationsquelle über das Vergangene und das Gegenwärtige. Verschwommenes lasse ich klarer erscheinen, unterstütze mein Publikum dabei, das Offensichtliche nicht zu leugnen sowie Vergangenheit, Gegenwart und Zukunft als untrennbare Einheit zu begreifen. - Und deshalb weiß ich auch zu berichten, dass seit die Europäer sich vor Jahrhunderten das erste Mal aufgemacht haben, ihr Verständnis von Zivilisation in die Welt zu tragen, erst Gold und Silber, dann fruchtbarer Lebensraum und seit der technischen Revolution eine breite Palette an Rohstoffen ihre Gier gereizt hat. So sehr gereizt hat, dass stets Knechtschaft, Zerstörung und Genozid die Folge waren. Die kleine Elite teuflischer Machtmenschen, in deren Verantwortung es lag und welche auf Kosten weit entfernter Völker den eigenen Reichtum mehrte, blutete mit derselben Hingabe auch das eigene Volk daheim weiterhin aus. Unaufhörlich wurde ein gemeinsamer Fortschritt, Wohlstand, Ruhm gepriesen, doch meinten sie in Wahrheit nur die eigene Person und Dynastie.

Bis heute folgen die wenigen „Herren" über die Geschicke der Welt dabei zwei entscheidenden Maximen: dem Teile- und-Herrsche-Prinzip zum einen, niemals zu offenbaren was man wirklich denkt und niemals zu tun was man vorher versprochen hat zum anderen. - Doch was man in die Welt hinausträgt, kehrt früher oder später zurück – in Zeiten der Globalisierung mehr denn je. Mittlerweile ist auch das hochmodern fortschrittliche Europa zum Buffet geworden, sturmreif geschossen von der eigenen Ignoranz und Dekadenz.

Mein Rat an euch Europäer und alle, denen das Abendland lieb und teuer ist: Nehmt die Bekämpfung von Fluchtursachen endlich ernst, die ihr euch so vollmundig auf die Fahnen schreibt. Brecht mit dem Teile-und-Herrsche-Prinzip, lasst um der gemeinsamen Zukunft willen euren Versprechungen Taten folgen. Denn Menschen brauchen nun einmal Heimaterde. Entwurzelte Menschen in zu großer Zahl drohen schnell zur Belastung und Gefahr zu werden. Afrika und der Nahe Osten sind dafür zu groß, der europäische Kontinent zu klein.

Die „Wächter der Schöpfung" – von jenen möchte ich euch im Folgenden erzählen. Als erklärter Gegner von Ausbeutung, Nationalismus, Rassenideologie und religiösem Wahn, den vier Eckpfeilern menschlicher Vernichtungswut, stellt sich diese Geheimgesellschaft all jenen entgegen, die im großen Stil Raubbau, Knechtschaft und Mordlust in die Welt tragen. Seit nunmehr über 100 Jahren tut sie im Verborgenen, was in freier Wildbahn bereits seit Anbeginn der Zeit geschieht. Sie hat gelernt, dem Raubtier zu trotzen.

Wie die Pflanzenfresser des weiten Graslandes, so haben sich die „Wächter der Schöpfung" den todbringenden Gegnern angepasst. Sie sind größer und stärker geworden, haben gefährliche Verteidigungswaffen ausgebildet und ebenbürtige Strategien entwickelt, wie die Kunst der Tarnung und Täuschung.

Auch die menschlichen Raubtiere haben einen Strategiewechsel vollzogen und verhüllen alte Motive in neuem Gewand. Sie predigen Moral und Demokratie, orakeln von einer neuen Weltordnung ohne Grenzen und Identitäten, inszenieren sich als Heilsbringer und Philanthropen dort, wo sie tatsächlich Armut, Zerstörung und Tod bringen. Nie hatte der Begriff Doppelgesichtigkeit mehr Bedeutung – schon gar nicht für die rohstoffreichen Länder Schwarzafrikas. Diese menschlichen Raubtiere begreifen sich ebenso als Krönung der Schöpfung, wie Ihr es tut, doch nehmen sie das gemeinsame Königreich ausschließlich für sich in Anspruch, richten es vor aller Augen zugrunde.

Im Kampf um das ‚schwarze Herz Afrikas‘ senden die „Wächter der Schöpfung" einen Mann aus, der wie kein anderer sonst in ihren Reihen dazu befähigt ist, uraltem Recht mit der erforderlichen Intelligenz, Besonnenheit und Härte zum Sieg zu verhelfen. Als Sohn eines Deutschen und einer Kongolesin ist er Brücke zwischen Europa und Afrika, eine Speerspitze, aus beiden Welten geformt.

Sein Name: Bonifacius Kidjo!

Von Tätern und Opfern in der Demokratischen Republik Kongo

Nordöstliche Provinz Ituri:

Die beiden schweren Geländewagen in von Schlamm besudeltem Weiß hoben sich deutlich von der dichten Vegetation ab, welche eine nur dem Namen nach befestigte Straße zu verschlingen drohte.

Es waren Fahrzeuge einer internationalen Nichtregierungsorganisation, die ihre zentralafrikanische Hauptniederlassung mittlerweile wieder nach Kisangani zurückverlegt hatte.

Ab dem Jahr 2000, als die verfeindeten Armeen Ruandas und Ugandas die Stadt in Schutt und Asche gelegt hatten, war dort auf Jahre kein sicheres und organisiertes Leben und Arbeiten mehr möglich gewesen. Aufgrund von Plünderung und Zerstörung geschlossene Ladengeschäfte, Märkte ohne ausreichend frische Lebensmittel und eine zusammengebrochene Infrastruktur samt desaströser Sicherheitslage hatten das unmöglich gemacht. Wie zum Hohn überdauerten ausgerechnet Diamanten-Ankaufstellen als bunt dekorierte, florierende Hinweise auf die Ursache dieser seelenlosen Zerstörungswut von internationaler Dimension. Und noch immer wurden Massengräber vor den Toren

Kisanganis entdeckt, seinerzeit vor allem ausgehoben für die Zivilbevölkerung von neugeboren bis vergreist.

Die Regenzeit mit ihren schier unaufhörlichen Wolkenbrüchen setzte seit Wochen besonders dem Nordosten mit den Grenzgebieten zu Uganda, Südsudan und Zentralafrikanische Republik zu. Seit der kleine Konvoi die Hauptverkehrsader östlich der Universitätsstadt Isiro verlassen hatte, wurde die Gruppe von einer quälend langsamen Reisegeschwindigkeit zermürbt. Im ersten Fahrzeug saßen der ortskundige kongolesische Fahrer, die gesamtverantwortliche französische Beifahrerin Francine Magaud sowie die Kongolesin Joseline Mulolo hinten. Der dichtauf folgende zweite Wagen beherbergte neben dem ebenfalls kongolesischen Fahrer Charles einen deutschen, einen französischen sowie einen weiteren kongolesischen Mitarbeiter der humanitären Organisation. Der zu beiden Seiten vorbeiziehende Regenwald bildete eine undurchdringliche grüne Wand vielfältigster Pflanzen jeder Größe. Selbst die sich hindurch windende Piste war Heimat von Gräsern und Sträuchern, welche von Bodenblech, Karosserie und Reifen beider Fahrzeuge gepeinigt wurden. Kleinere wie größere Erdlöcher lösten sich unvorhersehbar mit zum Teil tiefen Spurrillen ab, alles angefüllt mit schlammigem Regenwasser. Das nervöse NGO-Team wurde durchgeschüttelt wie die Besatzung eines Krabbenkutters in schwerer See. Während alle aus den Fenstern starrten, herrschte angespanntes Schweigen. Es schien beinahe so, als würde ein schleichendes Grauen eindringen, das von jedem einzelnen Besitz ergriffen hatte. Keine Ausgeburt der bedrohlichen Wetter- und Straßenverhältnisse, der

Müdigkeit oder des unterbewussten Nachwirkens irgendwelcher düsteren Märchen und Legenden – mitnichten. Hintergrund waren vielmehr sehr reale historische wie aktuelle Begebenheiten.

Alles hatte 1994 mit dem Genozid in Ruanda begonnen und seither im Osten des großen Kongo seinen weiteren Verlauf genommen. Längst waren die Kongolesen von Albertsee bis Tanganjikasee nicht mehr Herr über das eigene Territorium. Die Nachbarländer Uganda und Ruanda hatten sich mit ihren Armeen ebenso festgesetzt, wie diverse Rebellenarmeen, Milizen und sonstige marodierende Banditen. Die reguläre kongolesische Armee, wenn überhaupt nur sporadisch anwesend, unterschied sich von den Besatzern viel zu häufig nur dadurch, dass es das eigene Volk war, welches sie ausplünderte und erniedrigte. Alle wollten sie von den reichen Vorkommen an Coltan, Diamanten und Gold profitieren. Umso mehr, als Regierungen und Privatunternehmen von weit her mit harter Währung und freigiebigen Waffenlieferungen lockten. Für die östlichen Grenznachbarn war es eine willkommene Chance, den Mangel an eigenen Bodenschätzen zu kompensieren beziehungsweise die Außenhandelsbilanz kräftig aufzupolieren. Kurzum, keiner der genannten Profiteure hatte ernsthaftes Interesse an einer stabilen und selbstbestimmten Demokratischen Republik Kongo.

Francine Magaud war sich durchaus bewusst, dass der weiter südlich gelegene Teil der Provinz Ituri – rund um die Provinzhauptstadt Bunia – als noch gefährlicher galt, nicht zuletzt wegen des ethnisch bedingten Dauerkonflikts zwischen den sesshaften Ackerbauern der Lendu und den viehzüchtenden Nomadenstämmen der Hema. Die im Jahr 1998 entdeckten Öl- und Methangas vorkommen im Albertsee als vermeintliche Vorboten von Reichtum, hatten dabei wie ein Brandbeschleuniger gewirkt. Fünf Jahre später mussten zeitweilig sogar 2.000 zusätzliche EUFOR-Soldaten unter UN-Mandat in die Region entsandt werden. Doch was Francine im Augenblick wirklich beunruhigte war die Tatsache, dass sich die ugandische Regierung im Zuge der besagten Rohstofffunde zum alleinigen Handelspartner der US-Ölindustrie erklärt hatte, einhergehend mit beachtlicher Militärpräsenz bis weit ins kongolesische Hinterland – bis in die Gegenwart. Gerne wurde das mit der Jagd nach ugandischen Rebellenmilizen begründet, die in Ituri tatsächlich grausam wüteten. Zudem war es sogar möglich, dass Francines Wagenkonvoi auf ruandische Rebellen stieß. Wer konnte schon vorhersagen, was dann passieren würde?

Unweigerlich ging ihr der Name des entmachteten Tutsi-Rebellengenerals Laurent Nkunda durch den Kopf. Lange Zeit war er erfolglos per internationalen Haftbefehl gesucht worden wegen Plünderung, Massenmordes und räuberischer Erpressung in der Provinz Nord-Kivu. Eine bestens ausgerüstete Armee von 6.000 Mann hatte unter seinem Kommando gewütet, gespeist von der Kontrolle und Ausbeutung diverser Gold-, Zinn- und Coltan-Minen. Eine Freundin Francines, die als Pressesprecherin für die UN-Friedensmission im Kongo tätig war, zeichnete ein diabolisches Bild von diesem Mann. Einst hatte Nkunda sogar in der Armee der Demokratischen Republik Kongo gedient, war dann aber entlassen worden und hatte in der Zeit danach sowohl Massaker an der Zivilbevölkerung als auch die Zwangsrekrutierung von Kindern befohlen. Und das vor den Augen der Welt.

Ein bitteres Lächeln huschte über das Gesicht der Französin. Klar doch, gerade wenn es um das Metallerz Coltan ging, sahen die Staatenlenker westlicher Demokratien im Namen der Staatsraison routiniert weg. Jüngst hatte ein krimineller südafrikanischer Blutcoltan-Händler sogar einen Hubschrauber aufwendig in UN-Farben und mit UN-Logo bemalen lassen, um Transportkontrollen zu umgehen. Im Großen wie im Kleinen, die enormen Gewinnmargen sowie strategische Erwägungen hoben alle moralischen Grenzen auf.

Aber sie, Francine Magaud, wollte und würde dem unsäglichen Treiben nicht tatenlos zusehen. Sie betrachtete den Fahrer, der stark schwitzend das Lenkrad gepackt hielt, als würde allein davon sein Leben abhängen. Dann drehte sie sich nach hinten um, wo ihr Blick auf die Freundin und Kollegin Joseline Mulolo fiel, die reglos und mit geschlossenen Augen da saß.

»Joseline, wir finden deine Familie. Du wirst sehen, es geht ihnen gut.«

Die Angesprochene öffnete die Augen, doch schien sie wie in Trance durch Francine hindurchzusehen, wobei ihre Worte einen zusätzlichen Schauer verursachten: »Meine Eltern, Großeltern – sie sind alle tot. Und wenn wir nicht umkehren, werden wir auch sterben.«

»Ach was, das bildest du dir nur ein«, erwiderte die verunsicherte Französin um Zuversicht bemüht. »Wir haben dein

Dorf doch schon fast erreicht, und nichts ist passiert. Außerdem sind wir hier in offiziellem Auftrag. Die ganze Welt weiß, wo wir sind.«

Plötzlich fixierte die Kongolesin sie eindringlich, ihre Stimme war von mitleidigem Bedauern getragen: »Und du bist sogar französische Staatsbürgerin, ich weiß. Du arbeitest jetzt schon so lange in meinem Land und hast es trotzdem noch nicht begriffen. Hier regiert das Recht des Stärkeren. Und der Stärkste, das ist der Skrupelloseste mit den meisten Waffen. Hier draußen ist dein Leben genauso wenig wert wie mein Leben.«

Francine reagierte wild entschlossen: »Ich habe dir versprochen, dich in dein Dorf zu bringen, und das tue ich. Außerdem müssen wir verdammt noch mal herausfinden, was in dem Gebiet rund um den Semue-Nationalpark vor sich geht.«

Scheinbar teilnahmslos schloss Joseline erneut ihre Augen. Selbstverständlich war sie ihrer Freundin zutiefst dankbar für diese Fahrt in ihr Heimatdorf Elimbo. Doch Francine wusste nicht was sie wusste, musste nicht mit dieser Bürde von Erinnerungen leben. Aus gutem Grund hatte Joseline ihr Dorf nur zweimal besucht, seit sie als Mädchen von den Eltern fortgeschickt worden war – fortgeschickt vom Land ihrer Ahnen, mit dem sie spirituell so eng verbunden war. Geradezu schmerzhaft brach es einmal mehr durch, dieses tief verankerte Wissen, welches für wiederkehrende Albträume bei Nacht und latente Traurigkeit bis hin zu Angstzuständen bei Tag sorgte:

Sie war im Jahr 1996 fortgeschickt worden, wegen einer von den USA aufgerüsteten Tutsi-Armee von mehr als

10.000 Mann, die unter dem Kommando von Oberst Kabarere die ruandisch-kongolesische Grenze überschritten hatte. Jene Streitmacht sollte die Interahamwe-Mörder der Hutu-Ethnie stellen und vernichten, die zwei Jahre zuvor bis zu 800.000 Tutsi sowie unzählige dialogbereite Hutu massakriert hatten – mit Buschmessern und nagelgespickten Knüppeln in nur drei Wochen. Dem Massaker vorausgegangen waren wiederum die feige Ermordung des ruandischen Staatspräsidenten, eines Hutu, durch den gezielten Abschuss der Präsidentenmaschine mit einer Boden-Luft-Rakete sowie die langjährige gesellschaftliche Benachteiligung der Hutu-Mehrheit durch die Tutsi-Minderheit. Als letztlich ein Tutsi-General auf Betreiben der USA Vizepräsident und Verteidigungsminister Ruandas wurde, kam es zu einer panischen Massenflucht der Hutu. Etwa eine Million Menschen haben seinerzeit unter dem Schutz französischer Fallschirmspringer und Fremdenlegionäre die Grenze zur Kivu-Provinz überschritten und wurden in Flüchtlingslagern der UNO und verschiedener NGOs untergebracht. Schnell übernahmen die Interahamwe-Mörder unter ihnen die brutale Kontrolle und nutzten die Lager als Basis für ihre Anschläge und Überfälle auf Ruanda. Als tragische Konsequenz gingen die ruandischen Streitkräfte des Oberst Kabarere mit Artillerie und Granatwerfern gegen die Flüchtlingslager vor. Das Vernichtungsfeuer galt ausnahmslos allen Hutu.

Tränen rannen Joselines Wangen hinunter, als sie die Angst und Panik unter den unschuldigen Opfern in Gedanken teilte. Von den 300.000 in den Lagern ausharrenden Menschen starb der größte Teil durch Ermordung,

Cholera, Erschöpfung oder Verhungern. Doch damit nicht genug. Die gewaltige Streitmacht setzte sich in Richtung Kisangani in Bewegung, was nun auch in den Dörfern des damaligen Provinzdistrikts Ituri Panik auslöste. In Windeseile war die Nachricht vom Tod gereist. Die Armee Präsident Mobutus stellte keinen Schutz dar, da sich die Hauptstreitmacht des heranrückenden Feindes mit Hilfe von Satellitenüberwachung und Luftaufklärung der USA jedem Feindkontakt entziehen konnte. Viele kongolesische Familien fassten in dieser ausweglosen Situation den Entschluss, zumindest die stärksten ihrer Kinder fortzuschicken. Und so schlug sich Joseline Mulolo in einer mehrwöchigen Odyssee bis nach Isiro durch, wo sie bei einer Familie Obdach fand und das Schicksal sie und Francine Magaud etliche Jahre später zusammenführen sollte.

Nach vier langen Jahren würde sie also endlich zum dritten Mal heimkehren. Doch es erschien ihr unwirklich, nur noch wenige Kilometer entfernt zu sein. Das Herz schlug Joseline jetzt bis zum Hals. Was würden sie vorfinden? Schließlich kamen sie ja als NGO-Team, weil seit etwa zwei Jahren keine Lebenszeichen mehr aus diesem Teil der Provinz nach außen drangen – mit ihrem Heimatdorf Elimbo darin. Und dann der nahe Semue-Nationalpark. Ebenfalls vor etwa zwei Jahren war dieser von der Regierung in Kinshasa zur Sperrzone erklärt worden. Als offizielle Begründung dafür hatte die besonders seltene Flora und Fauna herhalten müssen, deren Erforschung und Schutz einzig nationalen Regierungsstellen übertragen worden waren.

»Die reichen Rohstoffvorkommen sind unser Todesurteil«, schien der Fahrer Joselines vorherigen Worte unterstreichen zu wollen. »Ruanda mit dem Genozid von 1994 ist international immer wieder ein Thema. Aber was ist mit der anhaltenden Vertreibung und dem Völkermord an der Zivilbevölkerung hier im Kongo? Es geht immer weiter. Die wahren Hintergründe werden bestenfalls hinter verschlossenen Türen diskutiert. Kein Drahtzieher wurde je dafür gerichtet. Hier draußen weißt du weder, wessen Handlanger dich tötet, noch wann.«

Im zweiten Fahrzeug konzentrierte sich der Mann am Steuer auf die Baumkronen und hielt sein Seitenfenster trotz des starken Regens einen Spalt geöffnet.

Damit stachelte er die Neugier seines französischen Beifahrers an: »Charles, was suchst du da draußen eigentlich? Da bewegt sich doch nichts außer Regen.«

Alarmiert lehnten sich die beiden Männer im Fond nach vorne.

»Genau das macht mir Sorge. Der Wald lebt nicht. Keine Affen, keine Vögel.«

»Ist das alles?«, schaltete sich nun auch der deutsche NGO-Mitarbeiter ein. »Bei dem Sauwetter werden die sich verstecken.«

Charles' Antwort hätte kaum unheilvoller klingen können: »Wir werden seit einiger Zeit beobachtet.«

Bevor einer der anderen Männer etwas erwidern konnte, zerriss ein schnell anschwellendes Brummen die Stille, wie es nur die Propeller-Triebwerke einer mittelgroßen Transportmaschine erzeugen konnten. Was dann in niedriger

Höhe und gefühlt wie im Zeitraffer über sie hinwegflog, ließ alle zusammenzucken.

»Spinne ich, was war das denn?!«, schrie der Beifahrer panisch.

»Eine schwere Transportmaschine in viel zu geringer Höhe«, erklärte der Mann am Lenkrad beiläufig, während er nach einer logischen Erklärung suchte. »Die Maschine muss in diesem Gebiet gestartet sein oder setzt zum Landen an.«

Was Charles für vielleicht eine Sekunde gesehen hatte, ließ ihn auf eine Iljuschin tippen. So eine, wie sie am Viktoriasee regelmäßig zum Einsatz kamen, genauer gesagt auf dem Flughafen der tansanischen Stadt Mwanza. Doch der lag südöstlich, etwa 650 Kilometer Luftlinie entfernt.

Wie viele andere Kongolesen auch, war er im Bilde darüber, dass Mwanza als Zwischenstation für illegale Waffenlieferungen in umliegende Bürgerkriegsgebiete und Länder fungierte, wo Konflikte keine Öffentlichkeit duldeten.

Die eigens angemieteten Flugzeuge wurden in Mwanza entladen und nahmen stattdessen zivile Güter für Ziele in Europa, einschließlich Russland an Bord. Diesen Zusammenhang behielt Charles jedoch vorerst für sich.

Der Beifahrer studierte die Landkarte, schüttelte dabei ungläubig den Kopf. »Unmöglich, es gibt keine registrierte Landebahn für ein Flugzeug dieser Größe.« Ungehalten schlug er auf das wetterfeste Papier. »Nichts als dichter Urwald!«

»Dann ist sie eben nicht registriert.« Der Fahrer sah abwechselnd in Außen- und Rückspiegel. »Wir haben jetzt ganz andere Probleme.«

Meter um Meter näherten sich zwei Militärfahrzeuge. Das hintere war ein großer geschlossener Geländewagen, erfahrungsgemäß mit einer bis an die Zähne bewaffneten Besatzung. Davor fuhr ein Pick-up. An dem Aufbau für das schwere Maschinengewehr hielt sich mühsam ein Uniformierter fest. Insgesamt erkannte Charles modernste Ausrüstung. Tutsi, schoss es ihm in einer Mischung aus Wut und Angst durch den Kopf. Weitere Gedanken folgten:

Die ruandische Tutsi-Armee unter Oberst Kabarere hatte 1997 maßgeblich zum Sieg von Laurent Désiré Kabila im Kongo beigetragen und konnte als Steigbügelhalter für dessen anschließende Präsidentschaft von Amerikas Gnaden betrachtet werden. Nicht zuletzt für diverse hohe US-Politiker zahlte sich dieser Schachzug aus, winkten doch weiterhin lukrative Posten in den Aufsichtsräten und Vorständen diverser im Kongo aktiven Grubenge-sellschaften. Doch innerhalb kürzester Zeit legte dieselbe Tutsi-Armee die Attitüde von Besatzern an den Tag. Als Nachkommen der hochgewachsenen „Watussi" aus dem Gebiet südlich von Abessinien, hatten sie ihr Überlegen-heitsgefühl gegenüber den Bantu-Stämmen bis nach Kinshasa getragen. Der Grundstein für tödliche Feindschaft war gelegt. Als sich die Armee Ruandas schließlich zurück-ziehen musste, setzte sie sich gewaltsam und dauerhaft im Osten des Kongo fest. Kabila seinerseits setzte auf die dort verbliebenen Hutu-Milizen der „Interahamwe" und weiterer Gruppierungen, während er selbst in und um Kinshasa blutige Treibjagden auf die gesamte Ethnie der Tutsi organi-sierte. Wie viele andere Kongolesen in der Hauptstadt, war seinerzeit auch Charles über Kabilas Vorgehen entsetzt gewesen, denn wie so oft mussten unschuldige Zivilisten für fehlgeleitete Machtpolitik sterben.

Ein tiefes Schlagloch holte Charles zurück ins Hier und Jetzt. In seiner Furcht, er und sein Team könnten zu nächsten Opfern der endlosen Gewaltspirale werden, reagierte er mit wilden Hup- und Lichtsignalen. Die Verfolger hatten bereits gefährlich aufgeschlossen. Endlich erhöhte der Wagen vor ihnen die Geschwindigkeit, was auf der schmalen, schlammigen Piste einem Selbstmordversuch nahe kam.

Die Männer im Fond sahen wie gebannt durch das Rückfenster. Der Deutsche schrie gegen den Lärm an: »Was sind das für Leute?!«

Charles konnte ihr Fahrzeug kaum noch unter Kontrolle halten. Über sein Gesicht lief der Schweiß in Strömen, das Hemd war völlig durchnässt. »Vielleicht Männer von General Kirundo.«

»Der Rebellengeneral?!«

»Nach Laurent Nkunda kam Kirundo. Man sagt, er wäre noch sadistischer. Meine Leute halten ihn für den Teufel persönlich.«

Auf dem verbliebenen abschüssig kurvigen Teilstück raste die Kolonne aus Verfolgern und Verfolgten schlingernd bis in das ausgestorben wirkende Dorf Elimbo. Der erste Wagen kam rutschend zum Stehen. Matsch wurde meterweit gegen einen verbrannten Mangobaum und auf die zertrümmerten Überreste einstiger Einrichtungsgegenstände geschleudert, die überall verstreut herumlagen. Joseline Mulolo sprang heraus und rannte wehklagend auf eines der entfernteren Häuser zu. Auf die fordernden Rufe der nachsetzenden

Uniformierten achtete sie nicht. Wie ein unbestimmtes Omen ließ der Tropenregen merklich nach, als die übrigen Mitarbeiter der Hilfsorganisation vor ihren Fahrzeugen auf die Knie gezwungen wurden. Keiner der Bewacher fasste sie grob an oder erhob die Stimme gegen sie, was die quälende Ungewissheit noch steigerte. Ängstlich starrten die Gefangenen zu dem Haus, in dem Joseline verschwunden war. Dann vernahmen sie die markerschütternden Schreie der Frau.

Als zwei der hochgewachsenen Soldaten sie kurz darauf auf die Straße zerrten, wies sie zur Erleichterung ihrer Kollegen keine Spuren von Misshandlung auf. Stattdessen führte Joseline apathisch Selbstgespräche in ihrer regionalen Muttersprache, sogar noch, als Francine Magaud ihre Freundin in die Arme schloss.

»Oh Gott, was hast du gesehen, Kleine. Sag mir doch, was du gesehen hast.«

»Blut, überall Blut. Hier wohnt jetzt der Tod. Mama, Papa, Großmutter – der Teufel hat euch weggeholt«, übersetzte Charles niedergeschlagen.

Der deutsche Kollege vergrub sein Gesicht zwischen den Armen, während ein Uniformierter per Funkgerät in unbekannter Sprache kommunizierte.

Weiterhin Joseline streichelnd, flüsterte Francine mit gesenktem Kopf: »Was ist hier passiert, und wo sind die Dorfbewohner? Erkennt jemand die Sprache?«

Auch Charles vermied jeden Blickkontakt mit den Uniformierten. Er wusste nun sicher, dass es Tutsi-Rebellen waren. Im Gegensatz zu den Hutu, entstammten die Tutsi den hamitischen, nilotischen und äthiopischen Hirtenvölkern. Sie waren häufig von großer hagerer Gestalt, genau wie die Männer vor Ort. Hinzu kam noch die Sprache.

»Das ist Kinyarwanda, die gängige ruandische Sprache«, klärte er mit gedämpfter Stimme auf. »Keine Ahnung, was eine Tutsi-Rebellenpatrouille so weit im Norden zu suchen hat.«

Die drohende Geste eines Bewachers ließ die Gefangenen augenblicklich verstummen. Am anderen Ende des Dorfes bezog ein drittes Rebellenfahrzeug Stellung.

Zwei Stunden später hatte es ganz zu regnen aufgehört, und der Sonnenuntergang kündigte sich in warmen Farbtönen an. Auf der Dorfstraße näherte sich ein Hummer-Geländewagen, der unmittelbar neben den NGO-Fahrzeugen hielt. Die Soldaten nahmen Haltung an. Unter anderen Umständen hätte die Disziplin dieser Männer beeindrucken können. Jede Bewegung schien das Ergebnis eines jahrelangen Drills zu sein. Zügig wurde das internationale NGO-Team aus einem der Häuser geführt, in welchem man auf dem Fußboden kauernd ausgeharrt hatte. Sie mussten sich in einer Reihe aufstellen – nach wie vor unversehrt.

Ein großer schlanker Mann in maßgeschneiderter Tarnuniform und mit rotem Barett auf dem kahlen Schädel stieg aufreizend langsam aus. Sein gesamtes Auftreten strahlte eine gefährliche Dominanz aus, wobei die dunkle Sonnenbrille den Eindruck noch verstärkte. Die von einem Untergebenen überreichten Ausweisdokumente und Unterlagen studierte er ohne erkennbare Gefühlsregung.

Charles' dezenter Blick fiel derweil auf die Peitsche am Gürtel des Mannes. Sein Urgroßvater hatte ihm davon berichtet, doch nie hatte er selbst so eine zu Gesicht bekommen. Sie bestand aus getrockneter Nilpferdhaut, die an einem Ende zu langen scharfkantigen Streifen geschnitten war. Das berüchtigte Folterinstrument der „Force Publique", jener kongolesischen Privatarmee König Leopolds II. von Belgien. Maximal zwanzig Hiebe machten einen Menschen bewusstlos, einhundert führten zum sicheren Tod. Plötzlich fiel dem kongolesischen Fahrer die Antipathie seines Volkes gegenüber dem großen George Foreman 1974 in Kinshasa ein, welcher sich im Vorfeld des legendären Jahrhundertbox-kampfes gegen Mohammad Ali mit Deutschen Schäfer-hunden umgeben hatte. Jenen Hunde also, die als Symbol der kolonialen Fremdherrschaft der Belgier betrachtet wurden. Foreman konnte man seinerzeit wohl nicht ernsthaft unterstellen, sich dieser Zusammenhänge bewusst gewesen zu sein. Aber diese Peitsche? Wie stand es um das Wissen des Befehlshabers darüber?

Als könne der Gedanken lesen, zeigte er ein flüchtiges Lächeln und strich über seinen extravaganten Fetisch am Gürtel. »Ein Erbe der Belgier, die dieses Land noch zu diszi-plinieren wussten«, folgte die provokante Feststellung. Gelassen nahm der Mann die Sonnenbrille ab. »Mein Name ist General Felix Kirundo, Oberbefehlshaber der Befreiungs-armee Ruandas im Kongo.«

Für alle überraschend machte Joseline Mulolo einen entschiedenen Schritt auf ihn zu und spuckte ihm ins Gesicht. »Was hast du mit meiner Familie gemacht, du Mörder?!«, schrie sie ihn zornig an.

Scheinbar unbeeindruckt wischte Kirundo sich den Speichel ab. Mit knapper Geste hielt er seine Soldaten von einer Züchtigung ab. Die verzweifelte Frau würdigte er indes keines Blickes. »Du wirst schon sehr bald mit ihnen vereint sein.«

Als Nächstes nahm er die Peitsche zur Hand und wandte sich Francine Magaud zu: »Franzosen. Genau wie 1990, als wir von Uganda aus nach Ruanda zurückkehren wollten, um unseren rechtmäßigen Platz einzunehmen. Nicht einmal eure Fremdenlegionäre konnten verhindern, dass wir unser Schicksal erfüllen.«

»Was wollen Sie hier eigentlich erreichen?«, fragte der deutsche Gefangene sichtlich nervös.

General Kirundo, der die Peitsche nun permanent gegen den Oberschenkel schlug, gab seinem Adjutanten ein beiläufiges Handzeichen. Sein Interesse war indes noch nicht erschöpft. »Der Deutsche, nicht wahr? Eigentlich sollten Sie meine Motive doch am besten verstehen können. Ihr Volk hat die Chance vertan, Europa seinen Stempel dauerhaft aufzudrücken. Jetzt ist die Zeit an uns, im Herzen Afrikas erfolgreicher zu sein.«

Die Gefangenen wurden mit Nachdruck weggeführt, als plötzlich ein Schuss fiel. Erschrocken blickte die kleine Gruppe zurück. Noch immer stand General Kirundo an derselben Stelle, jedoch mit einer Schusswaffe in der Hand. Zu seinen Füßen lag Joseline Mulolo, an einem Kopfschuss sterbend.

Vor Entsetzen gelähmt, wurden ihre Mitstreiter gewaltsam in Richtung einer Lichtung weitergetrieben, bis ein süßlich beißender Gestank in der Luft lag, dessen Ursprung eine von Menschenhand ausgehobene, tiefe Grube war. Die Leichen darin waren nur unvollständig mit Erde bedeckt.

Spezialisierte Vögel labten sich an der reichen Nahrungs-
quelle. Selbst das robuste Nervenkostüm einer Francine
Magaud hielt dem nicht stand. Ihr Aufschrei erfüllte die
mittlerweile blutrote Abenddämmerung, gefolgt vom
Vollstrecken des Erschießungskommandos.

Gouverneurspalast in Bukavu – Provinzhauptstadt Süd-
Kivus:

Denis M'Bisimwa war der sprichwörtliche Pate von Süd-
Kivu. Seinen Ausweisdokumenten zufolge war er gebürtiger
Staatsbürger der Demokratischen Republik Kongo. Doch
tatsächlich fühlte er sich weniger seinem Land, als vielmehr
seinem persönlichen Profit verpflichtet. Es gab kaum ein
Geschäft in dieser Provinz, an dem er nicht mitverdiente,
legal oder illegal. Seitdem er den Posten des Provinzgouver-
neurs und zudem des Präsidenten der regionalen Handelskammer innehatte, war „illegal" ohnehin ein relativer
Begriff. Bei dem Gedanken verzog sich sein Gesicht zu
einem breiten Grinsen.
Der schwergewichtige Schwarzafrikaner mit kahl
rasiertem Schädel hatte den überdimensionierten
Managersessel in Ruheposition gebracht. Seine Füße in itali-
enischen Edelschuhen ruhten auf dem massiven Schreibtisch
aus wertvollem afrikanischen Tropenholz. In der Tradition
wohlhabender und geltungsbedürftiger kongolesischer
Männer, kam selbstredend auch sein Anzug aus Mailand –
maßgeschneidert, versteht sich. Aufwendiger Goldschmuck
zierte Handgelenke und Finger. In Reichweite stand – wie
sollte es auch anders sein – ein Glas mit Premium-Whisky.

Kurzum, was Denis M'Bisimwa an kultivierter Lebensart und ethischem Empfinden vermissen ließ, glich er mit materiellen Statussymbolen mehr als aus.

Das Klingeln des Telefons auf dem Schreibtisch ließ ihn kalt. »Linda, wer ist dran?!«, rief er durch die geöffnete Zwischentür, partout nicht geneigt, seine bequeme Position eventuell grundlos aufzugeben.

Eine attraktive junge Frau erschien in der Türöffnung. Auch sie trug ein Businesskostüm westlicher Prägung. Etwas anderes duldete ihr Chef nicht. »Es ist die Erzdiözese von Bukavu, Exzellenz. Der Erzbischof persönlich. Es geht um die Reparaturen an der großen Kirche.«

»Ist gut, ich gehe ran«, erwiderte der Provinzgouverneur desinteressiert.

M'Bisimwa empfand herzlich wenig Sympathie für die katholische Kirche oder sonst irgendeine Glaubensgemeinschaft. Mit denen war einfach kein gutes Geschäft zu machen, jedenfalls nicht in Süd-Kivu. Stattdessen bettelten sie regelmäßig um Unterstützung und lagen ihm damit in den Ohren, wie sehr Jungen und Männer in den Minen ausgebeutet wurden oder wie viele Frauen der Vergewaltigung durch irgendwelche Rebellenmilizen zum Opfer fielen. Alles landete auf seinem Tisch. Es war ihm einfach nur lästig. Andererseits war die Kirche auch durchaus von Nutzen. Immerhin 60 % der Bevölkerung waren katholisch. Und wer in der Kirche betete und auf Erlösung hoffte, probte nicht gleichzeitig den Aufstand. Also quälte sich der Pate von Bukavu und Süd-Kivu ans Telefon, aktivierte die Freisprecheinrichtung und zauberte ein „Politikerlächeln“ auf sein Gesicht:

»Hochwürden, ich bin sehr erfreut, von Ihnen zu hören. Wie kann ich behilflich sein?«

Das Oberhaupt der kirchlichen Provinz Bukavu war sich des wahren Charakters und Einflusses dieses durchtriebenen Mannes sehr wohl im Klaren. Trotzdem oder besser gerade deshalb war er mit seinen Anliegen auf ihn angewiesen. Und so vertraute der Würdenträger darauf, mit regelmäßigen Eingaben einen bleibenden Eindruck hinterlassen zu können, auf das stetes Wasser den Stein höhlen sollte.

»Exzellenz, ein Anliegen betrifft noch immer das undichte Dach unserer Kirche Sankt Elisabeth. Die Sonntagspredigten sind besonders in der Regenzeit für die vielen Gläubigen kaum noch zumutbar. Wir benötigen dringend die Unterstützung der Stadtverwaltung. Ich hoffe dabei auf Ihren Einfluss.«

Auf ein Blatt Papier malte Denis M'Bisimwa – durchaus mit künstlerischem Talent – derweil auf den Kopf gestellte Kreuze, um schließlich Verständnis heischend zu antworten: »Also wie Sie wissen, sind die Kassen unserer Stadt und der Provinz leer. Ich habe schon vor Monaten frisches Geld in Kinshasa beantragt. Tatsache ist, die Regierung benötigt viele Mittel für den Straßenbau im ganzen Land und die Bekämpfung der vielen Feinde in unserer und anderen Provinzen. Und vergessen wir nicht die medizinische Versorgung der Zivilbevölkerung. Aber wem erzähle ich das.«

Gerade als korrupter Staatsbeamter war seine Enttäuschung in diesem Punkt aufrichtig, denn wann immer Geldzahlungen aus Kinshasa ausblieben, konnte auch er keinen entsprechenden Betrag für sich abzweigen. M'Bisimwa nippte andächtig am Whisky. Er würde der Kirchengemeinde einen unbedeutenden Betrag aus seinem nicht unbeträchtlichen Privatvermögen zukommen lassen. Ein wenig Öffentlichkeitsarbeit in eigener Sache konnte nie schaden.

»Hochwürden, ich sage Ihnen was. Ich werde zunächst etwas aus meinem bescheidenen Beamtengehalt spenden.«

Die Reaktion darauf klang wenig beeindruckt: »Ich danke Ihnen, mein Sohn.« Es folgte ein Moment der Stille, bevor der Geistliche beherzt fortfuhr: »Es ist meine heilige Pflicht, ein noch weitaus dringlicheres Problem zur Sprache zu bringen. Die Coltan-Minen in Süd-Kivu bedeuten unverändert eine humanitäre Katastrophe. Augenzeugen zufolge werden Männer und selbst Jungen wahllos und auf brutalste Art ermordet. In unverminderter Zahl flüchten Frauen in die Gotteshäuser und Hospitäler. Ein großer Teil von ihnen derart vergewaltigt und verstümmelt, dass sie nie wieder Babys gebären werden. Exzellenz, wir reden hier über gezielte Gewalt- und Vertreibungsexzesse an der Zivilbevölkerung. Die Kirche kann diese vielen Menschen nicht versorgen. Es ist Ihre Aufgabe als Provinzgouverneur, etwas zu unternehmen. Und als Präsident der Handelskammer in Bukavu obliegt Ihnen doch auch die Kontrolle des Coltan-Handels. Was gedenken Sie also gegen diese Barbarei zu tun?«

Der Adressat des Anliegens brachte seinen Sessel in aufrechte Position und legt den Schreibblock auf den Tisch. Seine Zeichnung zeigte einen Mann, der mit dem Teufel tanzte. Um beide verteilt lagen prallgefüllte Säcke mit

Dollarsymbolen darauf. - Schilderungen wie die eben gehörten zur täglichen Routine und wurden von dem hochgestellten Beamten mit den üblichen Antworthülsen pariert:

»Hochwürden, wir teilen dieselbe tiefe Sorge. Dennoch sind mir die Hände gebunden. Die reguläre Armee wagt sich nicht bis in die Grubengebiete von Süd-Kivu. Und die Grenze zum Rebellengebiet wird nur von wenigen Armeeposten mit geringer Kopfzahl kontrolliert. Außerdem wissen Sie doch so gut wie ich, dass unsere unterbezahlten Truppen Teil des Problems sind. Tja, und was den Handel angeht, so ist eine Kontrolle ausgeschlossen. Man kann den Ursprung des Coltans nicht zurückverfolgen, denn es kommt aus dem gesamten östlichen Kongo.«

Doch dieses Mal wollte sich der Geistliche nicht mit Wortplacebos abspeisen lassen und unterbrach kurzerhand: »Es existiert doch ein Verfahren, das eine genaue Zuordnung des Coltan-Erzes aufgrund seiner chemischen Zusammensetzung ermöglicht. So hat man es mir berichtet. Sicher lassen sich externe Geldmittel und Experten gewinnen. Es ist doch von internationalem Interesse.«

Der mächtige Provinzgouverneur verlor zunehmend die Geduld: »Tests können manipuliert werden, und ausländische Experten würden bei unserem Problem hier vermutlich so sehr weiterhelfen wie die 20.000 UN-Blauhelmsoldaten – nämlich gar nicht. Es ist schlicht nicht feststellbar, ob aus einem Bürgerkriegsgebiet stammend oder nicht. Die Zwischenhändler erteilen keinerlei Auskünfte, und für den Besuch der Minengebiete benötigt man sogar behördliche Passierscheine. Aus gutem Grund, denn selbst für Coltan-Exporteure und staatliche Vertreter ist es lebensgefährlich, sich dort aufzuhalten. - Glauben Sie mir, ich tue mein Bestes und danke Ihnen sehr für Ihr Engagement in dieser Sache. Nun müssen Sie mich aber entschuldigen, ich erwarte noch ein wichtiges Gespräch. Meine Spende kommt in den nächsten Tagen. Möge Gott Sie beschützen. Auf Wiedersehen.« Mit diesen Worten beendete M'Bisimwa das unerquickliche Gespräch.

Oh nein, er hatte weder das Interesse noch die Absicht, etwas an der bestehenden Situation zu ändern. Zum einen war es lebensgefährlich, sich gegen die Interessen der internationalen Coltan-Mafia zu stellen. Zum anderen erzielte er ein höheres Einkommen als der amtierende Staatspräsident, sofern dieser nicht so korrupt war wie er selbst. Gewissensbisse kannte er bei seinem Treiben nicht. Schließlich war er nur Geschäftsmann, bestimmt von Angebot und Nachfrage. Sollte doch die amtierende Regierung in Kinshasa den Problemlöser spielen. Bei dem Gedanken musste M'Bisimwa grinsen. Er war sich sicher: Entweder der aktuelle Staatspräsident gab wie der Vorgänger die Marionette im großen Spiel um Rohstoffe oder in absehbarer Zeit würde er vermutlich einem Staatsstreich oder „Unfall" zum Opfer fallen. Afrika hatte damit ja so seine Erfahrungen.

Der Pate von Bukavu goss sich Whisky nach, während er über den Teil der jüngeren Geschichte nachdachte, der die anhaltenden Gräueltaten an der Zivilbevölkerung befeuerte:

Innerhalb von nur zehn Tagen nach der Ermordung des unberechenbar gewordenen Kabila anno 2001 im eigenen Präsidentenpalast, hatten die USA bereits dessen Adoptivsohn als Nachfolger installiert – für eine von den

Ereignissen angeblich überraschte US-Regierung bemerkenswert schnell. Zu schnell, um nicht involviert zu sein, dachte sich der Gouverneur. In jedem Fall hatte sich damit hinsichtlich des strategisch äußerst wertvollen Coltan-Erzes alles im Sinne mächtiger Minenkonsortien gefügt. Die Hauptabnehmer in Europa und Übersee konnten sich auch weiterhin auf niedrige Einkaufspreise und ausbleibende Regierungshürden verlassen. Selbst ein UN-Bericht aus dem Jahr 2003 über westliche Unternehmen, die den Bürgerkrieg im Kongo durch ihre Aktivitäten indirekt mitfinanzierten, hatte keinerlei Wirkung entfaltet. Besagte Unternehmen, die ihren Hauptsitz pikanterweise überwiegend in Belgien hatten, waren unbeschädigt geblieben. Im Gegenteil, US-amerikanische Investmentgruppen beteiligten sich auch weiterhin rege am Geschäft. Nach wie vor konnte selbst er, Denis M'Bisimwa, die Nachfrage nach Coltan kaum befriedigen, zumal längst auch China und Indien zur illustren Kundschaft gehörten. Allein über seinen Tisch liefen monatlich etliche Tonnen. Die Wertschöpfungskette baute enormen Druck auf, es wurde sehr aggressiv bei zentralen Persönlichkeiten wie ihm nachgefragt. Er wiederum gab diesen Nachfragedruck eins zu eins an seine Zwischenhändler weiter. Im Ergebnis wurden die Arbeitsbedingungen in den Minen eben immer unerbittlicher.

Doch obwohl seine Geschäfte florierten, machte er sich Sorgen. Seit Monaten nahm das Angebot spürbar ab. Und seinen Nachforschungen zufolge ebenfalls in Goma, der Provinzhauptstadt Nord-Kivus. Offenbar erschöpften sich die Vorkommen. Trotzdem ließ auch der Nachfragedruck nach. Seiner Meinung nach gab es dafür nur eine plausible

Erklärung: neu erschlossene Minen. Doch so sehr er sich auch um Beweise für deren Existenz bemühte, es blieb ergebnislos. Stattdessen schien er selbst unter Beobachtung zu stehen. Allerdings hatte er auch dafür keine handfesten Beweise, nur eine Ahnung.

Aus dem Vorzimmer vernahm Denis M'Bisimwa ein Röcheln. Er war alarmiert. Seine auf Lebensgefahr geeichten Instinkte ließen ihn augenblicklich hinter dem schweren Schreibtisch in Deckung gehen. Aus einer Schublade fischte er die bereitliegende, großkalibrige Handfeuerwaffe und entsicherte sie.

»Linda?«, rief er besorgt den Namen seiner Sekretärin. Den Durchgang zum Vorzimmer ließ er keine Sekunde aus den Augen.

Als eine Antwort ausblieb und das Röcheln erstarb, nahm er das Telefon vom Tisch. Auch hierbei widersprachen die flinken Bewegungsabläufe nun denen eines trägen, schwergewichtigen Mannes.

Er lauschte in die Stille, vernahm aber nicht das kleinste Geräusch.

Es war Samstag Nachmittag, also kein weiteres Personal im Gouverneurspalast. Einzige Ausnahme bildete das achtköpfige Wachpersonal, welches von einem Überwachungsraum nahe dem Haupteingang aus Dienst tat. Doch der interne Anschluss dorthin war permanent besetzt, genau wie die Telefonverbindung nach draußen. Das Hemd der mächtigen Lokalgröße war inzwischen von Schweiß getränkt. Er entledigte sich der Krawatte, öffnete den obersten Knopf und rollte die Hemdsärmel auf.

Die Waffe im Anschlag zog er sich vorsichtig in Richtung einer zweiten seitlichen Bürotür zurück. Es war der Durchgang zu einem Sitzungsraum, von wo aus er entweder über einen Balkon aufs Dach, oder auch auf den Flur und zügig zur Nottreppe gelangen konnte. Den Schlüssel trug er in der Hosentasche. Das klickende Geräusch beim Aufschließen erschien ihm ohrenbetäubend. Doch niemand erschien oder war zu hören.

Der Machtmensch M'Bisimwa gab seine Vorsicht auf. Er öffnete die Nebentür mit einer schnellen Bewegung und tat den ersten Schritt in den Sitzungsraum. Panisch nahm er einen links an der Wand lauernden, hageren Schwarzen wahr. Schon im nächsten Augenblick traf ihn der Knüppelhieb eines rechts neben der Tür postierten Komplizen in die Magengegend. Wie ein Taschenmesser klappte der soeben entthronte Pate von Süd-Kivu vorn über, bevor ein massiver Holzknüppel von links mit Wucht gegen seinen Hinterkopf prallte. Ob das Opfer infolge dessen bereits tot war, spielte für die Auftragsmörder keine Rolle. Der Körper wurde mit einer Flut weiterer brutaler Schläge überzogen.

Im Büro des Denis M'Bisimwa machten sich derweil zwei weitere Männer daran, alles einem Plan folgend zu verwüsten. Als das Todeskommando den Gouverneurs-palast schließlich verließ, war dort alles menschliche Leben ausgelöscht.

Von Verschwörern in Europa und den USA

US-Regionalkommando AFRICA COMMAND in Stuttgart:

Für sein spätabendliches Telefonat hatte sich Colonel Jack Martins in ein abhörsicheres Besprechungszimmer zurückgezogen, spärlich eingerichtet und fensterlos. Seine Laune entsprach dem für Mai untypisch regnerischen Wetter im deutschen Stuttgart. Er bedauerte noch immer, dass das Regionalkommando für Afrika seinen Standort mitsamt Flottenstützpunkt nicht im westafrikanischen São Tomé und Principé bezogen hatte, wie zunächst vorgesehen. Immerhin stammte ein nicht unerheblicher Teil der weltweiten Erdölförderung aus dem Golf von Guinea, von den vermuteten Erdölreserven ganz zu schweigen. Die dortige Einflusssphäre galt es somit weiterhin zu sichern und auszubauen. Doch eine beachtliche Anzahl afrikanischer Länder hatte sich gegen eine derartige militärische Festsetzung der USA auf dem afrikanischen Kontinent ausgesprochen. Dem vorgeschobenen Argument des Kampfes gegen den Terror – das Jahr 2001 mit seinem 9/11 ließ grüßen – war man dort nicht mehr aufgesessen.

Deutschland hingegen hatte sich nach Ende des Zweiten Weltkrieges immer wieder als wohlerzogener Vasall mit hervorragender Infrastruktur erwiesen, der keine unbequemen Fragen stellte. Dabei wäre Skepsis durchaus angebracht gewesen, angesichts der Tatsache, dass in diesem sechsten Regionalkommando erstmals auch Vertreter nicht-militärischer Institutionen wie private Militärdienstleister oder das FBI untergebracht worden waren. Aber was das anging, waren die besatzungsrechtlichen Möglichkeiten der USA in diesem Land einmal mehr ein wahrer Segen gewesen. Die sechs Regionalkommandos waren bedeutendes Instrument zur Sicherung der globalen Vormachtstellung.

Colonel Martins musste schmunzeln. Als 'Schaffung stabiler innerstaatlicher Verhältnisse und Konfliktprävention mit zivilen und militärischen Mitteln' umschrieb die US-Administration die Aufgaben diplomatisch, was de facto nichts anderes bedeutete, als von zentraler Stelle aus jederzeit mit knebelnder Entwicklungshilfe als Zuckerbrot und Stellvertreterkriegen als Peitsche inklusive diverser verdeckter Operationen zum alleinigen Nutzen Amerikas agieren zu können. Mit anderen Worten, „AFRICOM" war das perfekte Vehikel für Geheimprojekt „Barracuda". Und er, Verbindungsoffizier Martins, war der Insider, der diese Institution konspirativ dafür nutzte.

Er rückte den Bürostuhl näher an die Telefonanlage und tippte aus dem Gedächtnis eine Tastenkombination. Während des kurzen Wartens nippte er an einer dampfenden Kaffeetasse und aktivierte die Freisprecheinrichtung.

»Ich höre«, ertönte eine tiefe Stimme.

Martins nahm augenblicklich Haltung an.

»Guten Abend, Sir. Code 44798barracuda.«

»Die Minenkonzessionen, die die Kongolesen den Chinesen überlassen wollen, bereiten einigen hier Kopfzerbrechen.«

»Kann ich mir denken, Sir«, erwiderte der Offizier in keinster Weise beunruhigt. »Das Regionalkommando ist ebenso besorgt. Aber wie Sie und ich wissen, werden diese Konzessionen in absehbarer Zeit nicht mehr viel Wert sein. Und dank unserer eigenen Bezugsquelle sind wir ja auf der sicheren Seite.«

»Sofern diese Bezugsquelle weiterhin geheim bleibt. Wie steht es in der Sache?«, blieb der unsichtbare Gesprächspartner skeptisch.

»Sir, Überwachung aus der Luft sowie Zugang über Land haben wir unter Kontrolle. Unsere Zelle hat Zugriff auf die entsprechenden Abteilungen. Auch die privaten Militärdienstleister arbeiten wie gewünscht. Dort hält man es für einen geheimen Regierungsauftrag. Als Verbindungsoffizier zum zivilen Sektor läuft diesbezüglich alles über meinen Schreibtisch. Und gottlob sind diese Söldnerseelen verschwiegen, im Fall eines Falles sogar gegenüber Untersuchungsausschüssen des Kongresses.«

»Beschreien Sie es nicht, Martins. - Trotz aller Vorsichtsmaßnahmen sind Satellitenaufnahmen unseres so streng gehüteten Operationsgebietes in Umlauf. Erklären Sie mir das.«

Die Gesichtszüge des Offiziers verfinsterten sich. »Der betreffende Beobachtungssatellit untersteht nicht der unmittelbaren Kontrolle des Pentagon. Ein Zugriff über unsere Dienste wäre außen- wie innenpolitisch äußerst heikel. Es handelt sich immerhin um einen europäischen Satelliten zur zivilen Nutzung. In diesem speziellen Fall sollte der Rückgang der Regenwälder Zentralafrikas dokumentiert werden. Dabei wurden wir unbeabsichtigt ausgespäht.«

»Colonel, spielen Sie Schach? - Ein guter Spieler muss selbst die unmöglichsten Szenarien voraussehen. Was wir betreiben, nennt man gemeinhin Verschwörung, denn wir agieren am offiziellen Washington vorbei. Mit anderen Worten, kein Raum für Fehler oder wir verlieren. Also, was wird unternommen, um die Angelegenheit zu bereinigen?«

Martins verspürte aufkommende Unsicherheit. »Die in Frage kommenden Zeugen sind bereits weitestgehend neutralisiert.« Er zögerte: »Allerdings gibt es einen kongolesischen Journalisten, der eine letzte Gefahrenquelle darstellt.«

»Ein Journalist? Herrje, das fehlt uns noch.«

Es wurde ruhig in der Leitung. Colonel Martins erhob sich und starrte nervös auf die Telefonanlage. Ihm schwante bereits, was kommen würde.

»Ich lasse die „IOD" davon in Kenntnis setzen, dass eine weitere „Black Op" erforderlich ist.«

»Ja, Sir«, bestätigte der Mitverschwörer im AFRICA COMMAND in bemüht sachlichem Ton. »Die Zielperson hat demnächst einen Gastauftritt in Brüssel, soweit ich weiß.«

»Brüssel? Na wenigstens weit weg von Zuhause.«

Jack Martins lachte mechanisch. »Wie es uns am liebsten ist, Sir. Gute Nacht, Herr Senator.«

Hauptsitz der SYTRAX Minen- und Erzhandelsgesellschaft in Brüssel:

Es war gegen 23:00 Uhr. In der obersten Etage des Hauptsitzes von SYTRAX saßen drei leitende Mitarbeiter an einem ovalen Sitzungstisch, der für bis zu zwanzig Teilnehmer ausgelegt war. Abwartend sortierten sie ihre Unterlagen. Ein gelegentlicher Gast stand an der großflächigen Fensterfront des in kühler Sachlichkeit designten Sitzungssaales. Mit seinen grau melierten Haaren zur sonnengebräunten Haut und dem perfekt sitzenden dunkelblauen Maßanzug, wirkte der Mittfünfziger überaus weltmännisch. Von den übrigen Anwesenden nahm er keine Notiz. Vielmehr ließ er sich vom Blick auf die Schaltzentralen europäischer Macht zu Gedankenspielen anregen. Denn von hier oben blickte man auf repräsentative Gebäude der EU herab. Und genau so musste das seines Erachtens auch sein. So entsprach das dem tatsächlichen Machtgefüge. Je bedeutender die Position in der Unternehmenshierarchie, desto höher die Etage. Und je mächtiger ein Unternehmen oder eine Institution, desto höher das Gebäude – ein Exportschlager aus seiner Heimat.

Wie gewöhnlich hatte der IOD-Repräsentant auch an diesem Abend kaum Konversation betrieben. Er war ein Mann der Taten, nicht des Small Talk, ganz im Sinne der „International Operations for Development" – kurz IOD –, dem geheimen Schwertarm mächtiger US-Interessensgruppen der Öl- und Bergbauindustrie sowie bedeutender Politiker, mehrheitlich der Republikanischen Partei. Aktuell verband SYTRAX und IOD das Projekt Barracuda. Dabei zahlten sich die IOD-Aktivitäten im Vorfeld des Genozids in Ruanda 1994 und seither aus. Schon damals war die gezielte Destabilisierung der späteren Demokratischen Republik Kongo ein Ziel gewesen. Selbstverständlich geriet auch seine

Organisation hin und wieder ins Visier des öffentlichen Interesses. Wer Räder dieser Größenordnung drehte, konnte das nicht gänzlich verhindern. So hatte ein französischer Untersuchungsrichter sie, genauso wie auch Mitglieder der seinerzeit oppositionellen „Ruandischen Patriotischen Front", 2004 mit dem Raketenbeschuss der ruandischen Präsidentenmaschine im Jahr 1994 in Verbindung gebracht. Egal, dafür war die Ermordung des alten Kabila wiederum ein perfekter Coup gewesen, der keine beweiskräftigen Rückschlüsse auf eine Beteiligung der IOD zugelassen hatte. Keiner der involvierten Personen, angefangen von dem als US-Diplomat getarnten IOD-Täter über den Angehörigen des engsten Beraterstabes bis hin zur persönlichen Sekretärin, war je überführt worden.

Bei all dem hatte die IOD nur den einen Daseinszweck, einen ungehinderten Zugang zu Afrikas Naturressourcen zu gewährleisten und Widerstände jeweiliger Regierungen zu unterbinden oder gegebenenfalls zu brechen. Aktuell wurde in den USA gegen einige Hintermänner der IOD wegen Verstoßes gegen das „Gesetz über Kartelle und korrupte Organisationen" sowie das „Gesetz über ausländische korrupte Praktiken" ermittelt – keine besondere Überraschung. Es handelte sich dabei sowohl um einflussreiche Vertreter der US-Privatwirtschaft als auch um hochgestellte Mitarbeiter des US-Außenministeriums. Selbstverständlich würde auch diese Posse im Sande verlaufen. - Der Gast aus Übersee vergegenwärtigte sich einmal mehr, wie doppelzüngig die Weltpolitik seines Landes war. Der Flugzeugabschuss von 1994 bot dafür ein exzellentes Beispiel. UN-Ermittler hatten dies einen Akt des internationalen Terrorismus genannt. Die USA jedoch, die an vorderster Front zum Sturm auf eben solchen Terrorismus bliesen, blockierten nach wie vor die Aufklärung des damaligen Attentats. Sie mussten es tun. Wie ein Hund dem eigenen Schwanz, so würde die US-Regierung ansonsten sich selbst nachjagen und mit Ruanda zudem den wertvollsten Verbündeten in Zentralafrika in eine politisch brisante Lage bringen.

Als die Tür des Sitzungssaales geöffnet wurde und der hochbetagte Patriarch des belgischen Unternehmens eintrat, begab sich der Repräsentant der IOD augenblicklich zu seinem Platz. Mit tadelloser Haltung ging Klaas De Koninck an das andere Ende des Tisches, die Anwesenden dabei mit dem Respekt gebietenden Blick eines Despoten musternd.

Er stand einem Unternehmen vor, welches seit den 60er Jahren Minen für seltene Erze und Metalle im Kongo unterhielt und weltweit mit den Erträgen handelte. Alles hatte mit seinem Vater und der belgischen Vormachtstellung als Kolonialmacht begonnen. Auch heute noch war De Koninck von der Vorstellung geprägt, Kongolesen seien die Arbeitstiere und die Belgier die überlegene Intelligenz. Nie hatte er die Schwarzen dabei für faul und dumm gehalten. Im Gegenteil, er respektierte ihre Spiritualität und körperliche Robustheit. Lange hatte er einen aus ihrer Mitte, den ersten Premierminister Patrice Lumumba, insgeheim sogar verehrt. 'Belgien will dieses Land balkanisieren. Der Kongo soll auseinanderbrechen', hatte dieser junge Staatsmann schon damals eine Strategie auf den Punkt gebracht, mit der westliche Machtstrategen den afrikanischen Kontinent noch bis in die Gegenwart gezielt schwächten und in Abhängigkeit hielten. Mit seinem Intellekt und aufrechten Patriotismus hatte Lumumba Belgien und die USA auf eine Art entlarvt, die als gefährlich eingestuft worden war und einmal mehr die Beseitigung auf Kolonialherrenart nach sich gezogen hatte. Damals hatte der junge Klaas für sich erkannt, dass die Grundsätze von Ethik und Moral gegen das Teile-und-Herrsche-Prinzip stets unterlagen.

Der alte Mann setzte sich und fasste die anderen Anwesenden nacheinander ins Auge. Herzliche Begrüßungen oder ein aufmunterndes Lächeln waren ihm fremd. Und so kam er direkt auf den Punkt: »Ich habe mir ein Bild vom Verlauf des Projektes Barracuda gemacht und bin zufrieden. Von unseren Partnern habe ich die Bestätigung erhalten, dass es ihnen ebenso geht.«

Er bedachte den speziellen Gast mit einem wohlwollenden Seitenblick. »Dank unseres ergiebigen Abbaugebietes in Ituri erhalten wir ausreichend Coltanerz, um die steigende Nachfrage unserer Handelspartner zu befriedigen. Das Geschäft mit China ist dabei hervorzuheben. Vergangenen Donnerstag wurden 18 Tonnen über Kenia nach Asien geliefert. Fragen über die genaue Herkunft haben wir von den Chinesen nicht zu erwarten. Sie sind in dieser Hinsicht so diskret wie wir.«

Letzteres löste bei den Zuhörern verhaltene Belustigung aus, während De Koninck fortfuhr: »Die Vereinten Nationen können so viele Berichte über Blutcoltan verfassen wie sie wollen. Solange die Welt sich von Mikrochips abhängig macht und die horrenden Ausgaben für Rüstungsgüter weiter anhalten, sind unsere Geschäfte nicht in Gefahr.

Jährlich über eine Milliarde neuer Smartphones, zu über 40 % in China gefertigt und von annähernd allen namhaften Herstellern dort in Auftrag gegeben. Und ausnahmslos alle von ihnen streiten ab, Coltan aus Bürgerkriegsgebieten zu verarbeiten. Wie soll das wohl möglich sein?! Was die militärische Aufrüstung angeht, meine Herren, da befindet man sich de facto in einem neuen Kalten Krieg. Raketenabwehrschilde am Boden, Lenkwaffensysteme für den erdnahen Orbit et cetera, et cetera. Das neueste Geschenk an die SYTRAX ist die im großen Stil hofierte Elektromobilität mit ihren lebensnotwendigen Batterien. Es ist viel mehr zu unserem Wohl als zu dem der Klimarettung, das kann ich Ihnen versichern. - Sie sehen, meine Herren, Unmoral und Verantwortungslosigkeit fangen nicht mit uns an und hören nicht bei uns auf. Wir liefern lediglich den Lebenssaft für die moderne menschliche Zivilisation. Alles verläuft ohne nennenswerte Zwischenfälle.«

Der Sicherheitschef der SYTRAX, Ruben Wouters, räusperte sich verhalten.

»Ich gebe den gewaltsamen Tod mehrerer NGO-Mitarbeiter in Ituri und einer hochrangigen Persönlichkeit in Bukavu zu bedenken.«

Der IOD-Repräsentant reagierte mit Geringschätzung: »Ach wirklich. Die NGOs wird man nie mehr finden. Im Zweifel sind sie eben von irgendwelchen marodierenden Milizen oder ugandischen Patrouillen getötet worden. Und was den allzu neugierigen Provinzgouverneur in Bukavu angeht – er war nur ein korrupter Mafioso, der von der lokalen Konkurrenz ausgeschaltet worden ist. Unsere ruandischen Freunde haben für genau diesen Eindruck gesorgt. Ich versichere Ihnen, dass die IOD ihr Handwerk versteht.«

»Verzeihung, selbstverständlich ist Ihre IOD der Inbegriff der Perfektion«, zeigte sich Wouters angriffslustig.

»Wollen Sie mich herausfordern? Das würde ich mir an Ihrer Stelle besser genau überlegen.«

»Schluss jetzt!«, herrschte De Koninck seinen Sicherheitschef an. »Sie konzentrieren sich besser auf den Schutz unserer Investition im Ituri-Gebiet. Das ist Aufgabe genug. Ich will sehr hoffen, Sie bekommen keine Gewissensbisse, Wouters. Das wäre völlig fehl am Platz. Mit unseren ganzen Aktivitäten sind wir schließlich am gewaltsamen Tod von drei Millionen Afrikanern mitbeteiligt. Und wenn wir unsere Kolonialgeschichte bemühen wollen, kommen noch einmal zehn Millionen Kongolesen hinzu. Nazi-Deutschland hat es dagegen auf gerade mal sechs Millionen Juden gebracht. Die vernichteten Juden sind noch immer allgegenwärtig, die zu Tode gekommenen Kongolesen nicht. Wieso ist das wohl so? Na?«

Ein Moment der Stille kehrte ein, als seine Mitarbeiter betreten vor sich hin starrten und der IOD-Mann unbeteiligt zum Fenster sah.

»Weil die Kongolesen, genau wie der Rest der Schwarzafrikaner, keine Lobby in der Welt haben und es deshalb niemanden interessiert. Und da machen Sie sich Gedanken um diesen kleinen Kollateralschaden?!«

Sichtlich zerknirscht erwiderte Ruben Wouters darauf nichts.

Das Gesicht des IOD-Repräsentanten spiegelte hingegen Genugtuung wider, während die übrigen beiden

Sitzungsteilnehmer erwartungsvoll zu ihrem Patriarchen schauten.

Ruhig fuhr der alte Mann an alle gerichtet fort: »Inkonsequenz und Scheinheiligkeit sind mir zuwider, meine Herren. Tun Sie Dinge nur, wenn Sie diese vor sich auch verantworten können. Und wenn Sie die notwendigen Schritte veranlassen, dann mit aller gebotenen Konsequenz. Ansonsten sind Sie den Erfordernissen nicht gewachsen.«

Wie zur Demonstration wandte sich der Redner an den Gast aus Übersee: »Wie sieht es mit diesem wortgewaltigen kongolesischen Professor aus. Ist da eine schnelle Endlösung in Sicht?«

»Professor Julius Kajembe lebt bereits seit Jahren in Paris. Aber in vier Tagen wird er einen Vortrag halten – hier in Brüssel. Ich habe mit meinen Vorgesetzten Rücksprache gehalten. Die Angelegenheit wird direkt am Vortragsort bereinigt.«

Berlin anno 1904 – Geburt der „Wächter der Schöpfung"

In dem vollbesetzten Flugzeug meldete sich zum letzten Mal die abgeklärte Stimme aus dem Cockpit: »Wir beginnen jetzt mit dem Landeanflug auf den Flughafen BER Berlin-Brandenburg. Die deutsche Hauptstadt begrüßt uns bei schönstem Maiwetter und 25 Grad Celsius …«

Bonifacius Kidjo drehte den Ton an seinen Kopfhörern lauter. Er genoss den Landeanflug zu den Rhythmen der „Four Tops", jenen Legenden des afroamerikanischen Soul, die ihm auf so unvergleichliche Weise aus der Seele sprachen. Der dunkelhäutige Mann von Anfang dreißig und mit feinen Gesichtszügen, ging ganz in der einzigartigen Stimme von Levy Stubbs auf, welcher gerade die Botschaften von „Love music" verkündete. Mit dezenten Bewegungen lauschte er dem Text, der eine Gesellschaft beschrieb, in der man zu wenige glückliche Gesichter auf den Straßen sah, es immer weniger Gutes zu berichten gab und wo die Menschen noch am ehesten auf das göttliche Wunder hoffen konnten. Eine Gesellschaft, in der Liebe verkündende Musik tröstlicher und wegweisender war denn je. - Er liebte Musik. Nach seiner Überzeugung zog sie wie die Malerei und die Poesie seit Jahrtausenden häufig die einzige Grenzlinie zwischen Zivilisation und Barbarei. Wie ein heller Stern in dunkler Nacht, so erinnerte die Kunst den Menschen daran, zu welch Positivem er fähig war und wofür es sich tatsächlich lohnte zu kämpfen.

Als die Maschine gelandet war und die ersten Fluggäste sich bereits zum Ausgang begaben, erhob sich auch der Mann mit den deutsch-kongolesischen Wurzeln, womit die Statur eines Modellathleten unter der legeren Hosen-Sakko-Kombination vollends zum Tragen kam. Charmant lächelnd erwiderte er die interessierten Blicke einzelner Damen. Nicht nur, dass Bonifacius Kidjo eine geradezu hypnotische Anziehungskraft auf Frauen ausübte, auch er selbst war ein leidenschaftlicher Fan weiblicher Attribute. Das betraf beileibe nicht nur deren Formen, sondern auch Intuition, Beharrlichkeit, Zähigkeit. Als Gegner wie auch als Verbündete, so hatte ihn das Leben gelehrt, waren Frauen niemals zu unterschätzen.

Auf dem schmalen Gang mühte sich derweil eine ältere Dame vergeblich ab, eine sperrige und offensichtlich schwere Tasche aus dem Ablagefach über ihr zu ziehen. Ein kräftiger Anzugträger wiederum schickte sich an, den verbliebenen Raum zu nutzen und rücksichtslos an ihr vorbeizudrängen. Postwendend maßregelte sie den Mann hinsichtlich seiner schlechten Manieren, was dieser mit abfälligen Bemerkungen über ihr Alter parierte. Während die Passagiere dahinter stoisch die Ausweichroute zum parallel verlaufenden Gang wählten, packte Bonifacius den uneinsichtigen Egomanen kurzerhand an der Schulter und nötigte ihn in den nächstgelegenen Sitz. Anschließend nahm er sich der Tasche an und hievte sie ohne größere Mühe in die Arme der verblüfften Eigentümerin. Noch verblüffter zeige sich allerdings der Gedemütigte, der seinen Versuch wieder aufzustehen, angesichts des ihm zugedachten strengen Blickes mitsamt ablehnender Fingergeste zurückstellte. Sein überzeugender Widersacher war schon weit voraus, als der eingeschüchterte Anzugträger aufzustehen wagte.

Auch auf dem Weg zur Gepäckabholung strahlte der Journalist Bonifacius Kidjo eine gelassene Souveränität aus, die ihn deutlich von der Menge abhob. Sein musikalisches Ritual vollendete er derweil mit einem weiteren Stück der „Four Tops". Das dynamische „Are you man enough" stimmte ihn bestens auf das Kommende ein.

Als er bereits auf den nächstgelegenen Flughafenausgang zusteuerte, zog ein Fernsehmonitor ihn in seinen Bann. Gerade versuchte eine unkundig wirkende Jungmoderatorin in das Thema „Rohstoffe für das digitale Zeitalter – eine ethische Herausforderung" einführen.

Ausgerechnet eine, die bestimmt einmal pro Jahr das neueste und trendigste Handy, Tablet & Co. passend zu Nagellack und Couchgarnitur anschafft, will zu dem Thema kritisch hinterfragen? Qualitätsjournalismus ahoi …

Mit verständnislosem Kopfschütteln wollte Bonifacius seinen Weg fortsetzen, lief dabei jedoch beinahe in eine Frau hinein, die gepflegte dreißig Jahre älter war. Seine entschuldigende Geste ging in herzliche Begeisterung über: »Katrin Kaster! Nie waren weiße Haare attraktiver. Verraten Sie mir endlich das Geheimnis Ihrer ewigen Jugend?«

»Jünger werdende Liebhaber«, hauchte sie in sein Ohr und zwinkerte bekräftigend.

Er lachte auf und schloss sie sanft in die Arme. »„KK", Sie sind schon eine Nummer.«

Auf dem Weg zum Auto setzte das vermeintlich ungleiche Paar die Konversation gutgelaunt fort: »Wie war der Flug von Granada? - Was macht dein Garten?«

»Das Haus ist vor lauter Garten kaum noch zu sehen. Ohne die Hilfe der Nachbarn wäre es vermutlich schon zugewachsen.« Er hielt inne, schloss die Augen und sog genießerisch Luft ein. »Aber bei aller Liebe zu Andalusien, Berlin bleibt doch Berlin.«

Kaster wies auf eine dunkle Limousine. »Würdest du denn gerne wieder herziehen?«

Ihr Protegé musterte sie daraufhin und begann zu schwelgen: »Ich bin hier geboren, Deutschland ist ein geliebter Teil von mir. Aber die Bergwelt der Sierra Nevada gibt mir einen besonderen Frieden, den ich hier nicht finden kann. Natur zwischen den Wolken, die alte Korkeiche, Essen und Trinken frisch vom Bauern, beim Landwein im Garten sitzen und mit einem Freund über Gott und die Welt philosophieren – das ist mein Paradies im Diesseits. Und „KK", Sie können sich nicht vorstellen, wie fantastisch Soul und Jazz in meinem Garten klingen.«

»Schon gut, das reicht. Sonst zieh' ich noch hinterher«, winkte Kaster amüsiert ab und entriegelte die Fahrzeugtüren.

Während Bonifacius das Gepäck im Kofferraum verstaute, ließ seine langjährige Wegbegleiterin bereits den Wagen an. Die Zeit war knapp bemessen. Zügig fädelte sie sich in den

Verkehr ein und behielt aufmerksam die gesamte Umgebung im Blick.

Der Sohn eines deutschen Diplomaten und einer kongolesischen Journalistin betrachtete die Fahrerin von der Seite. Gekannt hatte er sie schon als Junge, später wurde sie zur Ersatzmutter und Ausbilderin. Mittlerweile war sie vor allem die Sicherheitschefin der „Wächter der Schöpfung", eingebunden in alle Geheimmissionen und diesbezüglich seine wichtigste Ansprechpartnerin. Wie immer würde ihm „KK", wie er ihren Namen liebevoll abkürzte, vor der offiziellen Einführung keine Informationen zukommen lassen. Auch darin war diese Dame eisern.

Du bist der beste Beweis dafür, dass natürliche Schönheit nicht vergehen muss. Du widerstehst einem Zeitgeist, der aus Menschen künstliche Wesen machen will, der Gesichter und Körper in Hochglanzmagazinen und auf Werbeplakaten zu einem fragwürdigen Ideal retuschiert. In Schönheitsoperationen soll freigelegt werden, was man auf die Art niemals finden kann – innere Schönheit, die nach außen strahlt. Was stattdessen übrig bleibt, sind Schreckgespenster menschlicher Eitelkeit. Du aber trägst nur dezentes Make-up, stehst zu deinen Falten, bist nicht runtergehungert. Wie wohltuend natürlich.

Bis zum Erreichen des Konstantin Verlages in einem Außenbezirk der Stadt, blieb noch genügend Zeit. Beste Gelegenheit, die Augen zu schließen und sich auf eine gedankliche Zeitreise in die wilhelminische Epoche zu begeben – dahin, wo alles begonnen hatte, wo die Wiege ihrer Geheimgesellschaft stand:

Die Sonne schien hell und kräftig an diesem Vormittag des frühen September 1904. Die deutsche Reichshauptstadt zeigte sich von ihrer schönsten Seite. „Unter den Linden" war das erstarkte Selbstvertrauen einer noch jungen Nation deutlich spürbar. Unzählige elegant gekleidete Paare flanierten die breite Prachtstraße entlang, vorbei an eindrucksvollen Bauwerken wie dem alles beherrschenden Berliner Stadtschloss und im Glanz blühenden kulturellen Lebens. Emsig sorgten Pferdekutschen und Straßenbahnen für zügigen Transport. Freundliche aber dennoch Respekt einflößende Schutzpolizisten erteilten Auskünfte, riefen hier und da zur Ordnung oder beobachteten einfach nur das Geschehen.

Offiziere verschiedener Waffengattungen nutzten die Bürgersteige, Grünanlagen und Cafés als Bühne für eine effektvolle Selbstinszenierung, indem sie sich im Glanz ihrer Uniformen und der Strahlkraft ihrer Schnurrbärte gegenseitig zu übertrumpfen versuchten. Alles schien ausgelassen und friedlich in dieser schillernden Metropole inmitten Europas.

Ein hochgewachsener schlanker Mann überquerte überstürzt die Straße. Er trug einen dunklen Gehrock, dazu einen hohen hellgrauen Zylinder. Sein Gesicht war geziert von dunkelblonden Koteletten und einem dezent schmalen Schnurrbart.

Einem Schutzmann fiel der eilige Herr auf, woraufhin er sich anschickte, diesen zu maßregeln. Doch als sich ihre Blicke trafen, entspannte sich das Gesicht des Beamten, die Finger berührten zackig die Pickelhaube. »So eilig, Herr Konstantin? Auf dem Weg in den Salon?«

»Mein lieber Wachtmeister Schmidt. Sie haben mich ertappt«, entgegnete der Verleger Armin Konstantin mit schuldiger Höflichkeit. »Zum ersten Mal lasse ich die Herren auf mich warten. Ich habe doch hoffentlich keine Pferde scheu gemacht?«

»Solange Sie zwischen Verlagshaus und Kaiser-Salon keine Damen scheu machen, soll es mir recht sein«, entgegnete der Uniformierte mit einem knappen Lächeln und entfernte sich nach erneutem Handgruß.

Unweit des Opernpalais endete der Ausflug vor einem dreistöckigen Gebäude mit prachtvoller Sandsteinfassade. Zwei Nachbildungen antiker Säulen flankierten eine zweiflügelige hohe Eingangstür. Der bereitstehende Hausdiener übernahm Zylinder und Spazierstock, während ein zweiter den Gast geleitete.

Der Kaiser-Salon gehörte zu jenen Berliner Salons, in denen Persönlichkeiten der gehobenen Gesellschaft zu verkehren pflegten. Hier wurden in aller Regel das Weltgeschehen diskutiert, Geschäfte abgewickelt und neue Kontakte geknüpft. Auch Verleger Konstantin, dessen Verlagshaus in der liberalen Presselandschaft der wilhelminischen Zeit sowohl eine Tageszeitung herausbrachte, als auch nationale wie internationale Schriften publizierte, pflegte hier einen illustren Freundeskreis. Sein Eintreten in das sogenannte Kaminzimmer brachte sogleich Bewegung in den Kreis der sieben übrigen Herren, die sich in gespannter Erwartung erhoben. Grund dafür war neben der Etikette zweifelsohne die Verspätung des normalerweise pedantisch auf Pünktlichkeit setzenden Mannes, zumal von gehetzter Atemlosigkeit begleitet.

»Guten Tag, meine Herren. Ich bitte meine Verspätung zu entschuldigen. Zu meiner Ehrenrettung möchte ich Ihnen aber versichern, dass der Grund dafür lohnenswerte Neuigkeiten sind, die noch eine eingehende Aufbereitung erforderten.«

Einzig ein feinsinnig lächelnder Mann namens Karl Tiberius Freiherr von der Tannen blieb weiterhin stehen. Der Spross einer alten preußischen Adelsfamilie hatte gutes Benimm und würdevolle Körpersprache derart kultiviert, dass sein abwechslungsreicher Zugang zur Damenwelt und den zahlreichen Festivitäten der feinen Gesellschaft niemanden ernsthaft wundern konnte. Wer nur flüchtig mit ihm verkehrte, konnte den noch jungen Beau leicht für einen selbstverliebten, oberflächlichen Lebemann halten. Doch dieser Schein trog.

Geschickt investierte Freiherr von der Tannen sein ererbtes Vermögen in ausnahmslos seriöse Geschäfte. Er war außerdem ein Liebhaber und stiller Förderer der schönen Künste und darüber hinaus bemüht, Familien ohne ausreichend Einkommen in Lohn und Brot zu bringen. Die kritische Distanz zu kolonialem Zeitgeist und Machtgebaren war eine der Maxime, die ihn mit den übrigen Männern im Raum vor allem verband. Doch im Augenblick nahm er mit sicheren Handgriffen den Teewagen in Besitz, prüfte die Temperatur einer ersten Flasche Weißwein und öffnete sie zufrieden.

»Bevor wir voller Spannung den Ausführungen unseres hochverehrten Freundes Konstantin lauschen, lassen Sie uns zuvor auf das Wohl dieser Runde und auf eine friedvolle Zukunft für unser geliebtes Vaterland anstoßen.«

Mit diesen Worten reichte er die gefüllten Gläser weiter. Es dauerte kaum zwei Minuten, da wanderte die allgemeine Aufmerksamkeit auch schon wieder zurück zu Armin Konstantin.

»Meine hochverehrten Herren«, eröffnete dieser nun mit erregter Stimme, »ich erhielt heute ein äußerst bemerkenswertes Schreiben aus Liverpool.«

Mit Genugtuung entnahm er den Gesichtern ungeteiltes Interesse.

»Es stammt von Mister Edmund Dene Morel. Sehr ausführlich berichtet Mister Morel darin von skrupellosen Machenschaften im Freistaat Kongo. Und er weiß genau, wovon er redet. Als freier Journalist hat er zuvor bereits einige Jahre über die fragwürdigen Handelsbeziehungen zwischen Kolonialstaaten und dem afrikanischen Kontinent berichtet, bevor er eine Anstellung bei der britischen Reederei „Elder Dempster" gefunden hat. Und diese Reederei, meine Herren, hat das Monopol für alle Seetransporte vom und zum Freistaat Kongo. Morel berichtet, dass enorme Mengen von Kautschuk und Elfenbein aus dem Kongo in Antwerpen eintreffen, ohne dass ein Äquivalent in Form von Handelswaren zurückgeht. Was aber zurückgeht, sind Waffen und sonstige militärische Güter. Nach Schätzung Morels verkaufen die dort tätigen europäischen Konzessionsgesellschaften den Kautschuk mit einem Gewinn von bis zu 700 %.«

»Ein Profit in dieser Größenordnung verstößt in der Tat gegen jede moralische Verpflichtung eines freien Unternehmertums«, ereiferte sich ein kleiner rundlicher Mann mit Brille und hoher Stirn.

Es handelte sich um Dr. jur. Heinrich Rosenthal, Inhaber einer renommierten Anwaltskanzlei. Er betreute Privatunternehmen in Vertragsangelegenheiten und vertrat sie auch vor Gericht. Seine Klientenauswahl erfolgte stets auch nach ethischen Gesichtspunkten. Doch wer seine Kanzlei für sich gewinnen konnte, war auf der sicheren Seite. Der Jurist stand für ein freies Unternehmertum in einer liberalen Gesellschaft. Gleichwohl durfte Eigentum seiner Meinung nach kein Werkzeug maßlosen Profits sein. Vielmehr sollte es möglichst auch dem Gemeinwohl dienen.

Nun meldete sich ein graumelierter, weltmännisch wirkender Herr zu Wort, dessen einnehmende Stimme jeden in den Bann zog: »Werte Freunde, ich kann Ihnen die skrupellosesten Gesellen zum Thema Freistaat Kongo genau benennen.«

Als langjähriger kaiserlich-deutscher Diplomat, nunmehr außer Dienst, hatten die Einschätzungen des Konsuls Ernst Graf Schliefen in Fragen des internationalen Parketts besonderes Gewicht. Er erhob sich und ging in dem holzgetäfelten Raum gemessenen Schrittes auf und ab. Sinnierend blieb er immer wieder stehen.

»Die zentrale Rolle in dieser Tragödie spielt zweifelsohne der belgische König. Seit seiner Thronbesteigung 1865 will sich Leopold II. ein Denkmal setzen. Als ehemaliger Konsul in Kapstadt und Brazzaville konnte ich mir darüber ein klares Bild machen. Durch rücksichtslose Ausbeutung der kongolesischen Reichtümer will sich dieser Mann zum Architekten eines modernen Belgiens machen, mit einer schillernden Metropole Brüssel als Hauptstadt, um so zu den großen Nationen Europas aufzuschließen. Keine Frage, er hat das derzeit grausamste Kolonialsystem in Afrika zu verantworten.«

Im Raum herrschte absolute Stille, während Graf Schliefen seine Worte kurz wirken ließ. »Mein britischer Amtskollege Konsul Casement hat in diesem Jahr ein Dossier von über fünfzig Seiten verfasst, welches die ungeheuerlichen Gräueltaten Belgiens im Kongo dokumentiert. Ferner darf man nicht außer Acht lassen, dass das britische Parlament bereits vor einem Jahr eine Protestnote an den belgischen Staat gerichtet hat. Kern der Kritik waren die Behinderung des freien Handels im Freistaat und die menschenunwürdige Behandlung der Urbevölkerung. Man kann festhalten, dass der belgische Staat erheblich von der Skrupellosigkeit Leopolds profitiert und ihn insbesondere aus diesem Grund gewähren lässt.«

Nebenbei öffnete Freiherr von der Tannen eine weitere Flasche des bevorzugten Weißweines und schenkte nach. Auch nutzte er die Denkpause des Vorredners für einen Trinkspruch: »An dieser Stelle, meine Herren, möchte ich das Glas auf eine große Persönlichkeit, den Architekten eines geeinten Deutschland erheben: auf Reichskanzler Otto von Bismarck, dem das koloniale Abenteuer von jeher ein Dorn im Auge war. Möge er in Frieden ruhen.«

Nach dem feierlichen Schluck Wein gab der humorvolle Konsul außer Dienst eine gelungene Parodie auf den verdienten Staatsmann zum Besten: »Ich weiß nicht, was dieser König den anderen Staaten ins Glas getan hat«, eröffnete er mit polternder Stimme, »das Deutsche Kaiserreich wird das zur Debatte stehende Kongo-Projekt jedenfalls nicht unterstützen! Die müssen alle blind, taub oder debil sein, wenn sie dem das Märchen vom Kongo als Freihandelszone mit humanitären Zielen abnehmen! Ich jedenfalls bin kein Kolonialromantiker!«

Geduldig wartete der Diplomat im Ruhestand das Ausklingen des Gelächters ab, um dann in der Rolle Bismarcks fortzufahren, wenngleich auch deutlich nachdenklicher: »'Der Mensch kann den Strom der Zeit weder schaffen noch lenken. Er kann nur darauf fahren und mit mehr oder weniger Geschick das Steuer führen.'«

Die gelungene Darbietung wurde mit euphorischem Applaus bedacht. Umso mehr, als allen im Raum bewusst war, dass seit Bismarcks Abdankung 1890 ein wichtiges mäßigendes Element in der europäischen Außenpolitik fehlte. Auch hatte sich das neu gegründete Deutsche Kaiserreich dank ihm zumindest zwölf Jahre lang nicht an der kolonialen Großmannssucht Großbritanniens, Frankreichs und anderer beteiligt.

»Europas fähigster Steuermann ist von Bord gegangen«, verschaffte sich der jugendlich wirkende Werner Schönbrunn Gehör.

Zwar war er der Jüngste in der Gruppe Gleichgesinnter, deshalb aber keinesfalls zu unterschätzen. Abenteuerlust und kaufmännischer Scharfsinn hatten ihn bereits früh in die weite Welt hinausgetrieben. Resultat war eine Reihe florierender Lebensmittelgeschäfte in der Hauptstadt. Des Weiteren betrieb er einen gutgehenden Handel mit Deutsch-Südwestafrika, wo er auch mehrere Schulen für die angestammte Bevölkerung unterhielt.

»Übrigens gibt es da noch die Reiseberichte des Journalisten und Politikers George Washington Williams, der 1890 den Kongo bereist hat. - Herr Konstantin, hatten Sie nicht einige seiner Schriften veröffentlicht?«

Armin Konstantin nickte bestätigend. »Sie erinnern sich richtig. Ein Amerikaner mit afrikanischen Wurzeln. Er war ursprünglich in den Kongo gereist, weil er freie Männer seiner Hautfarbe erleben wollte. Stattdessen konnte er sechs Monate lang nur von Folter, Missbrauch und Mord berichten.«

»Was mir an Williams' Berichten am meisten imponiert, ist sein wiederholter Ausspruch vom 'Verbrechen gegen die Menschlichkeit'.« Aufgeregt sah Werner Schönbrunn in die Runde, wobei er seine Hand zur Faust ballte. »Es sind so wenige Worte, doch beinhalten sie so viel. Gerade in unserer militärversessenen Zeit sind solche Aussagen von Bedeutung.«

Heinrich Rosenthal klopfte ihm beipflichtend auf die Schulter. »Wir hier sind visionäre Geister, junger Freund, die etwas Positives bewirken wollen. Mögen andere mit den Worten anfangen was sie wollen, für uns muss die Erkenntnis vom Verbrechen gegen die Menschlichkeit jedenfalls wegweisende Inspiration sein.«

Der besonders durch sein voluminöses weißes Haupthaar auffallende Universitätsprofessor der Chemie, Prof. Dr. Erich Beck, hatte sich zunächst nur von den Einschätzungen der anderen inspirieren lassen. Mit einem flammenden Einwurf stellte er sein Temperament nun jedoch unter Beweis: »Wissen Sie eigentlich, wie dieser ehrlose belgische Königslump die Zustände in seiner afrikanischen Folterkammer rechtfertigt?!« Kämpferisch schaute der Professor über seine kleine Brille, ohne ernsthaft eine Antwort abzuwarten: »Laut kürzlich erschienenem Zeitungsartikel weist er jede Gewinnsucht zurück. Man brauche dennoch harte Methoden, um diese ehemaligen Kannibalen zur Arbeit zu bewegen. Man müsse ihnen die Trägheit austreiben und ihnen erst die heilige Pflicht der Arbeit nahe bringen.« Der Professor rang um Fassung. »Bereits 1877, soweit ich mich erinnere, hat dieses Subjekt – liebe Freunde, verzeihen Sie mir, ich kann seinen Namen nicht in den Mund nehmen –, also hat dieses Subjekt Afrika als wunderbaren afrikanischen Kuchen bezeichnet, den man noch beschützen könne. - Also, wenn das, was er da im Kongo treibt, sein Verständnis von Schutz ist ...!«

Von seinen Emotionen übermannt, zückte der betagte Gelehrte ein Taschentuch und tupfte sich die feuchten Augen. »Wir sind nicht nur Deutsche, liebe Freunde, sondern außerdem Europäer und Kinder der Aufklärung. Dieselbe Luft wie dieses royale Monstrum zu atmen ...!« Seine Stimme versagte ihm den Dienst.

Freiherr von der Tannen nahm sich des Professors einfühlsam an.

Von der Szene sichtlich bewegt, griff der anerkannte Erfinder Friedrich August Weber das Thema auf. Ausstrahlung und Erscheinungsbild des schwer einzuschätzenden Mannes waren unauffällig und zurückhaltend. Er blühte jedoch stets auf, sobald Themen und Gesprächspartner ihm behagten. Und in Gesellschaft der ihn umgebenden sieben Herren war das praktisch immer gegeben. »Die Teilnehmer der unsäglichen Kongo-Konferenz vor zwanzig Jahren haben Leopold sogar eine komplette Eisenbahn quer durch den sogenannten Freistaat finanziert. Seine bewaffneten Truppen müssten besonders mobil sein, um die Sklaverei effektiver bekämpfen zu können, hatte er ihnen eingeredet.

Die anderen Teilnehmer haben ihn überhaupt erst legitimiert, seinen Privatstaat in Freistaat Kongo umzubenennen – der reinste Treppenwitz. Als Erfinder ist mir die Strategie dahinter wohl vertraut. Man setzt auf fantasievolle Geschichten, um potenzielle Geldgeber zu überzeugen.« Weber lachte bitter auf. »Im Fall des Kongo mögen einige Staatsmänner vielleicht auf Leopolds blumige Erzählungen hereingefallen sein. Nun gut, man sieht bisweilen nur, was man sehen will. Aber letztlich hätte man über die Fakten und Widersprüche stolpern müssen. Das lässt den einzigen Schluss zu, dass die europäischen Großmächte bewusst wegschauten.«

Der Erfinder nutzte das Ordnen seiner Gedanken für einen Schluck Wein, bevor er fortfuhr: »Des Rätsels Lösung offeriert uns der technische Fortschritt. Europa hat in den letzten zwanzig Jahren einen eindrucksvollen technischen Fortschritt erlebt. Entdeckungen wie im Bereich der Elektrizität haben die Welt revolutioniert und faszinieren uns. Denken Sie nur an die Pariser Weltausstellung.«

Armin Konstantin untermauerte diese Feststellung, indem er einen Lichtschalter betätigte, damit mehrfach die Zimmerbeleuchtung an- und ausschaltete.

»Es steht wohl außer Frage, dass die technischen Neuerungen uns alle betreffen. 1881 – der elektrische Fahrstuhl der Firma Siemens & Halske für Warenhäuser. Oder die Firma Siemens als Pionier in der Herstellung leistungsstarker Elektromotoren für Industrie- und Zugmaschinen. Mit Kohle betriebene Kraftwerke. Ich habe zahllose Beiträge zu dieser Zeitenwende publiziert.«

Friedrich August Weber gesellte sich zu dem Verleger. »Keine Nation profitiert derzeit so sehr vom Fortschritt wie das Deutsche Kaiserreich. Wir sind das modernste und ökonomisch erfolgreichste Land Europas. Unsere Industrie beherrscht den Weltmarkt mit einer breiten Produktpalette der Hochtechnologie, synthetischen Farben, Arzneimitteln. Nirgendwo sonst in Europa wird so viel Elektrizität erzeugt, sind Eisen- und Stahlwerke so produktiv wie im Ruhrgebiet, Schlesien oder Sachsen. Dennoch, im technischen Fortschritt liegt auch die entscheidende Gefahr. Er sollte immer das Werkzeug und unter Kontrolle einer weltoffenen, liberalen Gesellschaft sein. Ansonsten wird technischer Fortschritt über kurz oder lang zu einem zerstörerischen Machtinstrument.«

»Bravo«, rief der Kaufmann Werner Schönbrunn aus. Allgemeiner Applaus schloss sich an.

Während des gesamten Meinungsaustausches waren immer wieder erwartungsvolle Blicke zu Generalleutnant außer Dienst Karl von Seitz gewandert, dem kriegserfahrenen Urgestein des Freundeskreises, der als einziger nicht applaudierte. Auf ihm, dem Respekt einflößenden, kräftigen Mann mit ausgeprägtem Haarkranz aber dafür üppig gezwirbeltem Schnurrbart, ruhte jetzt alle Aufmerksamkeit. Seine Meinung war in dieser Runde aus gutem Grund besonders gefragt. Warum – im deutsch-französischen Krieg von 1870/71 hatte von Seitz als Hauptmann Heldenstatus erlangt, für das Ziel eines geeinten Deutschland hätte er jederzeit sein Leben gegeben. Doch dann hatte sich ein Bruch mit Wilhelm II. angebahnt, als dieser Reichskanzler Bismarck zum unrühmlichen Abschied nötigte und das protzige Gehabe des Kaisers für den Geschmack eines von Seitz überhandnahm. Als man dem mittlerweile zum Generalleutnant aufgestiegenen Offizier trotz brillanter strategischer Fähigkeiten schließlich auch noch den Generalsrang vorenthielt, war die Zeit reif gewesen, den Abschied einzureichen.

Seine raumfüllende, tiefe Stimme hätte wohl jeden augenblicklich verstummen lassen: »Sie sagten, früher oder später könnte der technische Fortschritt zu einem zerstörerischen Machtinstrument werden. Ich sage Ihnen, es ist längst dazu gekommen. Säbelrasseln und militärische Prahlerei aller europäischen Großmächte gehören mehr denn je zum guten Ton. Und unsere Nation befindet sich in einer gefährlichen Mittellage, umgeben von Neidern und Revanchisten. Russland ist eingebunden in ein mehr oder weniger geheimes Militärbündnis mit England und Frankreich. In Frankreich hat man uns weder unseren Sieg, noch die erzwungene Abtretung von Elsass-Lothringen nach 1871 oder die erreichte Einheit Deutschlands verziehen. Und England – ja England würde den teutonischen Hauptkonkurrenten um seine Absatzmärkte zu gerne stürzen sehen.«

Nachdenklich schwenkte der Generalleutnant a.D. sein Glas, so als würde er die nächsten Worte genau abwägen: »Führen Sie sich vor Augen, meine Herren, aus Angst um das Empire und vor allem um die 320 Millionen Inder, die den Lebensstandard von 43 Millionen Briten sichern, hat man sogar ein Militärbündnis mit Russland angestrebt. Schließlich können die Briten Indien im Norden schlecht mit ihrer Hochseeflotte verteidigen. Und was macht der komplexbeladene Wilhelm? Statt Besonnenheit predigt er Aufrüstung mit eben den neuen Früchten des technischen Fortschritts, womit er den anderen Mächten in die propagandistischen Karten spielt. Denken Sie nur an unsere Hochseeflotte – ein Wettrüsten ohne Sinn und Verstand.«

Graf Schliefen räusperte sich höflich, um dem verdienten Soldaten nicht ins Wort fallen zu müssen. »Ich möchte anmerken, selbst der Unterstaatssekretär im englischen Außenministerium, Sanderson, hat die antideutsche Haltung als hysterische Furcht vor deutscher Tüchtigkeit kritisiert. - Tatsache ist doch, aufgrund unseres Bevölkerungswachstums sind Stabilität und Prosperität in Europa sowie der ungehinderte Warenaustausch mit der Welt für uns überlebenswichtig. Wir setzen bis heute nicht auf eine existenzielle Bedeutung von Kolonien.« Er nickte Karl von Seitz beipflichtend zu. »Aber wie wir unsere eigene Rolle auch immer einschätzen, ganz Europa wird zum gefährlichen Pulverfass.«

Darüber entsponnen sich gestenreiche Einzelgespräche, die erst der Erfinder Weber mit dem hellen Klang einer Münze an seinem Glas beenden konnte. »Wenn Sie erlauben, möchte ich gerne weiter auf den technischen Fortschritt eingehen. Ich bin der festen Überzeugung, dass der auch wegen dieses Fortschritts als zivilisiert geltende Teil der Welt einen viel zu hohen moralischen Preis bezahlt. Wir haben bereits davon gesprochen. Seit Jahren wird der Kongo Leopolds systematisch ausgeblutet. Hauptgrund ist die Gewinnung von Kautschuk. Und keiner von uns, hat er auch noch so gute Absichten, kann sich der Verantwortung entziehen. Das komfortable Leben, welches wir Europäer führen, ist auch das Ergebnis verbrecherischer Profite aus dem Handel mit den Kolonien und den immer größer werdenden Mengen von Rohstoffen, die wir von dort beziehen, um Technologie erst möglich zu machen. Und militärische Überlegenheit verhilft uns dazu. Zwei anschauliche Beispiele:

Mit dem Siegeszug der Elektrizität ist die Nachfrage nach Gummi und somit nach Kautschuk förmlich explodiert, da man ihn zur Isolierung von elektrischen Leitungen benötigt. Darüber hinaus ist absehbar, dass sich das Automobil als individuelles Fortbewegungsmittel im großen Maßstab durchsetzen wird, was wiederum die Produktion von Autoreifen aus Gummi in die Höhe treiben wird. Aber selbst, wenn Gummi eines Tages durch ein anderes Material ersetzt würde, der technische Fortschritt wird immer neue Rohstoffe in immer größeren Mengen benötigen und diese auch erhalten, notfalls mit Gewalt. Wie sie alle wissen, erfand Ingenieur Hiram Maxim im Jahr 1884 ein Maschinengewehr, das nur fünf Jahre später 320 französischen Soldaten den vernichtenden Sieg über 12.000 Beduinen ermöglichte!

Friedrich August Weber hatte sich über seine letzten Ausführungen derart erregt, dass er ein Fenster öffnen und gierig frische Luft einatmen musste. »Männer wie wir würden immer einen Weg finden, Fortschritt und Wohlstand mit der gesamten Welt zu teilen. Doch Männer wie Leopold werden niemals teilen. Und die allgemeine Gier nach Fortschritt legitimiert ein solches Handeln auch noch. Schlimmer noch, Männer wie er sind das Produkt dieses

Gesellschaftsmodells. Wenn wir nicht dagegen ankämpfen, werden menschenverachtende Gesellen die ganze Welt regieren und alle kollektiv in den Abgrund reißen.«

»'Ich behaupte, dass wir Engländer die erste Rasse der Welt sind und dass es umso besser für die Menschheit ist, je mehr wir von der Welt bewohnen'«, knurrte selbst der sonst so in sich ruhende Karl Tiberius Freiherr von der Tannen misslaunig in die Runde.

Mit dem Ausspruch sorgte er für interessierte Überraschung.

Seine sarkastische Erklärung ließ nicht lange auf sich warten: »Das stammt von einem gefeierten Helden der zivilisierten Welt, dem britischen Kolonialpionier und Reichsgründer Cecil Rhodes, anno 1880. Vermutlich hat er es vor erlauchtem Publikum und passend zum Fünf-Uhr-Tee zum Besten gegeben.«

Die angespannte Stimmung spiegelte sich im Gesicht jedes einzelnen wider. Einige von ihnen waren ebenfalls ans Fenster getreten, andere standen einfach im Raum. Verleger Konstantin reichte Zigarren. Die Zeit für eine neue Empfindung war angebrochen – die des entschlossenen gemeinsamen Handelns.

Der jüdische Rechtsanwalt und Notar Heinrich Rosenthal formulierte es als erster, nachdem er einen langen, andächtigen Zug genommen hatte: »Es gibt Charaktere wie Cecil Rhodes und Leopold II. auf der einen, die Edmund Dene Morels, George Washington Williams' und uns auf der anderen Seite. Ich plädiere dafür, das Schreiben des Herrn Morel schnellstmöglich zu beantworten und unser aller Wohlwollen auszudrücken.«

Mit seinen Worten gelang es dem energischen Juristen, die gedrückte Stimmung augenblicklich zu vertreiben.

Armin Konstantin, der den Namen Morel eingangs ins Spiel gebracht hatte, fühlte sich zu Weiterem aufgerufen: »Mister Morel ist mit seiner in diesem Jahr gegründeten „Congo Reform Association" eine große Inspiration für mich. Er schafft öffentliches Interesse für Vorgänge wie im Kongo. In diesem Ausmaß ein wahrer Pionier. Seine Organisation hat sich bereits über ganz Britannien ausgebreitet. Jetzt möchte er auch im übrigen Europa und den Vereinigten Staaten Fuß fassen. Ihr Einverständnis vorausgesetzt, werde ich ihm also unsere Hände als Partner reichen.«

Die übrigen Anwesenden traten näher und gratulierten den Herren Rosenthal und Konstantin zu deren Vorschlägen.

Einmal mehr war Generalleutnant Karl von Seitz einzige Ausnahme. Mit ernster Miene zog er Schriftstücke aus seiner mitgeführten Tasche, die er vor sich auf den Tisch legte. »Wir sollten noch viel tatkräftiger zu Werke gehen. Und hiermit können wir gleich anfangen.« Mit Nachdruck schlug er auf die Dokumente. »Es handelt sich um eine Abschrift des Generalstabsberichtes zum Waffengang gegen die Hereros in Deutsch-Südwest – streng vertraulich, versteht sich.«

Augenblicklich ließen sich alle Angesprochenen auf den im Kaminzimmer verteilten Sitzmöbeln nieder.

Betont langsam las von Seitz folgenden Auszug vor: »'Die Verfolgung der Hereros war ein Wagnis gewesen, das von der Kühnheit der deutschen Führer, ihrer Tatkraft und verantwortungsfreudigen Selbsttätigkeit ein beredtes Zeugnis ablegte. Diese kühne Unternehmung zeigte die rücksichtslose Energie der deutschen Führung bei der Verfolgung des geschlagenen Feindes in glänzendem Lichte. Keine Mühen, keine Entbehrungen wurden gescheut, um dem Feinde den letzten Rest seiner Widerstandskraft zu rauben. Wie ein halb zu Tode gehetztes Wild war er von Wasserstelle zu Wasserstelle gescheucht worden, bis er schließlich willenlos ein Opfer der Natur seines eigenen Landes wurde. Die wasserlose Omaheke sollte vollenden, was die deutschen Waffen begonnen hatten, die Vernichtung des Hererovolkes. Das Strafgericht hatte sein Ende gefunden. Die Hereros hatten aufgehört, ein selbständiger Volksstamm zu sein.'«

Der Älteste legte die gesamte Abschrift zur allgemeinen Ansicht neben sich.

Während das Papier mit Bestürzung gelesen und entsprechend kommentiert wurde, brachte Professor Beck es niedergeschlagen auf den Punkt: »Mit den Urvölkern sterben unsere eigenen kulturellen und spirituellen Wurzeln und das Gewissen dieser Welt.«

Dem mit Deutsch-Südwestafrika bestens vertrauten Kaufmann Werner Schönbrunn war es ein tiefes Bedürfnis, der illustren Runde ein wahrhaftiges, also ganzheitliches Bild der Umstände zu vermitteln: »In Zusammenhang mit dem Herero-Aufstand muss auch die große Rinderpest von 1897 benannt werden, welche die Herden der traditionellen Hirtenvölker vor Ort, vor allem aber die der Hereros, fast völlig vernichtet hat. Durch rechtzeitige Schutzimpfung blieben die Rinder unserer Landsleute hingegen unversehrt.

Man muss dazu wissen, dass Viehzucht für die Hereros den einzigen Lebensinhalt darstellt. Wasserstellen und Weideland sind nach ihrem Brauch dem ganzen Volk zugänglich, Landrecht durch Erwerb also unbekannt. Der Verlust ihrer Tiere kam einer Existenzvernichtung gleich. - Die Rinderpest sorgte nun also für ein stark verknapptes Angebot und damit für gestiegene Gewinnmöglichkeiten auf Seiten der deutschen Farmer mit ihren gesunden Beständen. Es kam wie es kommen musste: Immer mehr deutsche Farmer beanspruchten immer mehr Land. Die Afrikaner wurden rücksichtslos verdrängt. Die Katastrophe war unausweichlich, zumal eine Vielzahl vorangegangener Hinweise und Bittstellungen der Hereros an die Kolonialverwaltung einfach ignoriert oder heruntergespielt wurden.«

»Eine Schande, die uns Deutsche noch lange verfolgen wird«, orakelte Professor Beck.

»Um der ganzen Wahrheit die Ehre zu geben«, fuhr der junge Kaufmann fort, »Kolonialverwaltung und Militär mussten diesen Teil Afrikas von Anfang an befrieden, weil das Verhältnis zwischen den zugewanderten, Vieh züchtenden Bantuvölkern und den angestammten „Hottentotten“ und „Buschmännern“ – ihrerseits Jäger und Sammler – seit jeher feindselig ist. Und ja, Deutsche wurden während des Aufstandes bestialisch ermordet, ganze Familien sogar.«

Generalleutnant von Seitz nickte nachdenklich. »Als sich die Niederlage vornehmlich der Hereros abzeichnete, wollte der Oberkommandierende, Major Leutwein, und weitere hohe Offiziere diesen Waffengang schnellstmöglich auf dem Vermittlungsweg beenden. Sie argumentierten, dass die Gegner genug bestraft seien und auch ihre Arbeitskraft dringend benötigt würde. Dieses Vorgehen wäre der Situation angemessen gewesen, meine volle Hochachtung für Major Leutwein. Aber stattdessen wurde das Oberkommando von Berlin aus auf Generalleutnant von Trotha übertragen, der den Gegner unter allen Umständen vernichtend schlagen wollte. - Glauben Sie mir, meine Herren, es fällt mir sehr schwer, das von einem deutschen Offizier sagen zu müssen, aber von Trotha wollte sich ein militärisches Denkmal setzen, indem er seine hoffnungslos unterlegenen und bereits geschlagenen Widersacher im wahrsten Sinne des Wortes in ihrem Blut ertränkte. Das ist eines deutschen Offiziers unwürdig und mit keinem Argument dieser Welt zu rechtfertigen! Ich hätte ihn dafür vor ein Militärgericht gestellt!«

Diese klaren Worte beeindruckten nicht nur Werner Schönbrunn, der jedoch als erster reagierte: »Wirken wir also darauf hin, dass Kaiserreich und Kolonialverwaltung ihr jüngstes Vorgehen grundlegend überdenken. Um das zu erreichen, müsste der politische Einfluss des Militärs allerdings abnehmen.«

Armin Konstantin sah ihn ungläubig an. »Wie sollte das wohl möglich sein?«

Schönbrunn lächelte wissend. »Durch die Ernennung eines neuen, moralisch untadeligen und charakterstarken Zivilgouverneurs für diese Kolonie. Eines Mannes, der die Faktenlage erneut ermittelt und bewertet.«

»Und einen solchen Mann kennen Sie?«, fragte der Erfinder Friedrich August Weber gespannt.

Der Angesprochene sah sich Hilfe suchend im Zimmer um.

»In der Tat«, sprang ihm der Kaiserliche Konsul im Ruhestand, Graf Schliefen, entschlossen bei, »ich schlage Unterstaatssekretär von Lindequist vor.«

Freiherr von der Tannen zeigte sich skeptisch: »Ich habe diesen Herrn auf gesellschaftlicher Ebene bereits kennengelernt. Er scheint ein fähiger Mann zu sein. Aber wie wollen Sie seine Ernennung durchsetzen?«

»Ich alleine gar nicht«, kam die postwendende Antwort. »Gemeinsam könnten wir das tun. Sie, verehrter Freiherr, werden Ihren guten Namen in den entsprechenden Kreisen nutzen, um von Lindequist ins Spiel zu bringen. Unser Generalleutnant von Seitz wird darauf hinwirken, Widerstände von Seiten des Militärs einzudämmen. Herr Schönbrunn nimmt Einfluss auf die deutschen Siedler und Händler im Schutzgebiet, um die Kolonialverwaltung vor Ort unter Druck zu setzen. Und das Verlagshaus Konstantin wird unerlässlich sein, um das erforderliche öffentliche Interesse zu wecken, gemeinsam mit den Herren Rosenthal, Weber und Beck. Ich selbst werde meine Kontakte in die Regierungskreise nutzen. Ich versichere Ihnen, in Kürze ist der Name von Lindequist in aller Munde – selbstverständlich nur, wenn Sie alle einverstanden sind.«

Schnell war man sich einig, die vorgeschlagene Strategie zu verfolgen.

Nun trumpfte Armin Konstantin final auf: »Mit welchem Recht unterhält die sogenannte zivilisierte Welt überhaupt Kolonien? Welches göttliche Recht legitimiert Kolonialreiche? Europäische Nationen beherrschen mittlerweile vier Fünftel der Landfläche der Erde. Ich sage, lassen Sie uns eine Organisation aufbauen, die stark genug ist darauf hinzuwirken, koloniale Bestrebungen aufzugeben. Die Völker dieser Welt müssen das Recht der Selbstbestimmung haben und frei über die ihnen von Gott gegebenen Naturreichtümer entscheiden dürfen!«

Fasziniertes Schweigen schlug ihm entgegen. 'Jetzt oder nie', fuhr es ihm durch den Kopf. Es durfte kein Zurück mehr geben: »Meine Herren, ich spreche davon, eine Geheimgesellschaft zu gründen ...«

»... mit Namen „Wächter der Schöpfung", möchte ich vorschlagen«, vollendete der von aufgeklärter Humanität getragene Professor Doktor Beck ...

Missionsbesprechung im Verborgenen

Die dunkle Limousine erreichte das mehrstöckige Gebäude des Konstantin Verlages. Katrin Kaster schob eine Chip-Karte ins Lesegerät des Rolltores. Während der Weiterfahrt bis auf das unterste Parkdeck, welches separat gesichert war, blickte sie zu ihrem ruhenden Beifahrer hinüber. Dank seines Vaters, eines deutschen Botschafters unter anderem in Benin und Japan, hatte Bonifacius seinen kulturellen Weitblick bereits früh schärfen können. In Japan war auch seine Leidenschaft für die Kampfkünste geweckt worden. Dann, mit gerade einmal 16 Jahren zur Vollwaise geworden, hatte er den beninischen Familiennamen Kidjo seines Adoptivvaters angenommen, des engsten Vertrauten seiner Eltern. Mit ihm war er nach Hongkong gezogen, hatte dort Journalismus und weitere Kampfkünste studiert. In den Augen der „Wächter der Schöpfung", deren Mitglieder bereits die leiblichen Eltern und der Adoptivvater gewesen waren, reifte Bonifacius Kidjo zum vielversprechenden Rohdiamanten, den es noch zu veredeln galt – unter der maßgeblichen Verantwortung von Katrin Kaster. In endlosen Trainingsprogrammen hatte sie ihn besser kennengelernt, als er sich selbst, hatte seine Schwächen zu Stärken geformt und seine Stärken zur Vollendung geführt. Kaster hatte einen menschlichen Vulkan gelehrt, die ihm innewohnende Urgewalt zu beherrschen und seiner Intelligenz sowie den jeweiligen Erfordernissen unterzuordnen. Doch letztlich war sie sich immer bewusst gewesen, dass man das Wesen eines Raubtieres nie ganz zähmen konnte und es auch gar nicht versuchen sollte. Dieser Tatsache war sein Codename „Shango" geschuldet. Shango, jener strenge Voodoo-Gott, der überaus gewalttätig und unerbittlich sein konnte, wenn es galt, der göttlichen Gerechtigkeit zum Sieg zu verhelfen.

Gerade hatte Bonifacius eine heiße Dusche genommen, in einem Duschraum noch unterhalb des untersten Parkdecks. Und wieder einmal ertappte er sich bei der Frage, wie man die verborgene Etage über Jahrzehnte hatte geheim halten können. Es sprach eindeutig für eine einflussreiche Vernetzung, hervorragende Organisationsstrukturen und zu 100 % loyale Mitarbeiter. Hier unten saßen Herz und Verstand der Geheimgesellschaft – Führungsstab, Besprechungsräume, Trainingszentrum.

Vor ihm lief ein Mann im Trainingsanzug und mit Handtuch um die Schultern den Gang entlang. Der Journalist blieb abrupt stehen, sein Blick verfinsterte sich. »So manchem Agenten fehlt es an Eleganz und gutem Aussehen.«

Der Empfänger seiner Verbalattacke drehte sich um und kam angriffslustig auf ihn zu.

»Das sagt ja der Richtige. Komm her, du Maulheld! Ich prügele dir etwas edle Blässe in die Visage!« Um dem Gesagten Nachdruck zu verleihen, hob der verschwitzte Kontrahent die geballten Fäuste.

Doch just in dem Moment, als die sinnlose Prügelei hätte beginnen sollen, fielen sich die beiden ausgelassen in die Arme. Das vertraute Wiedersehensritual war vollzogen.

»Und, wie steht's?«, wollte der andere grinsend wissen. »Endlich die erste Mission als Leitwolf?«

»Kann man nie wissen.«

»Sehen wir uns noch?«

Bonifacius schüttelte bedauernd den Kopf. »Den Arsch kriegst du vermutlich erst später voll. Wie es aussieht, brennt es irgendwo gewaltig.«

»Tut es das nicht immer? - Gegen Ausbeutung und Versklavung, mein Freund«, zwinkerte sein Gegenüber ihm zu.

»Du sagst es, Bruder.«

In dem vorgesehenen Sitzungsraum stand Sicherheitschefin Katrin Kaster an einem Pult. Sie bereitete Präsentationstechnik und Unterlagen vor, beobachtet von einem sportlich elegant gekleideten Mann mittleren Alters, der auffallende Ähnlichkeit mit dem Gründer des Konstantin Verlages hatte. Es handelte sich um dessen Urenkel Andreas Konstantin, aktueller Inhaber des Verlages und zudem Führungsmitglied der Geheimgesellschaft im Rat der Acht.

»Was macht er für einen Eindruck?« Konstantins Zweifel waren nicht zu überhören.

»Mental stark und bereit. Was genau möchtest du hören?«, erwiderte Kaster, ohne eventuellen eigenen Zweifeln Raum einzuräumen. »„Shango" wird seine Aufgabe erfüllen.«

»Die erste Mission als Verantwortlicher, noch dazu in das Geburtsland seiner Mutter. Und vermutlich wird es eine der gefährlichsten, die wir bisher durchgeführt haben. Also, wird er der Aufgabe gewachsen sein?«

Jetzt schob sie ihre Brille bis zur Nasenspitze herunter und sah den Mann am Sitzungstisch bestimmt an. »Ich kenne ihn in- und auswendig. Ich habe ihn ausgebildet. Er wird sich als unsere Speerspitze erweisen.«

»Seine latente Gewaltbereitschaft?«

»Was ist dir lieber, Raubtier oder Stubentiger? Feuer bekämpft man nun mal am besten mit einem kräftigen Gegenfeuer. Und so, wie die Sache liegt, ist er unsere beste Option für das, was aller Voraussicht nach auf ihn zukommen wird.«

Es klopfte, und Bonifacius trat ein. Beiläufig nickte er Katrin Kaster zu, während er Andreas Konstantin entgegenging. Der erhob sich. Das Ratsmitglied und sein Außenagent hatten sich einige Wochen nicht gesehen. Entsprechend innig fiel der Händedruck aus.

Die Männer setzten sich, und Konstantin kam ohne weitere Umschweife zum Thema: »Was wissen Sie über Coltan?«

Die Sicherheitschefin gesellte sich mit einer Fernbedienung dazu.

Der Neuankömmling dachte kurz nach. »Ein Erzgemisch, bestehend aus Columbit und Tantal. Als Bestandteil von Mikroelektronik derzeit unverzichtbar.« Er ließ seinen Blick betont umherwandern. »Ohne Coltan würde in diesem Raum, in dem gesamten Gebäude so gut wie nichts funktionieren – kein Laptop, kein Fahrstuhl, kein Steuergerät. Unsere Jugend hätte schwere Entzugserscheinungen, weil Spielekonsolen nicht mehr zu benutzen wären. Die

Pazifisten dieser Welt würden wiederum jubeln, weil die Rüstungsindustrie am Ende wäre. Das Thema Elektromobilität hätte sich allerdings auch erledigt – ohne Coltan keine funktionierenden Akkus. So erklärt sich die grenzenlose Gier nach den schwarz-grauen Kügelchen. - Ach ja, Tantal ist wesentlich dichter und biegsamer als Stahl und übertrifft die meisten feuerfesten Metalle in den Verarbeitungswerten bei weitem. Deshalb ist es gerade für die Härtung von Weltraumtechnologie und Interkontinentalraketen so überaus wertvoll.«

Konstantin klopfte anerkennend auf den Tisch. »Exzellent, eine zutreffende Kurzanalyse. Lassen Sie mich noch etwas Entscheidendes hinzufügen. Die Demokratische Republik Kongo steht aus drei Gründen im blutigen Zentrum des Coltan-Handels. Erstens, die Verfügbarkeit. Zweitens, die irrwitzig geringen Produktionskosten. Man bedient sich ohne nennenswerte Sicherheitsstandards eines Heeres kongolesischer Zwangsarbeiter und Hungerlöhner.«

»Wer hat eigentlich behauptet, Kolonialismus und Sklaverei seien Relikte der Vergangenheit?«, kommentierte Bonifacius trocken.

»Die Rohstoff-Kolonialisten von heute vermeiden den Begriff der Sklaverei lediglich«, warf seine Mentorin mit ruhiger Stimme ein. »Auf dem internationalen Parkett der Diplomatie und Konzerne werden Ausbeutung, Lüge und Intrigantentum gerne mit zeremonieller Höflichkeit versüßt und zu Geschäftssinn, Verhandlungsgeschick und Raffinesse verklärt.«

Derweil schenkte sich der Verleger einen Kaffee ein, um dann unbeirrt fortzufahren: »Drittens, Profiteure aus aller

Welt können sich ungeniert über das ostkongolesische Buffet hermachen.«

Etwas trieb Konstantin nach diesen Worten aus dem Sessel.

Über den Sitzungstisch hinweg wechselten er und Kaster einen flüchtigen Blick.

Alarmiert griff der Außenagent zum Fruchtsaft. »Okay, was noch?«

»In den 60ern erhielt ein CIA-Agent den Auftrag für eine Operation namens „Barracuda". Diese Operation umfasste die Planung und Umsetzung der Ermordung Patrice Lumumbas. Der erste Premierminister des Kongo endete, wie wir wissen erschossen, zerstückelt und in Batteriesäure aufgelöst. Ende der 90er hat Laurent Désiré Kabila als Staatspräsident von Amerikas Gnaden Mobutu beerbt. Doch der Vasall wurde schnell zum Ärgernis, als er sich mit Kuba, Simbabwe und Angola neue Gönner erwählte. Für die Ausbildung der kongolesischen Streitkräfte beauftragte Kabila sogar die israelische Regierung und entlohnte sie mit einem Drittel der Diamantenproduktion seines Landes fürstlich. Mit einer Konzession an Nordkorea für Urangruben in Katanga und geplanten weiteren an China, unterzeichnete letztlich auch Kabila sein eigenes Todesurteil. Er wurde Opfer eines Attentäters.«

»Es waren die Urangruben von Shinkolobwe, aus denen wohl schon das Material für die Hiroshima- und Nagasaki-Bombe stammte«, ergänzte Bonifacius beiläufig und widmete sich währenddessen dem Einschenken des Fruchtsaftes.

Konstantin irritierte die an den Tag gelegte Abgeklärtheit.

»Ich will Ihnen damit verdeutlichen, dass diese Leute vor nichts zurückschrecken.«

Ein wissendes Lächeln umspielte „Shangos" Mundpartie. »Ist mir durchaus bewusst. Nichts für ungut, aber ich bin immerhin Kongolese mütterlicherseits, ein Insider sozusagen. Sicher einer der Gründe, weshalb ich hier heute sitze.«

Er stellte das geleerte Glas ab und saß nun leicht vorgebeugt da. »Von welchen Leuten reden wir Ihrer Meinung nach?«

Katrin Kaster konnte ein verhaltenes Schmunzeln nicht zurückhalten.

»Geschenkt«, entgegnete der Verleger, dessen Augen einen lauernden Ausdruck annahmen. »Fehlt Ihnen womöglich der erforderliche emotionale Abstand?«

Damit provozierte er ein breites Grinsen anstelle des Lächelns. »Wenn ich dabei bin, dem ersten Widersacher das Genick zu brechen, kann meine Missionspartnerin mich ja immer noch aus dem Verkehr ziehen.« Schlagartig wurde Bonifacius ernst: »Um was und wen geht es genau?«

Die Sicherheitschefin griff auf den Projektor zurück. An der Wand erschien das Abbild eines Dokumentes. Mit den Vorzügen eines fotografischen Gedächtnisses ausgestattet, nahm er die Informationen in sich auf.

Von der „Arbeitsgruppe Strategische Mineralien" des Pentagon. Sieh einer an. Die sind doch mit der weltweiten Analyse von Bodenschätzen betraut. Streng geheim. Wie sind wir da ran gekommen? Egal, wenn das da alles authentisch ist, sind die Vorkommen bald erschöpft. In spätestens sieben Jahren war es das

»Unsere Quelle ist absolut zuverlässig«, ergänzte Kaster und warf eine weitere Dokumentenseite an die Wand. »Es wird darauf verwiesen, dass der Förderrückgang durch vermutete Lagerstätten in der nordöstlichen Provinz Ituri ausgeglichen werden könnte.«

Bonifacius zeigte sich überrascht: »Dann bliebe alles wie bisher. Was ist der springende Punkt?«

Erneut übernahm Andreas Konstantin die Gesprächsführung: »Das Dokument ist vier Jahre alt. Und tatsächlich ist mittlerweile ein Rückgang der Fördermengen in den bekannten Minen nachzuweisen. Aber laut Informanten bei einem der europäischen Aufkäufer ist das Angebot an kongolesischem Coltan dennoch nicht eingebrochen. Dafür sorgt wohl vor allem das belgische Unternehmen SYTRAX.«

»Die vermuteten Ituri-Vorkommen?«

»Es existieren keinerlei handfeste Beweise für entsprechende Infrastruktur in der Region – jedenfalls nicht bis vor einigen Tagen. In Paris hat der Journalist Julius Kajembe Kontakt zu unserem Verlagsnetzwerk aufgenommen. Angeblich verfügt er über brisante Satellitenaufnahmen von dem betreffenden Ituri-Gebiet.«

Konstantin nickte der Sicherheitschefin zu, die nun eine Landkarte vom nordöstlichen Kongo inklusive Albertsee an die Wand projizierte.

Er zückte einen Teleskopstab und umriss damit ein Gebiet nördlich der Stadt Bunia, im Ländereck nahe Südsudan und Uganda.

»Am Telefon wollte Professor Kajembe sich nicht näher äußern. Anderweitige Satellitenauswertungen oder gar Überfluggenehmigungen sind nicht zu bekommen. Es lässt sich auch niemand auftreiben, der in den letzten Monaten dort war. Das afrikanische „Bermudadreieck", könnte man sagen.«

»Einiges wissen wir aber schon«, reagierte Kaster auf den fragenden Blick des Agenten. »Zum Beispiel steht von den derzeit im großen Kongo stationierten UN-Blauhelmsoldaten – immerhin an die 20.000 – kein einziger in dem besagten Gebiet.«

Bonifacius verließ seinen Sitzplatz, baute sich vor der Wandprojektion auf und schätzte jedes Detail ab.

Dichte Vegetation, unberechenbare Grenznachbarn, Unmengen bis an die Zähne bewaffneter Geisteskranker und ein Schatz, wertvoller als Gold und Diamanten. Ein Höllentrip – Ihr Ahnen, steht mir bei.

»Noch mehr Ermutigendes zur Einstimmung, „KK"?«

»Sieben Mitarbeiter einer internationalen Hilfsorganisation wurden kürzlich als vermisst gemeldet. Sie brachen mit zwei Fahrzeugen auf. Die Spur verliert sich unweit des Semue-Nationalparks. Auf der Karte siehst du ihn farblich markiert.«

»Betreten strengstens untersagt. Auf Befehl der Zentralregierung. Interessant, nicht wahr?!«, unterstrich ein eindringlicher Andreas Konstantin. »Sie fliegen zunächst nach Brüssel, wo Professor Kajembe schon morgen einen Vortrag halten wird. Hören Sie sich an, was er Ihnen zu berichten hat. Und sichern Sie die Satellitenaufnahmen, falls wirklich vorhanden.«

Einen wichtigen Baustein vermisste der beauftragte Agent noch: »Was macht die Dauerthemen Kongo und Coltan gerade jetzt zu unserer Sache?«

»Wir betrachten die Hinweise als Chance, den dortigen Flächenbrand entscheidend einzudämmen sowie die Vorgänge ins öffentliche Langzeitgedächtnis der Weltgemeinschaft einzubrennen.«

»Wetten würde ich darauf nicht«, zeigte sich Bonifacius eher skeptisch gegenüber der Zukunftsvision des Ratsmitgliedes.

»Es bleibt dennoch eine Chance, die wir „Wächter der Schöpfung" nutzen müssen.«

Noch etwas anderes schien den Verleger in dem Zusammenhang umzutreiben, als er den Aktendeckel zögerlich schloss. Wieder kreuzte sich sein Blick kurz mit dem Katrin Kasters.

»Gut – Bonifacius, ich übertrage Ihnen hiermit erstmals die Hauptverantwortung für eine Mission. Und offen gesagt weiß ich nicht, ob ich dazu gratulieren soll. - Sei's drum, ich verlasse mich auf die Urteilskraft von Frau Kaster. Die zugewiesene Missionspartnerin wartet bereits in Zentralafrika. Noch Fragen?«

»Ja, wird die Auserwählte mit mir Schritt halten können?«, erwiderte „Shango" trocken, dem ein lockerer Spruch zum Abschied allemal lieber war, als den Raum inmitten irgendwelcher Zweifel zu verlassen.

Kaster parierte gewohnt schlagfertig: »Auf allen wesentlichen Gebieten.«

Ihr war klar, dass dieses Duo entweder kongenial harmonieren oder das „Spielfeld" verheerend zum „Explodieren" bringen konnte. Aber wie war doch gleich der Wahlspruch der britischen Spezialeinheit SAS: 'Who dares wins' – wer wagt, gewinnt.

»Und die Dame heißt?«

»Codename „Kali".«

Sieh an, Kali also – im Hinduismus die Göttin des Todes und der Zerstörung, aber auch der Erneuerung. Klingt nach einer fruchtbaren Zusammenarbeit.

Theaterbesuch in Brüssel –
Professor Kajembe

Bereits seit der Mittagszeit befand sich Bonifacius Kidjo offiziell als Journalist in Brüssel. Ein Taxi hatte ihn direkt bis zur kleinen gepflegten Pension Square Ambiorix inmitten eines schönen Jugendstilviertels gebracht. Bis zum Vortrag von Professor Kajembe am Abend blieb noch viel Zeit. Und so entschied er sich für einen ausgiebigen Spaziergang. Immerhin lag sein letzter Besuch bereits einige Jahre zurück. Zudem war es ein herrlich sonniger Tag und der Platz Ambiorix zentral gelegen, unweit des Vortragsortes, des modernen Europaviertels und weiterer Sehenswürdigkeiten. Außerdem verband Bonifacius auf die Art das Angenehme mit dem Notwendigen, wollte sich mit der näheren Umgebung des Zielortes vertraut machen: mögliche Zufahrtswege, Fluchtrouten, Beobachtungsstandorte, sonstige Gegebenheiten.

Zunächst steuerte er den Parc du Cinquantenaire an, einen zentralen Erholungsort für Touristen und Hauptstädter gleichermaßen, der zum gemeinsamen Spielen und ausgiebigen Spaziergang einlud. Anno 1880 hatte sich genau dort noch ein Exerzierplatz befunden, bevor dieser anlässlich des 50. Jahrestages der belgischen Unabhängigkeit sowie einer bevorstehenden Weltausstellung weichen musste. Neben der Parkanlage waren in der Folge prächtige Gebäude und Museen entstanden.

Von einer Parkbank aus, auf der bereits ein Touristenpaar Platz genommen hatte, betrachtete Bonifacius den imposanten Triumphbogen, der diesen Ort zweifellos krönte.

Na, du Sehenswürdigkeit aus Stein, würdest du dem geneigten Publikum aus nah und fern deine grausame Geschichte erzählen, wenn du könntest? Würdest du freiheraus zugeben, eigentlich ein blutiges Mahnmal zu sein, das seine Existenz den Kautschukgeschäften König Leopolds II. verdankt? Wie taufte dich ein belgischer Abgeordneter kurz nach Fertigstellung: 'Bogen der abgetrennten Hände'. - Nein, liebe Leute, so sehr ihr euch auch selbst betrügt, Brüssel ist nur dank kongolesischen Blutes erblüht – zum Preis eines lupenreinen Genozids. Und was ist Brüssel heute, ausgerechnet Heimat der Europäischen Union. Welch ein Zynismus.

Gerade gab der deutschsprachige Tourist die geschriebenen Worte aus einem Reiseführer wieder: »'..., der Triumphbogen im Jahr 1905 fertiggestellt.' – Siehst du, Schatz, praktisch ganz Brüssel haben die Belgier ihrem Leopold zu verdanken. Fast alles aus seiner Tasche finanziert. Sogar das schöne Museum für zentralafrikanische Kunst.« Der Mann lachte belustigt auf. »Das nenn' ich mal Völkerverständigung. Europäische Lebensart für die Afrikaner, afrikanische Kulturgüter für die Europäer.«

Nur scheinbar gelassen, wandte Bonifacius sich ihm zu: »Sie sollten Ihrer Frau unbedingt noch das Kapitel über die abgetrennten Hände und das brennende Copalharz vortragen.«

Das Paar starrte ihn perplex an.

»Was denn, gibt es das in Ihrem Stadtführer nicht? Wie überraschend.«

Daraufhin erhob er sich und setzte seinen Spaziergang fort, kam jedoch nicht weit. Leichtfüßig nahm er einen Fußball an, der in hohem Bogen auf ihn zugeflogen kam. Unter den Anfeuerungsrufen einer Kinderschar ließ der „Wächter der Schöpfung" seiner Kunstfertigkeit am Ball freien Lauf. Abschließend folgte ein punktgenauer Pass retour.

Eine weitere Station war das Europaviertel. Er passierte den Justus-Lipsius-Bau des EU-Rates und das Berlaymont-Gebäude der EU-Kommission.

Hier sitzen sie nun, die EU-Strategen, welche so penetrant die EU mit Europa gleichsetzen und sich als dessen Vormund inszenieren. Von hier aus zwingt ihr auch dem afrikanischen Kontinent euer Geschäftsmodell auf und erntet dafür eine heillose Migration.

Vorbei am Leopoldpark mit seinem dekorativen Berliner-Mauer-Segment, erreichte der Journalist den Place du Luxembourg. Dort, im Schatten des Europäischen Parlamentes, ließ er sich zwischen all den einladenden Straßencafés ausgerechnet in einem vergleichsweise unscheinbaren nieder. Doch die Qualität der georderten Torte nebst belgischen Pralinen gab ihm recht. Vor allem aber hatte man von hier aus beste Sicht auf den Bahnhofseingang. - Der Deutsche mit deutsch-kongolesischen Wurzeln wurde der unverhohlenen Blicke zweier junger Frauen gewahr, die sich auf dem Bürgersteig näherten. Kurzerhand streckte er ihnen den Pralinen-Teller entgegen. Die beiden Grazien verfielen in verschämtes Gelächter, während sie an ihm vorbeiflanierten.

»Sind wohl schon süß genug, die Süßen«, kommentierte Bonifacius im Selbstgespräch und widmete sich wieder dem Bahnhofseingang.

Zum unterirdischen Bahnhofsareal gehörte auch ein Schließfachbereich, den um diese Zeit nur wenige Personen nutzten, genauestens beobachtet von „Shango". Der lehnte abseits an der Wand, in den Händen eine aufgeschlagene Tageszeitung. Als seine Instinkte nach einer Viertelstunde immer noch nichts Auffälliges wahrgenommen hatten, faltete er das Printmedium in aller Ruhe zusammen und begab sich zu einem ganz bestimmten Schließfach. Darin befand sich ein handlicher Rucksack. „Shango" machte sich nicht die Mühe, den Inhalt zu prüfen, bevor er ihn an sich nahm. Stattdessen wählte er einen neuen Standort mit freier Sicht auf den Schließfachbereich, wo er die Zeitung ein weiteres Mal zur Hand nahm.

Es war 18:25 Uhr. Die Gäste des Théâtre Vérité Du Parc fanden sich zahlreich ein, was augenscheinlich auf das rege Interesse an dem bevorstehenden Vortrag zum belgischen Kolonialerbe zurückzuführen war.

Bereits eine Stunde zuvor hatte Bonifacius Kidjo eine Eintrittskarte erworben und sich mit den Örtlichkeiten vertraut gemacht. Und längst hatte er eine Position im Parc du Cinquantenaire eingenommen, die optimale Sicht auf das Theater gestattete.

Durch ein Fernglas studierte er jedes eintreffende Gesicht. Erst der ankommende Transporter einer Reinigungsfirma machte ihn stutzig. Welcher Dienstleister fuhr um diese Zeit schon direkt bis neben den Notausgang im hinteren Bereich, um dann nicht auszusteigen?

Vor einer halben Stunde sind Reinigungsleute in einem Kastenwagen abgefahren – gleiche Farbe, gleiche Aufschrift. Ihr seid wohl kaum wegen vergessener Putzlappen hier.

Im Schutz der Parkvegetation bewegte sich der „Wächter der Schöpfung" auf das verdächtige Fahrzeug zu. Die Uhr zeigte bereits 18:45 Uhr. Vor dem Theater nahmen letzte Gäste den finalen Zug aus der Zigarette. Ein junges Paar näherte sich zügig vom Parkplatz. Erst das mahnende Klingeln um 18:50 Uhr ließ den Eingangsbereich des historischen Sandsteinbaus endlich verwaist zurück.

Es dauerte noch weitere 15 Minuten, bis sich die Hecktüren des Transporters öffneten und drei konzentriert wirkende Männer in den bordeauxroten Overalls der Reinigungsfirma ausstiegen.

Neben den üblichen Reinigungsutensilien führte dieses spezielle Team auch Handfeuerwaffen inklusive Schalldämpfer mit sich, welche routiniert unter der Bekleidung verschwanden.

Was soll das werden? Ein Sträußchen voll Blei für den nächsten Schwarzafrikaner, der es wagt, eure Pläne zu durchkreuzen?

Mit Spezialwerkzeug und geübten Handgriffen war die Nottür schnell überwunden und das Kommando im Inneren des Gebäudes verschwunden. Derweil stieg der Fahrer aus und ging nach hinten. Deutlich hörbar hantierte er dort zwischen den geöffneten Hecktüren. „Shango" wirkte hingegen wie ein Raubtier auf Beutezug, als er sich lautlos der leeren Fahrerkabine näherte. Ein flüchtiger Blick hinein und er schlich weiter, der Quelle der undefinierbaren Geräusche entgegen. Da kein Seitenfenster einen Einblick gewährte, mussten die übrigen Instinkte den Ausschlag geben. Aus der tiefen Hocke spähte er unter die Hecktür. Den Beinen und Geräuschen nach zu urteilen, schien der Gegenspieler etwas zu sortieren.

Schelmisch grinsend rief „Shango" nur ein Wort: »Hey!«, woraufhin er den linken Türflügel kraftvoll nach innen schlug.

Der Kontrahent, sich der Stimme aus einem Reflex heraus zuwendend, lief wortwörtlich gegen die Wand oder besser Metalltür.

Schwer benommen torkelte er rücklings gegen die Ladekante, konnte nur noch das eigene Stöhnen und einen Stoß gegen die Brust wahrnehmen, der ihn nach hinten kippen ließ. Jemand – der falsche Reinigungsfachmann war nicht in der Verfassung, die Person zu erkennen – bewegte sich schemenhaft an ihm vorbei und zog ihn am Overall ins Fahrzeuginnere. Gebrochene Nase und lädierte Stirn begannen pochend zu schmerzen.

»Ich stelle dir jetzt einige Fragen«, begann Bonifacius Kidjo sein Verhör. »Widerstand ist zwecklos, die Injektion bewirkt wahre Wunder.«

Der Journalist in geheimer Mission entnahm seinem Spezialgürtel aus dem Rucksack eine Miniaturspritze und setzte mit geübten Handgriffen eine farblich markierte Kartusche ein. Die verabreichte Flüssigkeit ließ die Muskeln des Mannes schnell erschlaffen.

»Keine Sorge, alles rein pflanzlich und nur vorübergehend. - In wessen Auftrag seid Ihr hier? Wer ist euer Kontakt?«

Der Verhörte begann unkontrolliert zu zucken, verdrehte die Augen. »IOD«, lallte er einer Ohnmacht nahe, »nationale … Sicherheit, Geheimprojekt Barracuda …«

»Was bedeutet das, IOD? Und was ist das für ein Projekt?«, fasste „Shango" nach, als der Mann vor ihm sich plötzlich ein letztes Mal aufbäumte und leblos dalag.

Ungläubig tastete er nach der Halsschlagader des Kollabierten, legte sein Ohr auf dessen Brust. »Gratuliere, der erste mit einem anaphylaktischen Schock«, platzte es missmutig aus ihm heraus. Der Versuch einer Mund-zu-Mund-Beatmung bewirkte nichts, die Herzmassage zunächst auch nicht. Seine Nervosität wuchs mit jeder Sekunde. »Na komm schon, mach nicht schlapp!« Erst nach mehreren Wiederholungen gelang es Bonifacius, sein „Impfopfer" zurückzuholen. Ermattet lehnte er sich gegen die Fahrzeugwand. »Das geht ja gut los. - Hoffentlich verkraftest du das Schlafmittel besser.«

Besagte Injektion brachte keine Probleme mit sich. Der „Wächter der Schöpfung" nahm Mobiltelefon und Wagenschlüssel des Gegners an sich.

Barracuda. Projekt Barracuda. Irgendwas war doch damit. Wer hatte davon gesprochen? Ja, natürlich, Ratsmitglied Konstantin in

Erst im Lobbybereich verströmte das Theater die volle detailverliebte Pracht des späten 19. Jahrhunderts. Fast spürte man die Gegenwart der gesellschaftlichen Elite jener vergangenen Zeit. Edle doppelflügelige Holztüren wiesen den Weg in den Vortragssaal, aktuell verdeckt von schweren, dunkelroten Vorhängen. Zwei breite Treppenaufgänge wanden sich eine Etage höher, von wo aus ebenfalls doppelflügelige Holztüren in den Vortragssaal führten. Kunstvoll gearbeitete Kordeln verwehrten jedoch den Weg über die Aufgänge.

Auf der Suche nach den drei Auftragskillern verharrte Bonifacius zunächst im toten Winkel des vorderen Treppenaufganges. Doch von den Männern fehlte jede Spur. Einer spontanen Idee folgend, steuerte er direkt auf den Barbereich weiter hinten in der Lobby zu, wo zwei Frauen und ein Mann in einheitlicher Kleidung die Veranstaltungspause erwarteten.

Währenddessen war durch die geschlossenen Vorhänge und Türen gedämpft der Vortrag des Professor Kajembe zu hören:

»..., das nannte Leopold vor der internationalen Presse „Beschützen". - Meine sehr verehrten Damen und Herren, die Schutzgelderpresser von heute nennen es auch so. Aber wenigstens besitzen diese Herrschaften die Weitsicht, den

„Beschützten" so viel zu lassen, dass deren Lebens- und Arbeitskraft nicht gänzlich verloren geht. ...«

Das Barpersonal wurde auf den einsamen Gast aufmerksam, der das Kunststück fertigbrachte, nunmehr verstört und Hilfe suchend zu wirken.

»Können wir Ihnen helfen?«, fragte eine der beiden Frauen freundlich.

Mit gezwungenem Lächeln wurde Bonifacius seiner erdachten Rolle gerecht: »Ich hoffe. Mein kleiner Sohn hat sich eben gerade im Saal erbrochen. Die Dame vor ihm hat etwas abbekommen. Sie ist nicht begeistert. Das Ganze ist sehr peinlich. Jetzt suche ich jemanden vom Reinigungspersonal.«

Mitfühlend brachte sich die zweite Frau ins Spiel: »Oje. - Ja also, da haben Sie sogar die freie Auswahl. Einer war vor kurzem auf dem Gang oben, und zwei sind in den hinteren Bereich gegangen.« Sie wies zu einer Tür.

»Aber der ist nicht für Theatergäste«, ergänzte der männliche Barkeeper freundlich aber bestimmt.

»Ich kann ja zuerst oben nachschauen.«

Mit deutlich zu viel Interesse legte die erste Ansprechpartnerin charmant nach: »Wenn oben niemand sein sollte, sage ich gerne hinten Bescheid.«

Mit Blick hinauf zum Außengang näherte sich „Shango" der weiter entfernten Treppe. Er hatte darauf spekuliert, dass ihn keiner vom Personal begleiten würde. Wenn es um Treppen ging, siegte unter Angestellten im Allgemeinen die Trägheit. Und wer wollte sich schon gerne mit dem Erbrochenen fremder Leute auseinandersetzen? Andererseits waren Menschen unberechenbar. Ohne Spontanität und einen Plan B bekam man im Agentengeschäft deshalb schnell ein Problem.

Absperrkordel und Treppe waren schnell genommen. Der am Oval des Saales entlang verlaufende Gang führte ihn weiter aus dem Sichtfeld des Barpersonals. Vor der hintersten doppelflügeligen Tür angekommen, hielt „Shango" horchend inne, bevor er zweimal verhalten klopfte. Erfolglos wiederholte er die Prozedur. Als sich auch vor der nächsten Doppeltür nichts rührte und er den dritten Eingang ansteuern wollte, wurde der erste Türflügel in der Reihe doch noch einen Spalt geöffnet. Es war lediglich die Silhouette einer Person zu erkennen, die im Schatten verharrte.

Ganz in der Manier eines vermeintlichen Familienvaters gab der „Wächter der Schöpfung" seine Vorstellung, während er auf den Unbekannten zuging: »Sind Sie vom Reinigungspersonal? Wissen Sie, mein Sohn sitzt unten in der Vorstellung und hat sich gerade übergeben. Könnten Sie mir bitte behilflich sein? Das Barpersonal hat mich zu Ihnen geschickt.«

Der Spalt wurde größer, doch die Person im Schatten blieb ansonsten reglos. Erst als die Entfernung nur noch etwa eine Armlänge betrug, schnellte der Attentäter mit einem Messer hervor. Nur ein knapper Ausfallschritt und kontrollierende Armbewegungen verhinderten den beabsichtigten Treffer zum Hals. Allerdings entfaltete das gegnerische Kraftpaket mit der gedrungenen Statur einer Bulldogge eine unbändige Kraft, mit der er „Shango" scheinbar mühelos gegen die

Wand wuchtete, dass dem die Luft aus der Lunge gepresst wurde. Dem erneuten Messerangriff kam der Bedrängte mit einem zerstörerischen Tritt ins Knie zuvor. Der aus dem Gleichgewicht geratene Angreifer schrie vor Schmerz auf und schlitzte dabei die Stofftapete auf. Mehrfach rammte „Shango" dem Widersacher das Knie in den Leib, deckte ihn mit Faust- und Ellbogenhieben ein, schlug dessen Kopf wiederholt gegen die Wand. Längst war die Stichwaffe zu Boden gefallen. Angesichts der eigenen Atemnot, ließ er kurz von dem vermeintlich kampfunfähigen Mann ab, um durchzuatmen. Doch schon ließ ihn ein Hieb in die Magengrube rückwärts taumeln. Paradoxerweise verhinderte gerade diese Rückwärtsbewegung, dass eine schnelle Aufwärtsdrehung mit erneut messerbewehrter Hand ihn vom Bauch bis hoch zur Brust aufschlitzte. Lediglich ein blutiger Riss im Hemd zeugte von seiner Nachlässigkeit. Und es blieb keine Zeit, damit zu hadern. Der Gegenspieler war noch immer nicht außer Gefecht gesetzt, verfügte offenkundig über mehrere Messer und trachtete nach seinem Leben – Punkt.

„Shangos" Gesichtsausdruck nahm diabolische Züge an, als ungehemmte Kampfeslust von ihm Besitz ergriff. Blitzschnell drang er auf den Profimörder ein. Das konditionierte Zusammenspiel von Armen und Beinen engte dessen Bewegungsspielraum auf ein Minimum ein. Ein Blockieren des Messerarmes nebst Entwaffnung, die brachialen Hiebe zu Hals und Gesicht in atemberaubender Geschwindigkeit – alles verlief nun entschiedener, zerstörerischer, endgültiger. In einer finalen Aktion riss der „Wächter der Schöpfung" den nahezu wehrlosen Mann kraftvoll nach hinten. Der

Aufprall gegen den noch geschlossenen Türflügel aus massivem Holz war ohrenbetäubend.

Noch mal werde ich dich nicht unterschätzen, soviel ist mal sicher. Ihr wollt ohne Bandagen kämpfen – ich bin dabei.

Er zog den anderen am Kragen hoch und versetzte ihm zwei unerbittliche Fausthiebe.

Im Saal hatte Professor Kajembe seinen Vortrag unterbrochen. Gemeinsam mit dem aufgeschreckten Publikum versuchte er, den Ursprung des Lärms weiter oben in der menschenleeren Dunkelheit auszumachen. Angespannte Stille hatte sich eingestellt.

Gegen die Wand gelehnt, betrachtete Bonifacius sein aufgeschlitztes Hemd. Sich der Stille bewusst, zog er den Bewusstlosen kurzerhand in die Loge, um ihn dicht an der Wand zu platzieren. Durch die halboffene Tür war der heraneilende Barkeeper auszumachen. Nach kurzer Überlegung schloss er die Tür, und im Schutz der Dunkelheit ertönte seine beschwichtigende Stimme im Theatersaal:

»Tut mir leid, mir ist mein Handwagen mit Abfall umgekippt. Aber der Müll ist schnell beseitigt. Bitte lassen Sie sich nicht weiter stören. Nochmals Entschuldigung.«

Gerade, als er die Loge wieder verlassen und den Türflügel geschlossen hatte, drang die aufgeregte Stimme des Barkeepers von der untersten Treppenstufe nach oben: »Um Himmels willen, was ist denn passiert?«

Und damit nicht genug, der Theatermitarbeiter war im Begriff, über die Absperrkordel zu steigen.

Bonifacius fiel wieder das verräterische Hemd ein, woraufhin er sein Jackett zuknöpfte, bevor er sich den neugierigen Blicken aussetzte. »Ach, alles okay. Der Mann vom Reinigungsdienst hat mir versehentlich die Tür gegen den Kopf gestoßen. Dabei hat er auch noch seinen Handwagen umgeworfen«, erklärte der Journalist in geheimer Mission, wobei er sich theatralisch die Stirn massierte. »Er sucht noch die richtigen Putzmittel, damit wir endlich zu meinem Sohn können. Aber danke fürs Nachsehen.« Er lächelte gequält.

»Und ich kann wirklich nicht helfen? Brauchen Sie ein Pflaster oder so?«

Auf eine verneinende Geste hin machte der junge Mann sichtlich beruhigt kehrt.

Als Nächstes musste der vermeintliche Theatergast und Vater unbemerkt in den nicht öffentlichen Bereich gelangen. Also schlich er die nächstgelegene Treppe wieder hinunter und betrat den vollbesetzten Saal. Immer dicht an der Türfront entlang näherte er sich der Höhe der Bühne. Glücklicherweise waren die Theatergäste zu gefesselt von dem Vortrag, als dass sie den deplatziert wirkenden Bonifacius Kidjo wahrgenommen hätten.

Im Vortrag hieß es derweil:

»..., war der Forscher Henry Morton Stanley alles andere als ein Menschenfreund. Vielmehr ein skrupelloser Geschäftemacher. Anstatt bereicherndem Fortschritt brachte er dem Kongo die Zerstörung der Stammeskultur. Erst seine Reiseberichte machten Leopold II. überhaupt auf den Kongo aufmerksam. Stanley baute auch die berüchtigte

Privatarmee "Force Publique" auf – bis auf die Offiziere ausnahmslos Kongolesen. Warum diese so brutal gegen die eigenen Leute vorgingen? Nun, genau genommen waren es gar nicht die eigenen Leute. Die Einheiten wurden jeweils weit ab ihrer eigenen Stammesgebiete eingesetzt. …«

Bonifacius hatte die Saaltür nahe der Bühne erreicht und schob sich hinter den Vorhang. Der hintere Treppenaufgang lag nun unmittelbar vor ihm und bot ausreichend Schutz vor den Blicken des Barpersonals. Als der richtige Augenblick gekommen war, schlüpfte er durch die Tür zum gesperrten Theaterbereich. Es empfing ihn ein beleuchteter Garderobengang, der direkt an der rückwärtigen Bühnenwand entlangführte. Gegenüber gab es mehrere geschlossene Türen. Er besah sich gerade das erste Namensschild, als der nächste Mann in der Montur der Reinigungsfirma auf den Gang trat, sich in die entgegengesetzte Richtung entfernte und durch eine weitere Tür verschwand. Im Vorbeigehen prüfte „Shango" das Namensschild neben dem von seinem Gegner soeben verlassenen Raum: Prof. Julius Kajembe.

Der Vorraum der Herrentoilette war verwaist – beinahe verwaist. Lediglich der getarnte IOD-Agent wusch sich gerade die Hände und wusste die Körperhaltung des dunkelhäutigen Mannes sofort zu deuten, der mit festem Blick auf ihn zukam. Doch selbst der schnelle Griff in den Overall half nicht mehr. Gut bis zur Hälfte kam die Handfeuerwaffe noch zum Vorschein, bevor der Frontaltritt gegen Pistole und Brustkasten den dritten Gegenspieler rückwärts zwischen zwei Urinale beförderte, wo er hart

118

gegen die Wand prallte und röchelnd daran hinunterrutschte. In Eile hockte „Shango" sich neben ihn, kontrollierte die Augenreflexe des Hilflosen. Es folgte das Abtasten des Oberkörpers. Dabei ließ ihn das schmerzvolle Stöhnen kalt.

»Das Nervengeflecht des Solarplexus plus ein paar angeknackste Rippen. Du bist aus dem Rennen, mein Bester.«

Nach Verabreichung des obligatorischen Betäubungsmittels zog er den athletischen Profi in eine der Kabinen, verbarg dessen Schusswaffe nach Entnahme des Magazins sowie der Patrone aus dem Lauf vorerst hinter dem Toilettensitz und verriegelte die Tür von außen mit einer Münze. Bereits wieder im Toilettenvorraum überraschte ihn ein zaghaftes Klopfen.

Die eintretende Frau in weißem Arbeitskittel war sichtlich erschrocken. »Oh, Pardon. Ich wollte nur saubermachen.«

Bonifacius drückte ihr lächelnd die Münze in die Hand. »Die Herrentoilette gehört ganz Ihnen, meine Liebe. Eine Kabine ist besetzt. Wird wohl eine längere Sitzung.«

Auf dem Garderobengang war niemand zu sehen, es herrschte Totenstille. Eine Notausgangstür weiter hinten führte direkt ins Freie. Nach spontanem Blockieren mit dem mitgeführten Magazin aus der gegnerischen Schusswaffe, vergewisserte sich Bonifacius, dass der weitere Weg ganz um das Gebäude herumführte, direkt bis zum Transporter des Todeskommandos. Wieder zurück auf dem Garderobengang wollte sich der Agent und Journalist als nächstes Professor Kajembes Garderobe vornehmen. Unterwegs nahm er nach kurzem Innehalten einen Feuerlöscher aus der Wandhalterung. Nach zweimaligem Klopfen an der Tür seiner Zielperson und gefühlt ewigem Warten, öffnete tatsächlich der verbliebene IOD-Agent – überaus vorsichtig und nur einen Spalt. Trotzdem drang Löschschaum ins Innere, nahm ihm Atem und Orientierung. Der Aufschrei wurde durch einen Hieb mit der Standfläche des Feuerlöschers ins Gesicht abrupt beendet. Kurz darauf verließ Kajembes „Schutzengel" die Garderobe auch schon wieder, mit dem in Tiefschlaf versetzten IOD-Mann über der Schulter.

Professor Kajembe war 73 Jahre alt, in der kongolesischen Provinz Katanga geboren und hatte nach seinem journalistischen Studium viele Jahre in den Provinzhauptstädten Bukavu und Goma gelebt. Sein ganzes Engagement galt den Machenschaften der internationalen Rohstoffmafia auf dem afrikanischen Kontinent. Selbst die Gründung einer eigenen Familie hatte er sich zeitlebens verwehrt – der höchstmögliche Tribut, den ein Afrikaner leisten konnte. Doch ihn verließen zusehends die Kräfte, und die Früchte seines bisherigen Wirkens betrachtete er als zu klein. - Die Mär vom ausschließlich weißen Täter und ebenso ausschließlich schwarzen Opfer hatte er nie in die Welt getragen. Die blinde Gier nach Reichtum und Macht kannte keine Hautfarbe, machte schon gar nicht vor den Präsidentenpalästen halt.

Die Strukturen waren korrumpiert bis ins Mark. Lästige Kritiker wie er, wurden bestenfalls als störend abgetan, schlimmstenfalls zum Abschuss freigegeben. Und der Finger

am Abzug war meistens der eines anderen Schwarzafrikaners.

Kajembe sah mit bitterer Miene in den Spiegel. Weder
Despoten noch Kolonialsysteme hätten je ohne Kollabo-
ration bestehen können. In Paris und dort als Professor an
einer angesehenen Universität hatte er sich bisher relativ
sicher gefühlt. Ein bescheidener Trost angesichts der
Tatsache, dass seine investigative Aufklärungsarbeit auch
oder gerade in Europa im Allgemeinen auf eine Reaktion
aus bloßen Lippenbekenntnissen und hilflosen Ehrungen
ohne Substanz stieß. Dahinter schlug das Herz einer hoch
technisierten und auf gnadenloses Wachstum eingeschwo-
renen Gesellschaft. Doch aktuell war da der Erhalt dieser
Satellitenaufnahmen, eine ganz neue Qualität der
Bedrohung. Seine Quelle bei einer namhaften Umweltbe-
hörde war kurz darauf unter ungeklärten Umständen ums
Leben gekommen – innerhalb der Grenzen der EU. Hier saß
er nun, setzte seine letzte Hoffnung auf eine Verlagsgruppe,
die wenigstens dem Ruf nach für unabhängigen, angstfreien
Qualitätsjournalismus stand.

Der Professor starrte einen braunen Aktenkoffer an.

So Gott wollte, würde er das Material noch in vertrauens-
volle Hände geben können. Als es an der Garderobentür
klopfte, war er in sein Schicksal ergeben und seine Stimme
gefasst:

»Ja bitte?«

»Bonifacius Kidjo, Sie erwarten mich«, vernahm er die
Stimme des erwarteten Journalisten.

Während Professor Kajembe zur Tür ging, nahm er irritiert
Schaumrückstände auf dem Fußboden wahr. Seinem

Besucher schaute er forschend in die Augen, bevor er ihn einlud, einzutreten.

Der ergriff die ausgestreckte Hand seiner Zielperson, deren Blick zurück auf den Fußboden wanderte. »Schwierigkeiten mit dem Reinigungspersonal?«

»Es macht zumindest den Eindruck«, entgegnete sein Gegenüber in Gedanken.

Nachdem sich „Shango" per Presseausweis und Pass legitimiert hatte, wandte Kajembe sich ihm mit größter Aufmerksamkeit zu.

»Ich weiß, das Interview sollte erst nach Ihrem Vortrag stattfinden und nicht während der Pause. Aber in Anbetracht der Brisanz Ihrer Informationen ... Na ja, ich saß jedenfalls schon die ganze Zeit im Saal.«

»Setzen wir uns doch«, entgegnete der weißhaarige Mann lächelnd und sah zu, wie der höchst willkommene Journalist ein Aufzeichnungsgerät bereit machte. »Ein Deutscher meiner Hautfarbe mit einem Familiennamen aus ... Benin, Togo? Und Sie kommen extra nach Brüssel, um einen alten kongolesischen Intellektuellen zu interviewen. Sollen Sie mich am Ende vielleicht sogar beschützen?«

Oh, ihr alten Afrikaner, man kann euch nichts vormachen. Je älter, desto größer eure spirituellen Kräfte. Schade, ich wäre gerne ehrlich zu dir. Aber so ist es für uns alle besser. Und du weißt auch so schon genug über mich, ist es nicht so?

„Shango" erwiderte das Lächeln betont überrascht. »Herr Professor, ich bin Journalist, kein Leibwächter. Aber vielleicht reichen meine Talente ja aus, um Sie sicher von hier fortzubringen, falls es nötig wird. Haben Sie denn so gefährliche Feinde?«

»Jedenfalls bin ich froh, dass kein anderer an die Tür geklopft hat.« Kajembe nahm den braunen Aktenkoffer zur Hand. »Hatte ich sicherheitshalber mit auf der Bühne.« Er entnahm einige großformatige Aufnahmen. »Ein guter Freund bei der Umweltorganisation „Nature Watch" hat mir diese Satellitenaufnahmen zugespielt. Jetzt sind er und zwei seiner Kollegen tot.« Er reichte Bonifacius das Material. »Die Aufnahmen sind gute zwei Wochen alt. Sie zeigen die kongolesische Provinz Ituri nahe der ugandischen Grenze.«

Der Besucher studierte alles genau, vor allem dank der verschiedenen Vergrößerungsfaktoren und Ausschnitte. Eine Aufnahme weckte sein besonderes Interesse, und er umriss etwas mit dem Finger. »Sagen Sie, etwa hier befindet sich doch ein Naturschutzgebiet, korrekt?«

»Das, was davon noch übrig ist. Sehen Sie hier, das sind Aufnahmen, die zwei und vier Jahre alt sind.« Kajembe überreichte besagtes Material. - »Kennen Sie sich im Kongo gut aus, Herr Kidjo?«

Die folgenden zwei Sätze sprach der Angesprochene in der dort weitverbreiteten Nationalsprache Lingala: »Meine Mutter stammt aus Katanga. Sie hat mich schon früh mit der Geschichte und den Traditionen des Kongo vertraut gemacht.«

Bonifacius' Gesicht nahm urplötzlich fassungslose Züge an, als ihm etwas Entscheidendes auffiel: »Vor vier Jahren noch flächendeckend Regenwald. Vor zwei Jahren erste großflächige Abholzungen. Man erkennt bereits Strukturen – Wege, eine Start- und Landepiste, Gebäudeanordnungen.

Auf den neuesten Aufnahmen ist der Schwund des Urwaldes dann verheerend – erinnert an Luftaufnahmen von Minengebieten in der Kivu-Region. Mit dem gravierenden Unterschied: Gebäude und sonstige Infrastruktur hier sind generalstabsmäßig angeordnet.«

Draußen signalisierte ein Klingeln das bevorstehende Ende der Pause.

»Ich muss jetzt meinen Vortrag fortsetzen.«

»Ich komme mit raus. Haben Sie Ihren Hotelschlüssel dabei?«

Julius Kajembe sah sein Gegenüber verständnislos an.

»Sie schlafen diese Nacht in meiner Pension. Das ist sicherer, und wir können in Ruhe weiterreden. Um alles andere kümmere ich mich.«

Daraufhin zog der Kongolese eine Schlüsselkarte aus dem Jackett. »Alte Angewohnheit von mir. Ich gebe sie immer erst zurück, wenn ich abreise.«

Als der Vortragsgast schließlich die erste Stufe zur hinteren Bühnentür bestieg, legte Bonifacius ihm sanft die Hand auf die Schulter. »Der Verlust Ihres Freundes tut mir sehr leid.«

»Schon gut. Sorgen Sie nur dafür, dass sein Tod nicht umsonst war.«

Nächste Station war die Herrentoilette. Niemand kreuzte seinen Weg, als Bonifacius den bewusstlosen Körper nebst Schusswaffe durch die Notausgangstür zum Transporter trug und in den Laderaum legte. Per Handy wählte er eine Nummer. »Shango; Théâtre Vérité Du Parc; dunkelroter Kastenwagen, Kennzeichen 1SIP889.«

Zurück in der Lobby standen dort neben dem Kartenkontrolleur noch immer zwei Gäste und plauderten. Also beschloss der Agent, sich zunächst im Hintergrund zu halten und abzuwarten.

Im Saal begann derweil der zweite Teil des Vortrages:

»Im Jahr 1907 wurde der internationale Druck auf den belgischen König so groß, dass er eine eigens von ihm bestimmte Kommission in den Kongo entsandte. Er wollte die gegen ihn erhobenen schweren Vorwürfe auf die Art entkräften. Doch selbst diese nicht objektiven Gesandten konnten sich den Fakten nicht verschließen. Die Vielzahl der erschütternden Zeugenaussagen wog zu schwer. Der abschließende Bericht wurde im Übrigen nie veröffentlicht und ist der Öffentlichkeit bis heute nicht zugänglich. Nur ein Jahr später, also im Jahr 1908, zog Leopold II. es vor, seinen Freistaat Kongo an Belgien zu verkaufen – inklusive einer Aufwandsentschädigung für sein „aufopferungsvolles" Engagement. Der Öffentlichkeit gegenüber wurde hingegen von einer Schenkung durch den König gesprochen. Der ließ abschließend noch alle Archive des Freistaates verbrennen. Man darf wohl davon ausgehen, dass mögliche Rückschlüsse auf seine blutige Regentschaft verhindert werden sollten ...«

Als „Shango" ein weiteres Mal die vordere Treppe zum Eingangsbereich herunterkam, trug er den vierten und damit letzten Attentäter – die „Bulldogge" mit der Vorliebe für Messer – über der Schulter. Unten war die Luft rein, zumindest bis er über die Kordel gestiegen war, dann tauchte der Kartenkontrolleur wie aus dem Nichts auf. Schnell ließ der „Wächter der Schöpfung" den bewusstlosen Widersacher hinuntergleiten und schirmte ihn bestmöglich vor den Blicken des Theaterangestellten ab.

»Ist es ernst? Was ist denn los?«, ließen die Fragen nicht lange auf sich warten.

»Nur der Knöchel verstaucht und etwas benommen. Ich bringe ihn raus zu seinen Kollegen.« Um dem Gesagten noch mehr Glaubwürdigkeit zu verleihen, wandte sich Bonifacius demonstrativ dem betäubten IOD-Agenten zu: »So wird das nichts, Sie müssen Ihren Fuß unbedingt schonen. Na, kommen Sie, lassen Sie sich das kurze Stück von mir tragen.«

»Ich halte die Tür auf!«, entschied der Angestellte und eilte voraus zur angesteuerten Notausgangstür. Glücklicherweise besann er sich genauso schnell auf seine eigentlichen Pflichten.

Obwohl wieder außerhalb des Gebäudes und allein, redete Bonifacius weiter mit seiner lebenden Fracht: »In unserem Geschäft ist es absolut von Vorteil, wenn Leute oberflächlich sind. - Wie genau ist das passiert? Warum die Notausgangstür? Weshalb trägt dich keiner deiner Kollegen? - Oder hättest du das nicht gefragt? Siehst du, ich auch.«

An den Transporter gelehnt und die erfrischende Abendbrise genießend, erwartete der verantwortliche Agent für die Kongo-Mission die sich nähernde Limousine bereits. Auf der Beifahrerseite stieg eine Blondine aus, deren einzige Begrüßungsformel aus dem Codenamen „Calypso" bestand – überaus passend, wie er befand.

»Shango«, spielte er den Ball ebenso knapp zurück und hielt ihr den Wagenschlüssel sowie Kajembes Hotelschlüsselkarte entgegen. Den braunen Aktenkoffer überreichte er mit besonderem Nachdruck und sah zu, wie dieser vom Fahrer der Limousine übernommen wurde.

Erst beim Aufschließen des Kastenwagens hinten zeigte die zierliche Frau Emotionen in Form eines anerkennenden Pfiffes. »Oh là là, gleich vier echt böse Jungs, mmh?«

»Jetzt nicht mehr«, kommentierte Bonifacius mit flüchtigem Lächeln. »Das Material im Aktenkoffer muss auf dem schnellsten Weg nach Berlin – brisante Satellitenfotos, das Interview mit Professor Kajembe, mein Bericht.«

Mit einem Augenzwinkern verschloss „Calypso“ den Laderaum wieder. »Wird erledigt, mein Großer.«

Er sah zu, wie sie sich in die Fahrerkabine des Kastenwagens schwang und beide Fahrzeuge davonfuhren. Erst als sie außer Sicht waren, wandte sich „Shango“ ab.

Das wäre geschafft. Beweismaterial, Sprachaufzeichnungen, Attentäter – alles übergeben. Und jetzt? Historischer Input in lauschigem Theater.

Frisch geduscht verließ Bonifacius das Bad und nestelte an einem Knopf seines Hemdes.

Julius Kajembe stand indes auf dem kleinen Balkon des Einbettzimmers, welches eine behagliche Atmosphäre verströmte. »Dieses Viertel ist schön, die Pension passt dazu. Sie haben eine gute Wahl getroffen.«

Der so Gelobte packte mitgebrachtes Essen und Wein aus. »Freut mich, dass es Ihnen gefällt. Vor allem ist die Pension unauffällig. - Hoffentlich stört es Sie nicht, dass wir im Zimmer essen. So ist es am sichersten. Apropos, bitte nicht zu lange auf dem Balkon aufhalten.«

Dem dringenden Rat folgte der Professor umgehend und setzte sich zu seinem Gesprächspartner, der gerade lieblichen Rotwein einschenkte.

»Ab morgen wird sich mein Verlag weiter um Sie kümmern. Es gibt da …, na sagen wir mal eine Art Zeugenschutzprogramm. Zwei Kollegen holen Sie morgen früh ab. Ich fliege für weitere Recherchen nach Zentralafrika.«

»Für die geplante Artikelreihe?«

»Ach, hat Ihnen mein Verlag schon davon erzählt? Na ja, jetzt dürfte es wohl um etwas mehr gehen, als die fortschreitende Zerstörung des afrikanischen Regenwaldgürtels.«

Nachdenklich nippte der Professor an seinem Wein. »Ich habe darüber nachgedacht, wer Ihnen da unten weiterhelfen könnte. In Süd-Kivu gibt es einen Doktor Frederic Lumenganeso. Er leitet ein Hospital in der Provinzhauptstadt Bukavu und weiß viel zu berichten. Außerdem hat er einen guten Draht zum Sitz der MONUSCO in Bunia. Sie werden vermutlich jede Hilfe brauchen, die Sie kriegen können.«

Bonifacius war sichtlich beeindruckt. »Die UN-Blauhelme könnten allerdings hilfreich sein.«

Daraufhin lächelte der Professor hintergründig. »Die UN-Mission im Kongo bringt frustrierte Offiziere hervor, die einen vertrauenswürdigen Journalisten womöglich in ihr Herz schließen würden.«

Ganz Ohr, ließ der „Wächter der Schöpfung" eine abgenagte Hähnchenkeule auf den Teller fallen.

»Verstehe.«

»Ein weiterer vielversprechender Kontakt ist ein Mann namens Titus Mandefu. Schwarzmarktgeschäfte, Nachtclubs und Informationen sind seine Welt. Machenschaften rund um den blutigen Rohstoffhandel lehnt er prinzipiell ab. Was immer Sie brauchen, kann er Ihnen besorgen.«

»Weshalb sollte ein zwielichtiger Geschäftsmann ausgerechnet einem Journalisten von außerhalb zu Diensten sein?«

»Weil dieser Journalist auf Empfehlung von mir kommt.«

»Nichts für ungut, aber macht das diesen Mandefu auch vertrauenswürdig?«, hielt sich die Begeisterung des Agenten in Grenzen.

»Das will ich hoffen. Er ist mein Großneffe.«

»Er ist Ihr …« Bonifacius sah ihn ungläubig an und verfiel in lautes Gelächter. Noch während er sich die Tränen aus dem Gesicht wischte, legte er nach: »Mit so einer Verwandtschaft kann ja nichts mehr schiefgehen.«

Kajembes Erheiterung blieb indes verhalten. »Kürzlich gab es in Bukavu einen Vorfall. Der Provinzgouverneur von Süd-Kivu wurde ermordet. Er war außerdem Präsident der dortigen Handelskammer. Ein geschäftstüchtiger Mann, in jeder gewinnträchtigen Hinsicht, egal wie schmutzig.«

»Inwieweit könnte das für meine Recherchen interessant sein?«

»So ziemlich jeder Raubbau an der Natur hängt im Kongo mit der Rohstoffausbeutung zusammen. Und was das angeht, lief vieles über den Schreibtisch von Denis M'Bisimwa. Offiziell fiel er der lokalen Konkurrenz zum Opfer. Unsinn, sage ich. Die Konkurrenz hat gut mitverdient und verfügte auch nicht über sein Netzwerk. Außerdem wären sie nicht an seinem Wachdienst vorbeigekommen. Nein, ich tippe auf Profis von außerhalb. Vielleicht ein Zufall. Vielleicht hängt aber auch alles zusammen.«

Jetzt erst griff die kongolesische Persönlichkeit voller hungriger Vorfreude zum Besteck, zögerte jedoch abrupt: »Nur eines noch: Dieser infernalische Lärm vorhin, oben in der Theaterloge inmitten meines Vortrags – also das sollten Sie in Zukunft vermeiden. - Aber was immer Sie da auch angestellt haben, vielen Dank.«

Ausgebuffter Fuchs, du könntest fast schon einer von uns sein. Oder nein, wer unter diesen Umständen so lange überlebt hat, könnte sogar sehr gut einer von uns sein. Respekt, alter Mann.

Ebenbürtige Missionspartnerin ab Gabun

Die Sahara Algeriens und Nigers war bereits eine Erinnerung. Längst überflog man die dichte Vegetation Kameruns. Wie jedes Mal, wenn er schwarzafrikanisches Gebiet erreichte, hatte Bonifacius Kidjo bereits ein tiefes spirituelles Gefühl erfasst. Er spürte genau, die Ahnen erwarteten seine Ankunft. In Träumen hatten sie sich ihm längst offenbart.

Zu seiner Rechten eröffnete sich der Blick auf den Golf von Guinea, dessen Ressourcenreichtum sich durch mehrere Bohrtürme mit hoch aufschießenden Feuerkronen in Szene setzte. Bald würden sie Äquatorialguinea hinter sich lassen und Gabun erreichen. Gabun – hierher reiste er zum ersten Mal. Mit Ausnahme der Franzosen war es den meisten Nichtafrikanern nahezu unbekannt. Das vergleichsweise kleine afrikanische Land hatte 1960 die französische Kolonialherrschaft hinter sich gelassen und der zweite Staatspräsident Omar Bongo Ondimba annähernd 42 Jahre lang mit großem Geschick und Allmachtsanspruch regiert. Hungersnöte, Bürgerkriege oder grenzüberschreitende Konflikte kannte man nicht. Erst nach dem Tod des langjährigen Staatsoberhauptes hatte sich Unmut im Volk in Form von Unruhen Luft verschafft – wie für den schwarzen

Kontinent geradezu klassisch infolge einer obskuren Präsidentenwahl. Nicht weiter verwunderlich, war der Machterhalt der Familiendynastie Bongo doch vornehmlich mit dem Reichtum aus Erdöl, seltenen Tropenhölzern und Mangan erkauft. Alles in allem war das zentralafrikanische Land den internationalen Medien wohl zu unspektakulär, um dessen Existenz nachhaltig in die breite Öffentlichkeit zu tragen.

Dem „Wächter der Schöpfung" war diese Ignoranz gerade aus deutscher Sicht unverständlich, denn immerhin gab es bedeutende historische Schnittmengen. So hatten Einheiten der Kaiserlichen Schutztruppe 1912 in den Nordprovinzen des heutigen Gabun – seinerzeit Teil Neukameruns – die Oberhoheit von den Franzosen übernommen. Und der gebürtige Deutsche und spätere Nobelpreisträger Albert Schweitzer hatte ein Jahr darauf das Urwaldkrankenhaus Lambaréné gegründet – zu jener Zeit noch in Französisch-Äquatorialafrika gelegen – wo Schweitzer und seine Ehefrau nach wie vor begraben lagen. Besagte Ignoranz war wohl Ausdruck der fortdauernden deutschen Selbstgeißelung. Das eigene historische Erbe wurde entweder ignoriert, politisch korrekt umgedeutet oder auf die dunkelsten Kapitel reduziert. Wie auch immer – er, Bonifacius Kidjo, wollte sich seinen klaren Blick auf die Dinge bewahren. Und früher oder später sprachen die Fakten ohnehin stets für sich selbst.

Als einreisender Ausländer stand Bonifacius geduldig in der eigens vorgegebenen Warteschlange, wo er in seinem für Zentralafrika typischen Abacost-Herrenanzug aus dem

Rahmen fiel. In der eintönigen Empfangshalle ging es stumpfsinnig zu, außerdem war es drückend heiß. Wenigstens bescherten ihm die überwiegend geschmackvoll gekleideten, wohlduftenden Damen dunkler Hautfarbe eine kleine Sinnesfreude. Ansonsten beugten sich selbst die Kinder der lethargischen Disziplin. Dass es der Warteschlange der Inländer nicht besser erging, machte die Sache auch nicht tröstlicher. Der Agent und Journalist fragte sich, ob die an offenen Schaltern sitzenden Beamten die einzelnen Passdokumente wirklich so ausgiebig studierten oder vielmehr irgendwelchen Tagträumen nachhingen. Ihre ausdruckslosen Gesichter gaben darüber jedenfalls keinen Aufschluss.

Nach gefühlten Stunden nahte endlich die stichprobenartige Gepäckkontrolle.

Gerade beschwerte sich ein wild gestikulierender Inländer über den respektlos inspizierten Kofferinhalt und wurde von der resoluten Uniformierten postwendend in einen Nebenraum zitiert. Vermutlich würde der Mann nun noch ein Handgeld für „zuvorkommende Bedienung" berappen müssen. Korruption in Uniform oder Geschäftsanzug war Teil der afrikanischen Realität, da machte Gabun wohl kaum eine Ausnahme. Dafür entfiel aber der exzessiv betriebene Zugriff eines Fiskus, wie er in Europa bisweilen an der Tagesordnung war. Moderne Wegelagerei hier wie da, nur unterschiedlich serviert, resümierte der Deutsche in geheimer Mission. Die Staatsbedienstete auf der anderen Seite des Tisches schien seine Gedanken lesen zu können, denn wie um jeden Verdacht zu zerstreuen, bedachte sie ihn mit einer entlassenden Geste.

In Libreville war die Sonne längst untergegangen, als Bonifacius den öffentlichen Flughafenbereich betrat. Am Treffpunkt inmitten der Halle angekommen, ließ er die Reisetasche fallen und den Blick schweifen. Selbst in dem geschäftigen Treiben ringsum war Sahira Ferrara nicht zu übersehen. Ein Meter siebzig betörende Weiblichkeit kamen da mit ebenso geschmeidigen wie selbstbewussten Schritten auf ihn zu. Der kunstvoll geflochtene, lange Haarzopf in samtig glänzendem Schwarz bewegte sich dabei dezent hin und her. Ihre Safari-Shorts und die am Bauch verknotete, kurzärmelige Bluse erlaubten neben den festen Trekking-Schuhen einen Blick auf seidig schimmernde Haut sowie einen Körper in Bestform. Dieses Energiebündel vereinte Indien und Italien auf die denkbar angenehmste Weise, wie er fasziniert feststellte. Ihre Eltern – ein italienischer Diplomat und eine indische Maharani – hatten da eine großartige Arbeit geleistet.

Als sie schließlich vor ihm stand, blickte Bonifacius in große bernsteinfarbene Augen, die ihn interessiert musterten. Sahira kam ihm aufreizend nahe, wobei ihr Lächeln Eisberge zum Schmelzen hätte bringen können. »„Shango“, wenn ich nicht irre? „Kali“, willkommen in Gabun.«

»Oh, ich fühle mich gerade sehr willkommen.«

Ein weiteres Lächeln huschte über ihr Gesicht. »Wollen wir?«

»Aber unbedingt. Am besten gleich in ein Restaurant mit guter Küche. Ich komme um vor Hunger.«

Diese sinnliche Stimme, diese unaufdringliche Dominanz – Sahira spürte ihr Herz schneller schlagen. Gott, wie lange war das schon her. All diese Selbstdarsteller und Langweiler. Immer flüchteten die einen vor ihrer Intelligenz, die anderen vor ihren Hobbys. Eigentlich bot ihr Lebenswandel ja ohnehin wenig Gelegenheit für Zweisamkeit. Aber wenn ein echter Charaktertyp ihr Schicksal teilte, konnte man aus dem Wenigen doch vielleicht etwas machen. Und das Mannsbild hier war nun wirklich nicht ohne. Was der dem Hören nach in Brüssel zuwege gebracht hatte – ziemlich beeindruckend, erregend. Würde sie sich ihm auf dieser Mission bedenkenlos unterordnen? Abwarten, wenn er weiterhin Stärke bewies …

Auf der Hauptverkehrsstraße steuerte Sahira Ferrara den offenen Geländewagen zügig am Meer entlang. Die Uferseite war gesäumt von Bäumen und vereinzelten Spaziergängern. Auf der gegenüberliegenden Seite wechselten sich bewachte Wohnanlagen mit sonstigen luxuriösen Gebäuden und verschiedenen Ministerien ab.

Bonifacius genoss die wohltuende Meeresbrise, drehte die rhythmische Musik eines namhaften gabunischen Sängers lauter. »Wann bist du hier angekommen?«

»Vor vier Tagen. Wir wohnen in einem kleinen Hotel in der Innenstadt. Das Auto gehört dem WNR-Außenbüro.«

»WNR?«

»„World Nature Rescue", eine Umweltorganisation. Sehr entgegenkommend, die Leute da. Die Story von unserer Umweltreportage kam bei denen gut an«, berichtete die Missionspartnerin weiter, ohne den Blick von der Straße zu nehmen. »Welche kulinarische Geschmacksrichtung schwebt dir denn vor?«

»Na wo das Meer schon so nahe ist …«

Jetzt schaute sie doch zu ihm rüber, sichtlich vergnügt. »Ein Mann ganz nach meinem Geschmack.«

Urplötzlich folgte ein riskantes Wendemanöver, das augenblicklich für ein wüstes Hubkonzert sorgte.

Das Restaurant L'Afrique Noire strahlte eine familiäre Atmosphäre aus, auch wenn oder gerade weil die letzte Renovierung dem Anschein nach Jahrzehnte zurücklag. Die beiden „Wächter der Schöpfung“ saßen an einem Tisch auf der Veranda.

»Also nach meinen Informationen gibt es hier die besten Langusten der Stadt. Der Inhaber soll Kameruner sein.« Für einen Augenblick musterte Sahira ihr Gegenüber. »Hmm – „Bonifacius“ ist irgendwie ein ziemlich verstaubter Name. Bonifatius … Bonifatius«, überlegte sie schelmisch, »war das nicht ein Apostel der Deutschen, der weite Teile Germaniens missioniert hat?«

»Im 8. Jahrhundert, ja. - Und du bist also Expertin für Kalarippayat und Vajramushti. Dürfen indische Kriegs- und Kampfkünste von Frauen überhaupt praktiziert werden?«, kam die provokante Retourkutsche mit smartem Lächeln daher.

Die Italo-Inderin vertiefte sich in seinen Blick. »Später kam noch Capoeira dazu.«

»Weil du auf Schmerzen stehst?«

Ihre Augen blitzten temperamentvoll auf. »Um Schmerzen zu vermeiden. Und um denen Schmerzen zuzufügen, die es verdienen.«

»Eine Vollstreckerin, also.«

Schon entspannten sich ihre Gesichtszüge wieder. »Nicht mehr als du, würde ich sagen.«

Mit Blick in die Speisekarte vollführte Sahira einen Themenwechsel: »Gestern habe ich in einem Restaurant Hähnchen bestellt. Verstehst du, ich war ganz wild auf frisches regionales Geflügel. Und was denkst du, hat der Kerl mir geantwortet?«

Amüsiert genoss Bonifacius die ihm dargebotene, theatralische Einlage und beließ es bei einem fragenden Blick.

»Mal abgesehen davon, dass der halbe Laden mich ausgelacht hat, meinte er doch allen Ernstes, wenn es nur darum gehen würde, hätte ich nicht extra nach Zentralafrika zu kommen brauchen. Schließlich würde das Geflügel gefroren aus der EU importiert werden. - Hat man dafür Töne?!«

Bonifacius fand einzig die ungewollte Komik in ihrer Empörung erheiternd. »Das kann dir in diesem Fischrestaurant nicht passieren. - Aber ernsthaft: Das kommt dabei raus, wenn die EU einseitigen Freihandel mit Hilfe zerstörerischer Dumping-Subventionen betreibt. Die einstmals florierende Geflügelindustrie Westafrikas wurde auf genau die Art exekutiert.«

Aufgeregt stellte sie ihr überschwappendes Weißweinglas zurück.

»Genau! Und es gibt zahllose andere Beispiele. Verbrecher!«

»Du hast als Geologin für eine Umweltorganisation gearbeitet. Erzähl mir davon«, blieb er entspannt.

»Von meiner Motivation oder warum ich dort Schluss gemacht habe?«

»Liegt ganz bei dir.«

Sahiras Blick verlor sich irgendwo in der Dunkelheit des späten Abends, ihre Stimme schien direkt aus der Seele zu schöpfen: »Kennst du das – studieren zu wollen, nur um den Dingen auf den Grund gehen zu können, um zu verstehen, worum es im Leben geht, gehen sollte. Damit man diese Welt besser machen kann, wenigstens ein bisschen.«

Auf sein Nicken hin lachte sie bitter auf.

»Fast wie Goethes Faust, nicht? Nur, dass der Teufel mir in Form einer Nichtregierungsorganisation erschienen ist. Alles fing vielversprechend an. Ich schien meinen Platz endlich gefunden zu haben. Durch meine Eltern war ich vorab ja schon viel in der Welt herumgekommen: Indien, Brasilien, Marokko … – Und dann holte mich die Realität ein, die Illusion zerplatzte. Zu enge Handlungsspielräume, der dauernde Kampf um vielversprechende Projekte und Forschungsgelder, faule Kompromisse. Anstatt kritisch zu hinterfragen und Fehlentwicklungen schonungslos aufzudecken, ging es um Absprachen mit denen, die wir eigentlich entlarven sollten. Die erforderliche Unabhängigkeit existierte nicht. Geltungssucht, Machtgerangel und Korruption auch dort. Es hat mich krank gemacht. Und dann kamen die „Wächter der Schöpfung“ auf mich zu, keine Sekunde zu früh.«

»Die dich in einem Beratungsinstitut für Geotechnik in Florenz untergebracht haben«, ergänzte Bonifacius sanft. »Kein schlechter Schachzug. Wirklich nicht schlecht.«

Zwischen beiden hatte sich eine erotische Anziehungskraft aufgebaut, die elektrisierend in der Luft lag. Alles um sie herum schien intensiver wahrnehmbar: Gerüche, Farben – ja selbst das Pulsieren des eigenen Blutes unter der Haut.

Die nächsten Sekunden vergingen wie in Zeitlupe, bis Sahira ins Gespräch zurückfand: »Ich bin deine Partnerin auf dieser Mission. Auch kein schlechter Schachzug.«

Persönliche Gefühle müssen zurückstehen – unbedingt. Es geht um zu viel. Die erste Mission mit Entscheidungsgewalt, im Land meiner Ahnen. Um jeden Preis werde ich in dieser Sache Erfolg haben. Schluss mit dem Süßholzgeraspel.

»Darauf trinke ich«, verkündete Bonifacius feierlich, begleitet von einem rhythmischen Klopfen auf den Tisch und dem Heben des Rotweinglases. Den Zauber des Augenblicks hatte er damit vertrieben.

Sahira begriff sofort und setzte auf humorvolle Stichelei: »Rotwein zu einem Meeresgericht zeugt eigentlich nicht von feiner Lebensart.«

Er betrachtete sie durch sein Glas. »Fein vielleicht nicht, aber Weißwein ist mir einfach zu blass.«

Es näherte sich ein modisch gekleideter Herr gehobenen Alters mit den heißersehnten Krustentieren. Er stellte sich als der Inhaber des Restaurants vor, und die Spezialität des Hauses erwies sich als äußerst delikat.

Auf die Mission kamen beide Agenten erst während der Weiterfahrt zum Hotel zu sprechen.

»Morgen um 10:30 Uhr nehmen wir den Inlandsflug nach Gamba, eine kleine Stadt an der südlich gelegenen Küste«, verkündete Sahira. »Unsere Gönner von der „WNR" haben die dortige Parkverwaltung schon informiert. Es besteht eine enge Zusammenarbeit.«

Gerade betrachtete ihr Beifahrer den vorbeiziehenden Regierungssitz des Staatspräsidenten, einen hoch aufragenden Prachtbau ganz in Weiß und dazu taghell beleuchtet.

»Sehr gut. - Hat sich Berlin schon gemeldet?«

»Hat es. Deine vier IOD-Sparringspartner aus dem Brüsseler Theater sind allesamt US-Staatsbürger. Zwei ehemalige Söldner, zwei ehemalige DIA-Agenten.«

„Shango" horchte auf: »Militärischer Nachrichtendienst? Wirklich? Ganz schönes Kaliber.«

»Kann man wohl sagen. Und die vier sind alte Hasen, was Afrika angeht. Aber viel mehr als das, was du schon aus denen herausgeholt hast, war nicht zu erfahren.«

»Und der ermordete Provinzgouverneur in Süd-Kivu, dieser Denis M'Bisimwa? Irgendwas zu den Verantwortlichen?«

»Nicht viel. Es müssen mehrere Attentäter gewesen sein, die äußerst brutal zu Werke gegangen sind. Unsere Zentrale schließt sich der Einschätzung des Professors an, dass das Mordkommando nicht aus dem lokalen Umfeld stammte, vermutlich nicht einmal aus Nord-Kivu. Das jedenfalls vermelden die diplomatischen Kontakte. Man ist sich auch sicher, dass es keine Weißen waren. Die wären zu sehr aufgefallen, um das Wachpersonal so zu überraschen.«

»Wie die Tasten eines Klaviers.«

Wie es schien, kannte Sahira Ferrara nur einen Fahrstil, selbst auf den nächtlichen, nicht einmal mittelmäßig zu nennenden Straßen Librevilles: rasant.

Das hinderte sie jedoch nicht daran, aufmerksam zuzuhören.

»Versteh' ich nicht.«

»Ganz einfach: Ein weißes Mordkommando in Brüssel und ein schwarzes in Bukavu ergänzen sich zu einem perfekten Ganzen.«

Die Fahrt endete vor einem vierstöckigen Hotel, das ohne jegliche Festbeleuchtung unscheinbar wirkte. Zu dieser späten Stunde lag es im Tiefschlaf, ganz im Gegensatz zur quirligen Vitalität auf der vorbeiführenden Straße.

»Mindestens zwei Interessensgruppen also«, dachte die Mitstreiterin laut über die letzten Worte nach.

Im dritten Stock standen „Shango" und „Kali" auf dem Außengang des Hotels und verfolgten das bunte Treiben. Rot- und lila-weiße Taxis japanischer Bauart, deren Fahrtüchtigkeit westliche Augen vehement bestreiten würden, nahmen unentwegt Fahrgäste auf und setzten andere ab. Gemeinsam mit nicht minder altersschwachen Kleinbussen bildeten sie das Nahverkehrssystem. An improvisierten Verkaufsständen und in kleinen Geschäften wurden Fisch und Fleisch, Obst und Gemüse oder fertig zubereitete Mahlzeiten in allen Variationen feilgeboten. Begleitend beschallte eine kleine Bar die gesamte Gegend mit afrikanischen Tanzrhythmen. Eine korpulente Frau stritt lautstark mit einem Taxifahrer, während ihr Baby auf dem Arm stoisch zusah. Zwei junge Grazien genossen die Blicke einer Gruppe junger Männer, an der sie bereits zum dritten Mal vorbeiflanierten. Und unmittelbar neben dem Hotel befand sich ein ummauerter Hof, auf dem Halbwüchsige mit nackten Oberkörpern Autos wuschen. Gerade passierte ein Mercedes-SUV der neuesten Generation die Einfahrt. Überhaupt war die große Anzahl vorbeifahrender Luxuskarossen erstaunlich. Umso mehr, als die Infrastruktur im Allgemeinen und der Straßenzustand im Besonderen einen harten Kontrast dazu darstellten.

Schließlich rissen sich die beiden Agenten von der faszinierenden Kulisse los und zogen sich ins spartanisch eingerichtete Doppelzimmer zurück.

Aus dem Bad nahm der Missionsführer den Gesprächsfaden wieder auf: »Sag mal, diese Naturschutzleute, sind die vertrauenswürdig?«

Die Antwort kam vom Bett, auf dem Sahira gerade ein Kissen zurecht klopfte: »Sind überprüft. Alles okay. - Die denken, wir verfolgen Spuren organisierter Wilddiebe in den Kongo.«

»Und, tun wir das etwa nicht?«, kommentierte Bonifacius ohne eine Miene zu verziehen, während er aus dem Bad kam. »Lass uns für heute Schluss machen.«

Großwildjagd in Gamba

Der Inlandsflug wurde von einer zweimotorigen Propellermaschine bestritten, die nur für eine kleine Anzahl von Passagieren ausgelegt war und schon etliche Jahre auf dem Buckel hatte. Fasziniert von der dichten Vegetation unter ihnen, sah Bonifacius gebannt aus dem Fenster, was der begleitenden Mitarbeiterin der „World Nature Rescue" nicht entging.

»Dichter Regenwald macht gut 70 % des Landes aus«, suchte die Niederländerin Kim das Gespräch.

Der Angesprochene wandte sich ihr zu. »Ich habe irgendwo von 75 % gelesen.«

»Man muss realistisch sein. Gabun hat in den letzten Jahrzehnten viel Willen zum Natur- und Artenschutz bewiesen, ist in Sachen Biodiversität und Primärwald ein leuchtendes Vorbild im afrikanischen Regenwaldgürtel, keine Frage. Dreizehn Nationalparks, das ist schon bemerkenswert für ein so kleines Land. Aber andererseits resultieren die Staatseinnahmen fast ausschließlich aus dem Verkauf natürlicher Ressourcen. Das bedeutet doppelte Gefahr. Zum einen fallen auf dem Weltmarkt stark nachgefragte Tropenhölzer der Kettensäge zum Opfer – Gabun ist diesbezüglich ein führendes afrikanisches Exportland –, leider nicht immer legal. Zum anderen wird Regenwald auch gerodet, um die Förderung von Bodenschätzen zu ermöglichen. Das Ergebnis: Deine 75 % gehören längst der Vergangenheit an.«

Bonifacius mochte die warmherzige Ehrlichkeit der drallen Niederländerin. Man musste diese engagierte Frau einfach mögen, befand er. Nichtsdestotrotz wanderte sein Blick wieder aus dem Fenster.

»Wie lange arbeitest du schon in Gabun?«, wollte Sahira wissen.

»Sechs Jahre. Und ich bin froh, dass es dieses Land ist. Gabun ist ein Hoffnungsträger, wenn es um Naturschutz geht. In anderen Ländern des globalen Regenwaldgürtels sieht es im Vergleich überwiegend trostlos aus.«

Im Hauptquartier der Parkverwaltung angekommen, mussten die Gäste sich zunächst in Geduld üben. Ein unrasierter Weißer in T-Shirt und offenem Hemd saß gerade mit Headset am Funkgerät.

Bei ihm standen zwei offensichtlich einheimische Männer in Uniform und warteten gespannt ab. Keiner von ihnen beachtete die Neuankömmlinge.

»… Ja, ich denke, im Abstand von einem Meter ist gut. Was hält Papa Casimir von der Idee? - Okay, sehr gut.«

Beiläufig packte er einen der Uniformierten begeistert am Arm.

»Er hilft sogar mit – na bravo, besser geht's doch nicht. Werdet Ihr heute noch fertig?«

Sein Gesicht spiegelte jetzt routinierte Sachlichkeit wider. »Na dann viel Glück. Bis übermorgen Abend, also. Ende und aus.«

Der eindeutige Chef im Raum legte das Headset beiseite, bemerkte die Gäste jedoch noch immer nicht. »Also, Papa Casimir ist ein wenig skeptisch. Aber er hilft bereitwillig mit. Sie werden mindestens bis morgen Vormittag zu tun haben und wollen anschließend Straßenkontrollen durchführen.«

Endlich zeigte einer der beiden Mitarbeiter in Richtung Eingang.

Der Mann am Funkgerät reagierte aufrichtig erfreut und stand sofort auf. »Was denn, Kim, Ihr seid schon da?! - Herzlich willkommen. Stefan Renner, ich habe die Gesamtleitung über den nahen Nationalpark.« Mit begleitender Handgeste stellte er die Uniformierten vor: »Das hier ist der Leiter der Parkaufsicht, Vincent Mabala. Und hier Fabien Bayogha, Parkaufseher.«

Mit Handschlag stellten sich nun auch die „Wächter der Schöpfung" vor.

»Gut, ich schlage vor, Vincent und ich zeigen euch zuerst die Unterbringung. Danach bereden wir alles Weitere bei einem guten Essen draußen im Büro.«

»Aha, und was ist das hier?«, reagierte Sahira überrascht, was wiederum für Erheiterung bei den Eingeweihten sorgte.

»Nicht böse gemeint. Lasst euch einfach überraschen«, beeilte sich Renner nachzulegen.

Zu viert saßen sie in einem der wilden Natur abgetrotzten Garten neben einer rustikalen Bretterbude, gefühlt irgendwo im Nirgendwo.

Das von Rost befallene Metallschild auf dem Dach wies das Ganze als Bar-Restaurant aus. Sehr mutig, amüsierte sich Bonifacius in Gedanken. Zum Glück war er von Hause aus abenteuerlustig und recht anspruchslos, was auch auf kulinarische Überraschungen zutraf.

An der Bar führte ein breiter Lateritweg vorbei. Die hohe Luftfeuchtigkeit machte es möglich, dass die gelegentlichen Fahrzeuge darauf kaum Staub aufwirbelten. Die eigentümlich rote Farbe des verwitterten Gesteinsmaterials zeugte von hohem Eisengehalt, was im Zusammenspiel mit den satten Grüntönen des angrenzenden Regenwaldes und dem tiefblauen Himmel für eine prächtige Farbkomposition sorgte.

Bonifacius ertappte sich dabei, wie er die mannigfaltige Geräuschkulisse der nahen Fauna zu bestimmen versuchte – mehr schlecht als recht.

Wildtiere, so ungezwungen in direkter Nachbarschaft – unbeschreiblich. Nichts ist hier auf Perfektion getrimmt. Zeit spielt nur eine Statistenrolle. Zu schade, dass wir selbst so unter Druck stehen.

Stefan Renner schaute gut gelaunt in die Runde. »Man glaubt es vielleicht nicht, aber im Grunde ist das hier unser Hauptquartier. Viele Entscheidungen werden an einem dieser Tische getroffen. Und nebenbei gesagt, nirgends in Gamba kann man besser essen. Darf ich etwas empfehlen?«

»Alles außer Geflügel«, platzte es aus Sahira heraus.

»Nicht doch. Ich schlage Porc-épic vor, das ist Stachelschwein. Wird in einer leckeren Erdnusssoße mit Maniok gereicht. Eine Sensation.«

Der Verantwortliche für die Kongo-Mission nickte angetan.

»Etwas später gerne. Wir haben gut gefrühstückt. Vorerst reicht der Kaffee. - Du bist Deutscher?«

»Rheinländer. Und Ihr?«

»Berliner.«

»Aus Florenz.«

»Ohne indiskret sein zu wollen«, lenkte der Journalist beim Konstantin Verlag das Gespräch auf etwas, das ihn einfach nicht mehr losließ, »worum ist es vorhin am Funkgerät gegangen?«

»Ach das«, ging Renner bereitwillig auf die Frage ein. »In unserem hiesigen Nationalpark leben seit jeher Menschen. Der alte Casimir zum Beispiel. Sie ernähren sich von dem, was das Land hergibt. Unser größtes Problem dabei sind Konflikte mit Wildtieren, besonders mit Elefanten, die die Plantagen niedertrampeln. Die effektivste Lösung wäre ein Elektrozaun. Der ist aber zu teuer. Auf der Suche nach günstigen Alternativen sind wir auf Aluminiumdosen gekommen. Die befestigen wir an Draht, den wir Wilderern abgenommen haben, und umspannen damit die Plantagen. Elefanten mögen das klappernde Geräusch von Metall nicht.«

»Pfiffig.« Die Italo-Inderin klatschte Beifall. »Und wo holt Ihr die Dosen her? Ihr braucht doch reichlich davon.«

Jetzt brachte sich Vincent Mabala ins Gespräch ein: »Erstmal müssen wir sehen, ob sich die Tiere auch wirklich dauerhaft fernhalten lassen. Elefanten sind sehr intelligent und anpassungsfähig. Noch ist es ein Experiment. Aber für den Fall, dass es funktioniert, haben wir ein Schulprojekt in Vorbereitung. Habt Ihr die verdreckte Hauptstadt gesehen? Überall achtlos weggeworfener Müll von Plastiktüten bis hin zu Elektrogeräten. Und so sieht es in allen Städten und größeren Ortschaften aus. Also – vor den Augen aller werden Schulklassen den Abfall einsammeln. Wir hoffen, die Bevölkerung damit für das Problem zu sensibilisieren und unser Land sauberer zu machen. Aus dieser Quelle würden dann auch die Aluminiumdosen kommen.«

»Wirklich ambitioniert«, unterstrich Bonifacius das Lob seiner Partnerin. »Und Ihr führt auch regelmäßige Straßenkontrollen im Park durch?«

Auch diese Frage beantwortete der Leiter der Parkaufsicht: »Ja, bewaffnet. Zu unterschiedlichen Zeiten und an verschiedenen Orten. Wilddiebe sind im Allgemeinen nicht dumm und besonders die Profis unter ihnen gut organisiert. Fahrzeugkontrollen sprechen sich da schnell herum.«

»Entschuldige, Vincent«, unterbrach Sahira sanft, »Ihr unterscheidet zwischen professionellen und nicht professionellen Wilddieben?«

»Die einen leben innerhalb der Nationalparks oder in der nahen Umgebung. Sie jagen Tiere fast ausschließlich zum Eigenverzehr. Wenn sie die Chance haben, wird Wildfleisch auch schon mal weiterverkauft. Die anderen sind wesentlich skrupelloser. Es sind Verbrecher, die aus reiner Profitgier jagen. Selten geht es ihnen dabei um Fleisch. Trophäen, Potenzmittel und Rituale sind die großen Themen. Sie besitzen modernste Ausrüstung und schrecken auch vor Angriffen auf unsere Parkaufseher nicht zurück. Als wir den ersten Toten zu beklagen hatten, wurden die Gesetze endlich verschärft. Die Justiz greift jetzt viel härter durch. Früher gab es nur Geldbußen, heute drohen Gefängnisstrafen.«

»Wahrscheinlich hat uns ein kürzlich festgenommener Wilddieb nur aus diesem Grund die Informationen geliefert, die für euch interessant sein könnten«, ergänzte Stefan Renner mit Genugtuung.

»Einer aus Gabun?«, hakte „Shango" nach.

»Ja, aber international vernetzt. Laut seiner Aussage haben europäische Hintermänner gezielt Wildjäger angeheuert, die in den Regenwaldgebieten Zentralafrikas operieren können. Zielflughafen Bunia im Kongo. Zum genauen Operationsgebiet konnte oder wollte er uns nichts sagen.«

»Konntet Ihr in Erfahrung bringen, wie viele von denen angeheuert worden sind?«

»Die gebotene Summe soll außergewöhnlich hoch gewesen sein. Kein Wunder, dass allein von Gabun aus an die acht Profis geflogen sind. Wir haben daraufhin unsere Kontakte zu den Schutzgebieten in Frage kommender Nachbarländer bemüht.«

Renner zögerte.

»Ja und?«, drängte sein Gesprächspartner ungeduldig.

»Insgesamt könnten es an die 40 sein. Aber bitte, beweisen lässt sich das nicht.«

Alle am Tisch starrten betreten vor sich hin, bis „Kali" einen neuen Gedanken verfolgte: »Und wenn es doch um das Fleisch geht?«

Vincent Mabala schüttelte energisch den Kopf: »Unmöglich, nur für Wildfleisch zieht niemand so viele Leute zusammen. Viel zu aufwendig und teuer.«

Sie ließ nicht locker: »Europäer im Hintergrund und eine enorme Menge Wildfleisch als Bedarf. Welchen Zusammenhang könnte es da geben?«

»Sagen wir 30 bis 40 professionelle Jäger, wie viele Menschen könnten die wohl ernähren?«, trieb Bonifacius die Überlegung seiner Partnerin weiter voran.

Das Unbehagen Vincent Mabalas war nicht zu überhören: »Eine ganze Armee, wenn es sein muss und die Umstände günstig sind. Tatsache ist, so viele geeignete Tiere findet man nicht in einem begrenzten Gebiet, schon gar nicht über einen längeren Zeitraum. Und für wen auch?«

Der Rheinländer wurde urplötzlich blass, wirkte wie versteinert.

»Es gibt eine internationale Hilfsorganisation mit Büro in der Demokratischen Republik Kongo. Die Leiterin dort kenne ich von einigen Veranstaltungen persönlich. Sie heißt Francine Magaud.«

Bei Erwähnung des Namens durchzuckte es „Kali", doch „Shangos" verdeckte Armberührung verhinderte eine eventuell unerwünschte Äußerung, während der Informant nichts ahnend fortfuhr:

»Francine hat mir von seltsamen Vorgängen im Semue-Nationalpark berichtet. Der liegt im Nordosten des Kongo, nördlich der Provinzhauptstadt Bunia. Sie soll aktuell dort unterwegs sein, ist aber nicht mehr zu erreichen. Ob das vielleicht …?«

Es wurde höchste Zeit, den offiziellen Teil der Zusammenkunft zu beenden, bevor die Agenten in Erklärungsnot gerieten.

Bonifacius sah die beiden Männer eindringlich an, sein Ton war zwingend: »Es ist extrem wichtig, dass niemand von unserem Aufenthalt hier erfährt, unter keinen Umständen. Können wir uns darauf verlassen?«

Der Gesamtverantwortliche vor Ort, genauso wie der Leiter der Parkaufsicht, hielt dem Blick stand: »Versprochen. Hauptsache, Sie gehen der Sache weiter auf den Grund.«

»Werden wir. Aber das geht am besten und vor allem am sichersten ohne jedes noch so kleine Aufsehen.« Mit gewinnendem Lächeln konnte der Journalist damit endlich auf ein wesentlich angenehmeres Thema zurückkommen: »So, wie sieht es jetzt mit dem Stachelschwein in leckerer Erdnusssoße aus?«

Um 21 Uhr fand sich Bonifacius Kidjo entgegen jeder Erwartung in einer kleinen Sporthalle mitten in Gamba wieder.

Ich kann das einfach nicht glauben. Eine Sporthalle der hiesigen Gemeinde und ich stehe hier in Trainingsklamotten. Und warum – weil meine Partnerin mich zu einem Sparring nötigt.

Ja und, was stört dich jetzt daran? Weshalb schleppst du deine Trainingsklamotten denn durch die Weltgeschichte? Denkst du womöglich, der Anblick einer schönen, schwitzenden Frau mit wenig Stoff am Leib könnte dich aus dem Konzept bringen?

Seinen Gedanken weiter nachhängend, boxte „Shango“ gegen ein imaginäres Ziel in Kopfhöhe.

»Wie viele Treffer verträgst du denn«, provozierte „Kali“ ihn, die sich an einigen Capoeira-Figuren abarbeitete.

»Auf Prellungen und Knochenbrüche sollten wir besser verzichten«, erwiderte er trocken.

Was folgte, war ein Schlagabtausch auf hohem Niveau, bei dem sich lockere Verspieltheit und gezügelte Aggressivität die Waage hielten. Dank Disziplin und Erfahrung blieb es weitestgehend eine Leichtkontaktbegegnung verschiedener Kampfstile, die beiden Athleten beste Straßenkampftauglichkeit bescheinigte.

Einen deftigen Treffer ans Kinn musste Bonifacius in Folge einer vollendeten Angriffskombination schließlich doch hinnehmen. Der unmittelbare Gegenangriff rettete ihn aus der Bedrängnis. Seine Retourkutsche war letztlich ein mächtiger Hieb in Sahiras Magengrube. Wenn schon Sparring, dann wollte er auch ihre Nehmerqualitäten auf den Prüfstand stellen. Außerdem galt es, sie von Anfang an in ihre Schranken zu verweisen. Mit leisem Stöhnen knickte sie ein, sah jedoch auf ein Knie gestützt weiterhin zu ihm auf. Ihre Augen blitzten vor wilder Entschlossenheit, als sie sich nach kurzem Durchatmen erhob. All dem wohnte wieder dieses erotische Knistern inne, welches die Sinne zur Höchstleistung stimulierte. Es war einer jener Momente, die Bonifacius besonders dankbar an die „Wächter der Schöpfung" denken ließ. Der Grundsatz gemischtgeschlechtlicher Zweierteams bewies in seinen Augen Weitsicht. Es war das ultimative Yin und Yang für Außenmissionen.

»Ratsmitglied Konstantin sprach von dem „Afrikanischen Bermudadreieck"«, begann er mit einer Bestandsaufnahme der vorliegenden Informationen zur Mission, ohne den Trainingskampf einzustellen. »Langsam wird mir klar, wie recht er damit hat. Wilderer, ein NGO-Team, ein ganzes Naturschutzgebiet und die gesamte Bevölkerung sind darin verschwunden.«

Sahira wischte sich Schweiß aus dem Gesicht, lauerte auf eine Schwachstelle in der gegnerischen Deckung. »Und was wollen Weiße am afrikanischen Arsch der Welt, wenn sie nicht gerade dem Naturschutz verfallen sind und auch sonst keine uneigennützigen Absichten verfolgen? Wohl kaum Wildfleisch verhökern.«

»Vielleicht hat ja die umtriebige SYTRAX Erzhandelsgesellschaft ihre Finger im Spiel.«

Eine Möglichkeit, die Sahira kurz innehalten ließ. »Interessanter Gedanke.«

»Dann würde es definitiv um Coltan gehen.«

Sie attackierte seine Knie und Schienbeine. »Aber wer hat die Bukavu-Mörder geschickt?«

»Ja, richtig! Wer hat den Provinzgouverneur aus dem Weg geräumt?«

Durch einen überraschenden Positionswechsel ließ Bonifacius den erahnten Tritt seiner Partnerin ins Leere laufen. Blitzschnell packte er zu, fegte kurzerhand ihr Standbein weg. Die Bodenmatte fing den unsanften Sturz ab. Einmal tief durchgeatmet und sie stand wieder. Aber er zog bereits das Shirt aus und rieb sich mit einem Handtuch trocken. Dieser Sparringkampf erregte ihn zusehends, es wurde schlichtweg zu gefährlich.

»In zwei Tagen sind wir in Süd-Kivu. Dann erfahren wir hoffentlich mehr.«

»Ja, lassen wir uns überraschen«, gab sie verklärt lächelnd zurück, während sie unverhohlen seinen muskulösen Körper betrachtete.

Zu spät, was gerade zwischen ihnen vorging, ließ sich nicht mehr aufhalten. Wie magisch angezogen, kam Bonifacius auf Sahira zu, wurde von ausgestreckten Armen nur halbherzig aufgehalten. Ihre Zunge umspielte die leicht geöffneten, vollen Lippen, während ihre Augen ihn mit nahezu hypnotischer Kraft gefangen nahmen. Leidenschaftlich drängte er sie gegen die Wand. Der harte Kontakt entlockte ihr ein erregtes Seufzen.

»Du Teufel«, hauchte sie mit geschlossenen Augen, während seine Hände auf Erkundung gingen. Sahiras Zunge leckte über seinen Hals, lustvoll biss sie ihm in die Schulter. Schließlich glitt sie abwärts, dabei dem langen Messerschnitt folgend, zugefügt im Brüsseler Theater. Durch das intensive Training hatte der wieder zu bluten begonnen. Zärtlich strich sie darüber.

Bonifacius atmete schwer, als die Lust seinen Verstand endgültig niederzuringen drohte. Doch dann zog er seine Missionspartnerin am Haarzopf in die Höhe. »Den Geist lassen wir besser in der Flasche, bis unser Auftrag erfüllt ist.«

Seine Stimme stand noch unter dem Eindruck der entfachten Leidenschaft, doch sein Blick war wieder klar und in die Zukunft gerichtet. Anstelle von Enttäuschung verspürte sie eine vorbehaltlose Anerkennung seiner Führerschaft. Zwischen beiden war innerhalb eines Satzes alles geklärt worden – vorerst.

Brisante Ankunft in Süd-Kivu

Es war kurz vor Sonnenuntergang, als die beiden Agenten der „Wächter der Schöpfung" auf dem nationalen Kavumu Airport nahe Bukavu landeten. Das Umsteigen in Kisangani war reibungslos verlaufen. Auch die Ankunft hier gestaltete sich ermutigend. Die falsch deklarierte Ausrüstung hatte bereits zur Abholung bereitgelegen, und vom einheimischen Bodenpersonal wurden sie nicht nennenswert behelligt. Denn selbstverständlich wusste auch ihre Geheimgesellschaft das Thema Bestechlichkeit für sich zu nutzen. „Shango" und „Kali" waren Profi genug, um das wertzuschätzen, angesichts der zumeist skrupellosen Gegnerschaft. Ein dicht gespanntes, globales Netzwerk verlässlicher Kontakte machte dies möglich.

Nicht ohne Grund kreisten Bonifacius' Gedanken um die Möglichkeit, dass der Gegenseite ihre Anwesenheit bekannt sein könnte. Das Wie beschäftigte ihn dabei vorerst nicht, dafür das Anschlagen seines sechsten Sinnes. Kurzerhand lotste er seine Partnerin zur Flughafenbar in der Wartehalle, wo er sie in Kenntnis setzte. Bar wie Halle passten zu dem besseren „Wald-und-Wiesen-Flughafen" – unscheinbar, klein, irgendwie improvisiert. Tatsächlich hoben sich zwei Männer von großer hagerer Gestalt verdächtig von den übrigen Leuten vor Ort ab. Zum einen, weil sie bedrohlich wirkten, zum anderen, weil sie sich atypisch verhielten. Der eine stöberte ohne echtes Interesse in der Auslage eines Bauchladens Marke Eigenbau, dessen minderjähriger Besitzer die riemenbewehrte Holzkonstruktion stoisch zur Schau stellte.

Der andere lungerte ziellos in der Nähe des Ausgangs herum. Und beide sahen wiederholt herüber.

Sahira nippte an ihrem Fruchtsaft. »Wer hat die wohl informiert?«

»Vielleicht niemand. Vielleicht haben die sich selber informiert.«

Die Beschattung ist schlampig. Entweder Stümper oder sie vermuten in uns keine Agenten. In dem Fall wäre die Tarnung noch intakt. Klar, von Journalisten erwartet man keine großen geheimdienstlichen Fähigkeiten, also warum besondere Vorsicht walten lassen.

Bonifacius ließ sich vom Barkeeper ein Telefon geben. Er wählte aus dem Kopf. Währenddessen behielt seine Partnerin die „Schatten" im Blick.

»Ja, guten Abend, ich hätte gerne Doktor Frederic Lumenganeso gesprochen. Mein Name ist Bonifacius Kidjo, Journalist aus Deutschland. - Danke.«

Während des Wartens sprach er weiter zu Sahira: »Wer wusste als einziger, dass wir mit dieser Maschine ankommen würden?«

»Doktor Lumenganeso im Hospital, informiert vom Konstantin Verlag«, stellte sie ungläubig fest. Ihre Augen weiteten sich.

»Er wird abgehört!«

»Irgendwer will herausfinden, was er weiß und wem er das erzählt oder erzählen könnte.«

»Wir müssen uns beeilen!«

»Ich denke, ...«, begann Bonifacius und hielt abrupt inne, um sich wieder dem Telefonat zuzuwenden, wobei er die Hand von der Sprechmuschel nahm. »Doktor Lumenganeso?«

»Ja, guten Abend, Bonifacius Kidjo hier.« – »Aha, Sie haben also noch eine Weile im Hospital zu tun. Doktor, ist es Ihnen trotzdem recht, wenn wir Sie erst morgen Vormittag besuchen?« – »Ausgezeichnet.« Der Agent schaute auf seine Uhr. »Ich danke Ihnen. Bis morgen, also. Gute Nacht.«

Nachdenkend schob er das Telefon zurück Richtung Barkeeper.

»Wieso nicht mehr heute?! Wir müssen schnellstens da hin!«

Anstatt gleich zu antworten, guckte sich „Shango“ zwei weiße Geschäftsleute an der Bar aus, von denen einer seine Arroganz und rassistischen Vorbehalte unüberhörbar unters Volk brachte.

»Sag schon«, blieb „Kali“ unterdessen beharrlich.

»Ich habe uns und dem Doktor hoffentlich etwas Zeit verschafft.«

Sie sah an ihm vorbei. »Ich verstehe kein Wort, aber einer unserer „Schatten“ bekommt gerade einen Anruf.«

»Um die kümmern wir uns gleich. Jetzt will ich, dass du den Menschenauflauf nutzt, um abzutauchen und nach weiteren Gegnern Ausschau zu halten.«

»Welcher Auflauf?«

Irritiert sah sie sich um, doch von einer Menschenansammlung konnte weit und breit nicht die Rede sein. Stattdessen setzte sich ihr Missionspartner in Bewegung.

Als der offensichtlich angetrunkene Geschäftsmann – die leeren Bier- und Schnapsflaschen sprachen Bände – Bonifacius auf sich zukommen sah, schlug er demonstrativ auf die Bartheke und polterte umso genüsslicher weiter: »Die kommen doch ohne ihre früheren Herren gar nicht zurecht. Kaum haben wir den Negern gezeigt wie man Hemd und Krawatte trägt, schon wollen die groß mitmischen und uns ausbooten. Aber mehr als Korruption und Vetternwirtschaft haben ihre kümmerlichen Regierungen nicht zu bieten. Wollen weiße Geschäftsleute über den Tisch ziehen, wo immer es geht – besonders uns Franzosen. Nach allem, was wir in Afrika geleistet haben.«

Der Deutsche mit kongolesischen Wurzeln nahm den Fehdehandschuh nur zu gerne auf: »Sie sind Gast in diesem Land. Also, bevor Sie die Kongolesen noch weiter beleidigen und über einen Kamm scheren, ein gut gemeinter Rat: Behalte deinen verbalen Dünnpfiff für dich!«

Doch der Anzugträger zeigte keinerlei Einsehen, redete sich immer weiter um Kopf und Kragen: »Du hast mir gerade noch gefehlt. Spare dir die Ratschläge für deine Dorfältesten auf, Junge.«

Er musterte sein Gegenüber geringschätzig. »Will mich so einer maßregeln? So weit kommt es noch.«

Bonifacius gehörte nicht zu denjenigen, die Alkohol als Entschuldigung für was auch immer duldeten.

Außerdem brauchte er jetzt einen Tumult.

»Kehre vor der eigenen Tür, Froschfresser. Ihr begrüßt es doch, wenn schmutzige Millionen und Abermillionen aus euren ehemaligen Kolonien in Immobilien an der Côte d'Azur oder in Paris investiert werden – seit Jahrzehnten schon. Eure Regierung gleich welcher Couleur stellt das doch erst in Frage, wenn afrikanische Vasallenstaaten Entscheidungen treffen, die euren Interessen zuwider laufen. Dann, und nur dann kommt der erhobene Zeigefinger und ihr lasst Justiz und Außenministerium von der Kette. Und noch was: Wo pflegen denn eure Präsidentschaftskandidaten die Wahlkampfspenden traditionell am liebsten einzusammeln? So, und jetzt sag mir, du impertinenter kleiner Franzose, wer hängt denn wohl an wessen Tropf?«

Dem derart Zugesetzten trieb es die Zornesröte ins Gesicht, weitere Beleidigungen lagen ihm bereits auf der Zunge.

»Schluck es runter!«, manövrierte Bonifacius den Mann bestimmt aus. »Wie hat es ein langjähriger afrikanischer Staatspräsident doch so plastisch ausgedrückt: 'Das frankophone Afrika ohne Frankreich ist wie ein Auto ohne Fahrer. Aber Frankreich ohne das frankophone Afrika ist wie ein Auto ohne Treibstoff.' - Ich verrate dir ein offenes Geheimnis. Korruption und Vetternwirtschaft tragen nicht das Herkunftssiegel Afrika.«

Der Disput sorgte für die gewünschte Aufmerksamkeit und eine anwachsende Menschentraube. Das und die Tatsache, dass der Geschäftsmann mittlerweile mit geballten Fäusten dastand und kaum noch an sich halten konnte, beflügelte den Agenten:

»Im Übrigen, was treibst du dich eigentlich immer noch auf diesem Kontinent herum, wenn die undankbaren „Neger" dich doch so benachteiligen?«

Dem Kontrahenten platzte endgültig der Kragen: »So, Junge, das reicht! Jetzt poliere ich dir die Fresse!«

In „Shangos" einsetzendem Lächeln schwang etwas Bedrohliches mit, weshalb der Begleiter des Angetrunkenen aufgeregt auf diesen einredete. Letztendlich zog der verstummte Anzugträger es vor, zu bezahlen und das Feld zu räumen. Bonifacius hingegen fand sich im ausgelassenen Pulk der Schaulustigen wieder.

Nur mit Mühe erreichte Sahira ihren Partner und legte die Hand auf seine Schulter: »Hatte dieses Spektakel einen tieferen Sinn?«

»Das war der Afrikaner in mir – wollte unbedingt mal raus. - Und unsere „Schatten"?«

»Die Kerle wissen nicht so recht, was sie tun sollen?«

Sein zufriedenes Grinsen ließ sie endlich verstehen und mit einem Kopfschütteln reagieren. »Und ich dachte, ich sei die Verrückte im Team.«

Der erste „Schatten" hatte das vermeintliche Stöbern im Bauchladen längst aufgegeben.

Nach der zwischenzeitlichen Aufregung an der Bar waren beide Zielpersonen spurlos verschwunden und mussten unbedingt wiedergefunden werden. Der zufällige Blick in eine Spiegelfläche löste einen Schockmoment bei dem ansonsten emotionsarmen Mann aus. Dass die weibliche Zielperson mit entschlossenem Augenkontakt direkt auf ihn zukam, in einer Hand ihre Reisetasche, widersprach seinem

Erfahrungshorizont bei weitem. Unsicher drehte er sich zu ihr um.

»Besiegt von einer Frau«, hauchte „Kali" ihm im Vorbeigehen zu. Ob herausgeforderter Stolz oder auf Befehl, er folgte ihr in einigem Abstand auf die Damentoilette.

Kaum war er mit gezücktem Messer durch die aufgestoßene Tür eingetreten, da flog ihm aus dem toten Winkel einer Ecke eine Reisetasche entgegen. Das reflexartige Auffangen verschaffte der Agentin die Gelegenheit, dem gehandicapten Attentäter die Stichwaffe aus der Hand zu treten und ihn mit schweren Faustschlägen einzudecken. Zwar konnte er seinerseits einen satten Treffer zum Gesicht durchbringen, doch dieser führte augenblicklich zu einer artistischen Körperdrehung „Kalis", welche den Kontrahenten von den Beinen fegte. Verächtlich spuckte sie blutigen Speichel aus und stürzte sich auf den benommenen Widersacher, nahm ihn in einen lebensbedrohlichen Schwitzkasten.

Eine unbeteiligte Frau betrat den Toilettenraum, die von der Agentin postwendend angeherrscht wurde: »Jetzt nicht!«

Dem vermeintlich Unterlegenen gelang es mit letzter Kraftanstrengung, sich mit der wesentlich leichteren Sahira im Genick rückwärts gegen die Wand zu werfen – erfolglos.

Die fremde Frau stand noch immer wie erstarrt da. Erst „Kalis" aggressives »Raus hier!«, ließ sie panisch flüchten.

Dann wurde die Agentin ein weiteres Mal gegen die Wand geworfen und musste den „Schatten" freigeben. Doch dem nach Luft ringenden Schwarzafrikaner blieb nicht genügend Zeit, um das Messer unter dem einzigen Waschbecken zu erreichen. Zwei punktgenaue Hiebe in die Nierengegend setzten seinem Vorhaben ein jähes Ende. Hinzu kam ein Fußtritt, der seinen Kopf gegen den berstenden Spiegel über dem Waschbecken katapultierte. Als der schwer Gezeichnete eine dolchartige Spiegelscherbe ergriff und sich auf wackeligen Beinen erneut zum Kampf stellte, wurde ihr Blick zu Eis. „Kali" setzte sich in Bewegung – ohne Hast, ohne Pardon.

„Shango" folgte dem zweiten „Schatten" unentdeckt aus der Wartehalle. Der hatte es eilig, tauchte ein in das bunte Durcheinander forteilender Menschen. Vorbei an konzeptlos angeordneten Gebäuden aus Wellblech und Holz, trieb strömender Regen sie einen schmalen Asphaltweg entlang bis unter ein ausladendes Wellblechdach, wo die entfesselte Natur für eine metallisch monotone Geräuschkulisse sorgte. Nicht, dass Bukavus Flughafen ein erwähnenswertes Passagieraufkommen gehabt hätte, doch jetzt gerade hatte es den Anschein. Nur einige wenig eilten zu der Handvoll wartender Taxis.

Auch der „Schatten" gab sich nicht dem Luxus des Wartens hin, sondern hielt auf eine französische Mittelklasse-Limousine zu, die abseits geparkt stand. Aus dem Heckfenster streckte ein dunkelhäutiger Mann seinen Kopf, vermutlich erpicht darauf, den neuesten Stand der Dinge zu erfahren. „Shango" hielt sich vorerst zurück, um das Terrain zu sondieren.

Geradezu phlegmatisch beobachtete der Fahrer das Kommen und Gehen auf der schlammigen Zugangsstraße. Es war ihrer Sache förderlich, dass da draußen jeder nur mit sich selbst beschäftigt war und die Anwesenheit von vier Ortsfremden nicht weiter zur Kenntnis genommen wurde. Aber die Warterei bei diesem Sauwetter schlug ihm aufs Gemüt. Überhaupt sehnte sich der Mann am Steuer in seine Heimat zurück, die geografisch gesehen nicht weit entfernt lag, politisch betrachtet dafür umso mehr. - Zwei dumpfe Schläge gegen das Autodach ließen ihn zusammenzucken. Die hintere Wagentür wurde aufgerissen, woraufhin ein schwaches Stöhnen nach vorne drang. Beim Umdrehen sah er gerade noch, wie ein Fuß zurückgezogen wurde. Der Mitstreiter im Fonds war bewusstlos zusammengesunken. Anschließend wuchtete jemand den „Schatten" hinein, ebenfalls bewusstlos und gefolgt von einer Reisetasche. Die Wagentür flog wieder zu. Weiter passierte nichts.

Verdammt, wer hatte sie da gerade attackiert, und wo waren die geblieben, fragte sich der aus der Fassung geratene Fahrer. Draußen war nichts zu erkennen, kein Verdächtiger auszumachen.

Hastig öffnete er das Handschuhfach, um eine großkalibrige Schusswaffe zu entnehmen. Urplötzlich ertönte neben dem Prasseln der Regentropfen ein schabendes Kratzen auf dem Wagendach. Damit war die Pistole vergessen. Die gebannte Aufmerksamkeit galt nur noch dem vorderen Seitenfenster, das er zur Hälfte öffnete – eine Einladung für die Faust, welche wie aus dem Nichts auftauchte. Als der Ausgetrickste wieder zu sich kam, nunmehr auf dem Beifahrersitz, saß „Shango" mit der Waffe aus dem Handschuhfach hinter dem Steuer.

»Du bist gar kein Journalist«, stellte der Mann frustriert fest.

»Und Ihr keine Kongolesen, behaupte ich mal tollkühn. Keine Papiere, keine Hinweise – zu wem gehört Ihr?«

Der starrsinnige Gesichtsausdruck des Befragten sprach nicht für schnelle Informationen, und Bonifacius lief die Zeit davon. Da sich die Verwendung des Wahrheitsserums leider als potenziell zu gefährlich erwiesen hatte, blieb nur der Griff in den Rucksack zwischen seinen Beinen, vergleichbar dem aus der Brüsseler Gepäckaufbewahrung. Wenigstens Betäubungs- und Amnesiemittel hatten sich bewährt. Schon kam die Miniaturspritze zum Vorschein.

Wieder zurück an der Flughafenbar dachte Sahira über das weitere Vorgehen nach. Was war, wenn das Ausschalten dieser Mordgesellen eine Kettenreaktion auslöste? Sie hatte ein ganz mieses Gefühl, was die Sicherheit des Doktors sowie des gesamten Hospitals anging.

»Na, alles glattgegangen?«, vernahm sie hinter sich die Stimme ihres Partners, der bei dem Barkeeper per Handgeste einen Mangosaft bestellte.

»Soweit ja. Hier am Flughafen sind es insgesamt vier Mann. Zwei davon warten draußen in einem Wagen. Aber es gibt noch andere, die sich um das Hospital kümmern. Ansonsten war der Kerl verstockt wie ein Stück Ebenholz.«

»Gute Arbeit. Ich habe die übrigen drei Strolche neutralisiert.« Den servierten Saft leerte er in einem Zug. »Ich denke, der Mord an dem Provinzgouverneur geht auch auf das Konto dieser Typen. Zum Glück sind wir für die immer noch Journalisten.«

Sahira war ruhelos: »Schön, aber das hilft dem Doktor nicht. Wir müssen los.«

Bonifacius nickte. »Ein Auto haben wir schon. Wo liegt dein „Schatten"?«

Todesengel im Frauenhospital – Doktor Lumenganeso

Der Mann in durchgehend weißer Kleidung schloss die Tür hinter sich. Abgespannt ließ er sich mehr in den Schreibtischsessel fallen, als dass er sich setzte. Doktor Frederic Lumenganeso war 48 Jahre alt und sein Haar von Weiß durchsetzt – wesentlich eher, als von der Natur ursprünglich vorgesehen, dessen war er sich sicher. Seine Statur war kräftig, auch seine Konstitution beeindruckend stark. Und doch war es einer dieser Tage, an denen er sich so unsagbar ohnmächtig und ausgebrannt fühlte. Selbst das gerahmte Foto auf dem Schreibtisch konnte keinen Trost spenden: seine wunderschöne Ehefrau, die drei gemeinsamen Kinder, er selbst dazwischen, alle glücklich lächelnd. Der Mediziner berührte liebevoll das staubfrei gehaltene Glas und schloss seufzend die Augen …

Da war er wieder, dieser ständig wiederkehrende Albtraum von einer riesigen Staumauer.

Er, Lumenganeso, wie er zunächst mit bloßen Händen versucht, die bedrohlich zunehmende Rissbildung aufzuhalten.

Und wie immer mehr Wasser hindurchströmt. Seine zum Scheitern verurteilten Versuche, dem mit Stroh und Lehm Einhalt zu gebieten. Dann dieses markerschütternde Grollen und die herausbrechenden Brocken Mauerwerk. Rinnsale werden zu Sturzbächen und schließlich …

Der Doktor riss die Augen auf. Man musste sich nicht mit Traumdeutung auskennen, um den Bezug zur Realität herstellen zu können. Er war immerhin Leiter des einzigen auf Vergewaltigungsopfer spezialisierten Krankenhauses in Bukavu. Längst waren er und das Hospital zu einem Ruhm gelangt, auf den er liebend gerne verzichtet hätte. Aus der gesamten Kivu-Region strömten traumatisierte Frauen hierher wie zu einer Oase in der Wüste. Hoffnungslos unterfinanziert und mit Personal, das physisch und psychisch ununterbrochen über dem Limit arbeitete, waren hippokratischer Eid, professionelles Engagement und Nächstenliebe mitunter mehr Fluch als Segen. Ehefrau und Kinder hatte der Klinikleiter schon vor einiger Zeit fortgebracht, um ihnen ein Dasein in dieser lebensunwerten Umgebung zu ersparen. Er selbst blieb. Es war wie ein innerer Zwang. Wer, wenn nicht er, konnte und würde sich in den Dienst der geschundenen Opfer stellen?

Der im Jahr 2003 international proklamierte Frieden zwischen den Bürgerkriegsparteien hatte sich schnell als Farce erwiesen und beruhigte lediglich die Gemüter und das Gewissen der industrialisierten Welt. Nach Goma und Bukavu strömten nach wie vor die Opfer dieses angeblichen Friedens. Im Jahr 2004 hatte es blutige Kämpfe zwischen Regierungstruppen, Hutu-Milizen und Tutsi-Rebellen in und um Bukavu gegeben. 2008 waren Tutsi-Rebellen mordend in die Provinzhauptstadt Goma eingefallen. Und so ließ sich die Liste des Grauens bis in die Gegenwart fortsetzen. Nein, nichts war vorbei. Der Kivu-Krieg tobte noch immer, begleitet von gescheiterten Waffenstillständen und dem Leid der Zivilbevölkerung. Selbst der Umstand, dass Rebellengeneral Laurent Nkunda schon vor Jahren verhaftet worden war, hatte nichts daran geändert. Es erwuchsen immer neue Monster, die ein solches Vakuum ausfüllen konnten. Ohne internationale Waffenembargos, die auch konsequent durchgesetzt wurden, und ohne hoheitliche Kontrolle über alle Bodenschätze auf kongolesischem Staatsgebiet, war ein dauerhafter Frieden unmöglich zu erreichen. Politiker aus aller Welt, die wahrscheinlich noch bis zum jüngsten Gericht scheinheilige Lösungen anbieten würden, hatten den Opfern der Barbarei noch nie persönlich in die Augen gesehen. Woraus sollte also echte Anteilnahme erwachsen? Währenddessen wüteten in Nord-Kivu bis hoch in die Ituri-Provinz, insbesondere Tutsi-Rebellen und die ugandische Rebellenmiliz ADF, in Süd-Kivu vor allem ruandische Hutu-Milizen und sogar kongolesische Banditen. Schwer bewaffnete Gruppierungen aus Nachbarländern, die im Osten des Kongo unablässig Terror verbreiteten, gab es etliche. Mit dem Ergebnis, dass in der einstigen Kornkammer so gut wie nichts mehr gesät oder geerntet wurde. Stattdessen war man auf Importe und Almosen angewiesen.

Und wie sah es konkret in den Dörfern aus? Von den eigenen Familienangehörigen wurden zuvor verschleppte und geschändete Mädchen und Frauen meist verstoßen, weil sie aufgrund ihrer sogenannten Schande keine Mitgift mehr erzielen konnten. Auf die Art wurden traditionelle Dorfgemeinschaften also systematisch zerstört – auch eine Kriegsstrategie mit dem Ziel des Massenexodus. Wie alt und ob schwanger spielte für die Peiniger keine Rolle. Waren entführte Frauen entkräftet, wurden sie ganz einfach getötet oder in ihre Dörfer zurückgeschickt. Zwischenzeitlich zur Welt gekommene Babys verblieben nicht selten bei den Besatzern – als zukünftige Kindersoldaten, die nächste Generation entmenschlichter und entwurzelter Seelenkrüppel.

Solche Gedanken trieben Doktor Lumenganeso jeden Tag aufs Neue um. Was sollte er mit dem Spruch 'Die Wege des Herrn sind unergründlich' anfangen, angesichts solcher Realitäten? Frauen mit Rissen in Vagina und Darm, die Körperausscheidungen nicht mehr halten konnten. Irreparabel zerstörte Scheiden und Gebärmütter, hervorgerufen durch heiße Plastikteile, Bajonette oder Glasscherben. Zu allem Übel kam noch die hohe HIV-Infektionsrate.

Der Verantwortliche vor Ort wurde jäh aus seinen Gedanken gerissen, als sich die Tür zu seinem Büro öffnete. Die zwei eintretenden Personen waren ihm unbekannt. Sahira legte warnend den Zeigefinger auf ihren Mund, während Bonifacius seinen Presseausweis überreichte. Der Mediziner sank zurück in den verlebten Sessel, ungläubig beobachtend, wie der ihm fremde Mann eine Abhörwanze aus dem Telefonapparat entfernte. Kurz darauf kam dessen Begleiterin mit einem anderen Exemplar unter dem Schreibtisch hervorgekrochen. Ein Aktenschrank aus Metall diente vorübergehend der abhörsicheren Zwischenlagerung.

Endlich gab der „Wächter der Schöpfung" dem noch immer perplexen Doktor die Hand. »Bitte entschuldigen Sie unser bizarres Auftreten. Das ist übrigens meine Kollegin Sahira Ferrara.«

Die nickte dem Kongolesen freundlich zu und verließ den Raum.

»Wir sind sicher, dass Sie sich in Lebensgefahr befinden. Ihre Klinik steht unter ständiger Beobachtung. Haben Sie davon etwas bemerkt?«

Lumenganeso schüttelte verneinend den Kopf. »Woher wissen Sie das alles, und wie konnten Sie dann unbeobachtet hier reingekommen?«

»Wir hatten eine aufschlussreiche Begegnung am Flughafen. Reingekommen sind wir von hinten übers Dach. Aber jetzt sollten wir uns vorbereiten«, trieb der Agent zur Eile an und inspizierte die Fenstergitter hinter den geschlossenen Gardinen.

Sein Gesprächspartner blieb unschlüssig: »Wer sollen diese Leute sein?«

»Wissen wir noch nicht. Bitte kommen Sie, schnell!«

Durch die geschlossene Tür drang Geschrei. „Shango“ sah sich im Raum um, nahm eine handliche aber dennoch massive Tischdekoration aus Stein vom Tisch und ein zweites Gegenstück aus dem Schrank. Letztere verstaute er in seiner Jackentasche. Jetzt fiel sein Blick auf das Stethoskop am Hals des Doktors. Der verstand schnell und gab es seinem ungewöhnlichen Besucher. Dieser signalisierte dem Mediziner außerdem, sich an der Wand neben der Tür zu platzieren, schaltete das Licht aus und öffnete die Bürotür einen Spalt. Eine verängstigte Krankenschwester hetzte gerade den Korridor entlang und verschwand in einem der angrenzenden Zimmer. Am anderen Ende trat ein mit Pistole und Machete bewaffneter Mann eine Tür ein und ging hinein. Ein zweiter näherte sich zügig, offensichtlich um der Krankenschwester zu folgen. Auch er war mit Pistole und Machete bewaffnet.

»Lassen Sie das Licht aus, und schließen Sie hinter mir ab«, gab Bonifacius seine Anweisung mit gedämpfter Stimme aber eindringlich. »Wenn alles vorbei ist, klopfe ich viermal. Keinesfalls vorher rauskommen.«

Im Schutz der Dunkelheit nahm er Maß. Die Steinskulptur traf den nahenden Attentäter an der Stirn, woraufhin der leblose Körper in eine Glasvitrine stürzte, welche unter der Wucht zusammenbrach. Schnell eilte der Beschützer in den nahegelegenen Abstellraum mit Reinigungsutensilien, Kleidung und Decken. Er musste sich beeilen, denn draußen rief eine fordernde Männerstimme bereits einen Namen. In der Ecke stand ein Eimer mit Besen. „Shango" trat gegen den Besenstiel aus Holz und nahm den abgebrochenen Teil an sich, der nunmehr eine lanzenartige Waffe abgab. Verborgen hinter einem Ständer mit Kitteln und Schürzen, entging er dem suchenden Blick des hageren Schwarzafrikaners an der Tür. Zudem ließ ein markerschütternder Schrei den Gegner umkehren. Dem bot sich ein unheimlicher Anblick: Ein Mitglied der Todesschwadron kam torkelnd aus einem Operationssaal. Drei Operationsbestecke ragten aus dessen Körper. Nach wenigen Schritten brach der Mann zusammen. „Shango", der vorsichtig folgte und ebenfalls Zeuge der Szene wurde, dachte sofort an die wehrhafte „Kali". Dabei übersah er herumliegende Glassplitter der zertrümmerten Vitrine. Das Knirschen alarmierte den Bewaffneten unmittelbar vor ihm. Der drehte sich reflexartig um und erhielt das scharf gezackte Ende des Besenstiels in die Schulter des Waffenarms gerammt. Noch im selben Augenblick fiel die geschwungene Machete wirkungslos zu Boden. Mit einem wuchtigen Tritt in den Unterleib sowie dem Niederschlagen mit der zweiten Steinskulptur behielt der „Wächter der Schöpfung" die Oberhand.

Eine verängstigte Nachtschwester schützend vor sich haltend, gab der verbliebene Eindringling sein Versteck auf. Drei Patientinnen hatte er vor dem Verlassen des Krankenzimmers noch erschlagen. Kaum auf dem Korridor, musste seine Geisel zusehen, wie er die blutige Machete am Hosenbein abwischte.

Erst die am Boden liegenden Mitglieder seines Kommandos ließen den bislang so kaltblütigen Mann nervös innehalten. Seine Hiebwaffe wanderte an den Hals der Ärmsten. Der Auftragsmörder erkannte die Handschrift von Profis. Doch bis auf den Klinikleiter, das Personal und die Patientinnen sollte seines Wissens niemand vor Ort sein. Angesichts der unübersichtlichen Situation ließ er die Machete fallen, vertraute lieber der mitgeführten Vollautomatik mit 17 Schuss. Einer verwirrten Patientin, die im Nachthemd vor ihm auftauchte, setzte er die Handfeuerwaffe an den Kopf, ohne jedoch abzudrücken. Zitternd und unfähig sich zu rühren, begann die Frau mittleren Alters zu urinieren. Ein Hieb mit der Pistole traf sie hart im Gesicht, ließ sie blutend zu Boden sinken. Mit einem Anflug von Genugtuung zog er sich mit seiner Geisel bis zum Empfangsbereich zurück. Genau hier würde er ausharren, bis sich die Feinde früher oder später zeigten. Am Ende galt es, diesen Frederic Lumenganeso mit seinem gefährlichen Wissen aus dem Weg zu räumen.

Das um den Hals Legen und Zuziehen des Stethoskops erfolgte ebenso schnell und effizient, wie das Zerren über die Empfangstheke. „Shango" ließ erst von dem zappelnden Geiselnehmer ab, als er dessen Schusswaffe hinter sich geworfen hatte. Unterdessen versagten der traumatisierten Nachtschwester die Beine, und sie verfiel in kopfloses Geschrei.

»Wie fühlt sich das an, Mörder?«, sprach er den noch immer nach Luft ringenden Gegenspieler in kalter Wut an.

Angelockt vom Lärm, schloss Sahira die befreite, am Boden kauernde Geisel in die Arme. Weiteres Personal sowie Patientinnen versammelten sich. Die Szene konnte nur als surreal bezeichnet werden: zu allem entschlossene Kontrahenten hinter der Empfangstheke und ängstlich mitfiebernde Zaungäste davor.

»Drei Quadratmeter und kein Fluchtweg. Na los, wie fühlt sich das an?!«, legte „Shango" aggressiv nach.

Ohne Vorwarnung griff der in die Enge Getriebene an und erwies sich als versierter Faustkämpfer, was um so gnadenloser beantwortet wurde. Systematisch brach der Deutsch-Kongolese Körper und Selbstvertrauen des Mannes, zeigte dabei so etwas wie die kalte Neugier eines Wissenschaftlers oder den Spieltrieb eines Raubtieres. Schließlich ließ Bonifacius von einem Unterlegenen ab, der unter den Schmerzen zahlreicher Prellungen und Knochenbrüche wankte aber zu Stolz für eine Ohnmacht war.

»Und jetzt schau deinen Opfern in die Augen!«

Nur zögernd folgte der andere dieser Aufforderung. Eine Flut zurückgehaltener Gefühle brach unter den Frauen aus. Einige begannen hemmungslos zu weinen oder sie wehklagten mit spitzer Stimme, andere suchten Körperkontakt zum vertrauten Personal. Eine alte Frau lehnte sich mühsam über die Empfangstheke und spuckte den Peiniger an.

Hände berührten dankbar Bonifacius, als er den Gefangenen wegführte. Im Vorbeigehen streichelte er matt lächelnd die Wange seiner Partnerin. In diesem Augenblick fiel ein Schuss.

Im Operationssaal lag Doktor Frederic Lumenganeso, umgeben von seinen beiden engsten Mitarbeiterinnen und dem vermeintlichen Journalisten-Paar. Die Schusswunde war bestmöglich versorgt. Noch immer lag Bestürzung in der Luft.

Ich hatte dir doch gesagt, bleib in deinem Büro, bis ich dich hole. Aber es ist nicht deine Schuld. Ich bin schuld. Der Mistkerl auf dem Korridor konnte dich erschießen, weil ich diese verdammte Pistole nicht an mich genommen habe. Und er kommt genau dann wieder zu sich, als du dein Büro verlässt.

Bonifacius ergriff die ausgestreckte Hand des Klinikchefs, unfähig zu sprechen. Er blickte in ein todgeweihtes Gesicht.

»Machen Sie sich keine Vorwürfe«, wisperte Lumenganeso angestrengt, »ich war für Patienten und Personal verantwortlich.«

»Aber in einer Schlacht stellt sich kein General in die Schusslinie.«

Dem Kongolesen gelang ein Lächeln. »Ich bin kein General.«

»Nein. Nein, Sie sind viel mehr als das«, erwiderte Bonifacius, der sich die feuchten Augen rieb.

»Schon gut. Fragen Sie. Mir bleibt nicht mehr viel Zeit.«

Sahira wusste den flehenden Blick ihres Missionspartners zu deuten und übernahm: »Doktor, eigentlich geht es nicht um eine Reportage über Vergewaltigungsopfer im Osten der Demokratischen Republik Kongo und in dieser Klinik. Wir sind einer Verschwörung auf der Spur. Der heutige Überfall ist nur eine der Auswirkungen. Ihr Freund Professor Kajembe sollte ebenfalls eliminiert werden.«

»Verstehe. Geht es ihm gut?«

»Ja. Er hat uns auf Sie gebracht. - Wenn wir erfolgreich sind, könnte das die Gräueltaten hier eindämmen.«

»Wie wollen Sie weitere Überfälle auf das Hospital verhindern?«

Bonifacius hatte sich wieder gefangen und antwortete mit fester Stimme: »Wir lancieren die Information, dass der Tötungsauftrag erfolgreich ausgeführt worden ist.«

»Wie?«

»Einer der Angreifer wird es für uns tun.«

Noch wehrte sich der Schwerverletzte erfolgreich gegen Gevatter Tod. Ein letztes Mal konnte er diesen dunklen Gesellen verärgern, dem er schon so viele Frauen vorent-halten hatte. Die Vorstellung amüsierte ihn, erfüllte ihn mit geradezu übermenschlicher Kraft.

»Es muss um die Frau gehen, die vor drei Wochen aus Ituri kam ...«

Von Schmerzen gepeinigt, verstummte er abrupt, woraufhin seine Mitarbeiterin ihm hingebungsvoll die Stirn abtupfte.

»Sie war furchtbar zugerichtet. Ein Wunder, dass sie sich bis hierher durchschlagen konnte. Sie ist in meinen Armen verstorben – an ihren Verletzungen, einer Infektion, fehlendem Lebenswillen. Ihre Peiniger sollen ruandische Rebellen gewesen sein – Tutsi. Weiß der Himmel, wie viele von denen sie geschändet haben. Erst als die Ärmste sich tot gestellt hat, hörte es auf. Die ließen sie einfach liegen. Ihre Chance, zu fliehen. Solche Geschichten habe ich hundertfach gehört. Aber Tutsi-Rebellen so weit im Norden, das war mir neu. Es sollen sehr viele sein.«

Der Mediziner drohte die Besinnung zu verlieren.

Das ließ „Shango" lauter sprechen: »Julius Kajembe meinte, Sie könnten uns mit Kontakten in der Provinz Ituri weiterhelfen. Er erwähnte die UN-Blauhelme in Bunia.«

Es wirkte, doch Lumenganesos Stimme war kaum noch zu verstehen: »Zwei Männer. Ayub Mazari, Befehlshaber der … der UN-Mission MONUSCO … in, in Bunia. Ehrbarer Soldat, aber unglücklich über fehlenden Handlungs-spielraum. Der andere … Jan … De Greef, ehemaliger belgi-scher EUFOR-Soldat. Nahm 2003 an Operation Artemis teil, zur Verbesserung der Sicherheitslage in … Bunia. Ich … fühle … keine Schmerzen mehr.«

Als ihm Blut aus dem Mundwinkel lief, rannte eine der Nachtschwestern weinend hinaus.

»Wo …? Ja, Jan ist gestrandet – als Personenschützer. Alkoholprobleme … Aber mit einer sinnvollen Aufgabe …«

Ein letztes Mal hob der Sterbende den Kopf. »Wofür dieser ganze Wahnsinn?«

Der enttäuschte Gesichtsausdruck würde sich wohl für immer in das Gedächtnis der beiden Agenten einbrennen.

Ihnen blieb nur, diese große Persönlichkeit mit einem Erfolg ihrer Kongo-Mission zu ehren.

»Meine Frau, meine Kinder … Sie brauchen ein starkes, geeintes Land.«

Doktor Frederic Lumenganeso lächelte, dann schlief er für immer ein.

Die Klinik nannte auch einen kleinen Garten ihr Eigen, der den Patientinnen wenigstens etwas Seelenfrieden ermöglichen sollte.

Jetzt, mitten in der Nacht, befanden sich nur Bonifacius und Sahira darin.

»Ich habe wirklich gedacht, du willst den Kerl totschlagen.«

Seine Antwort hätte kaum trübsinniger ausfallen können: »Wir haben alle unsere dunklen Seiten. - Es funktioniert nicht.«

»Was?«

»Die Welt zu einem besseren Ort zu machen. Sieh uns an. Wir führen keine Waffen mit uns, und das Töten von Menschen widerspricht unserem Kodex. Aber als ich dem einen die Tischskulptur an den Kopf geworfen habe, hätte er leicht tot sein können. Und in dem Moment hätte es mir nichts ausgemacht. Verstehst du, wir wollen sauber bleiben, obwohl wir bis zum Hals durch die Kloake waten. Tausende Kilometer entfernt am „grünen Tisch", alles schön und gut. Aber hier, am Abgrund zur Hölle – unmöglich.«

»Ich werde aus dir nicht schlau«, sah sie ihn fragend an. »Mal hochsensibel und empfindsam, dann wieder bretthart und erbarmungslos.«

»Der Engel in mir wünscht sich nach Andalusien in meinen idyllischen Garten. Der Teufel in mir offenbar hierhin in den Kongo.«

Die nächsten Sekunden vergingen still, Sekunden, in denen Sahira nach den richtigen Worten suchte.

»Im Grunde habe ich dasselbe Problem, dieselben Zweifel hin und wieder. Weißt du, was mich darüber hinwegkommen lässt?«

Bonifacius gab sich interessiert, auch wenn er viel lieber in Melancholie baden wollte.

»Wir tun, was getan werden muss, um Opfer zu vermeiden und zu schützen. Die Täter in Watte zu packen, das ist nicht unser Job. Du hast dieses Mordkommando nicht eingeladen, das Hospital zu überfallen und Menschen zu massakrieren.«

»Dein bestechender Umgang mit Operationsbesteck ist nicht ohne«, kommentierte er mit vielsagendem Grinsen.

Dann übernahm sein kühler Verstand.

»Ruandische Tutsi-Rebellen. Und die sollen hier sein wegen einer geflüchteten Frau aus Ituri. Aufschlussreich. Einer der IOD-Agenten in Brüssel sprach von nationaler Sicherheit. Wenn die tatsächlich mit denen hier zusammenarbeiten …«

„Kalis“ Miene verfinsterte sich. »Die US-Regierung könnte beteiligt sein, die Fäden ziehen.«

»Im Moment spricht jedenfalls nichts dagegen. - Komm, lass uns die „Schatten“ aus dem Auto holen und bei ihren Kumpanen platzieren. Sollen kongolesische Armee und Polizei uns die Brut vom Hals schaffen.«

»Einen brauchen wir noch.«

Es war noch Nacht und auf der Straße niemand zu sehen. Einzig ein verwahrloster Hund mit nur noch einem Hinterlauf wühlte im Müll.

Nicht mal du armer Köter bist ungeschoren davongekommen. Aber du atmest wenigstens noch. Dich will niemand wegen deiner Futterquelle oder Rassezugehörigkeit massakrieren. Dein Leben ist sicherer als das der Menschen hier.

Als hätte der Dreibeiner Bonifacius' Gedanken gelesen, hielt er inne und erwiderte den Blick des ihm unbekannten Fremden. Keine böse Absicht spürend, widmete sich der Hund wieder der Suche nach einer kargen Mahlzeit.

Der einzelne Attentäter führte die „Wächter der Schöpfung" in die obere Etage eines gerade noch ansehnlichen Apartmenthauses. Nach Öffnen der Wohnungstür ging zunächst nur „Kali" hinein. Als sie wieder erschien und knapp nickte, schob „Shango" den unfreiwilligen Informanten ins Innere und folgte. Entscheidend war ein Raum mit moderner Kommunikationsausrüstung.

Während „Shango" das technische Equipment begutachtete, lud seine Partnerin die erbeutete Handfeuerwaffe durch und richtete sie auf die Brust des wie versteinert dasitzenden Gefangenen. »Ihr habt uns eliminiert, klar? Genau wie Doktor Lumenganeso. Und hey, ich verstehe genug von deiner ruandischen Muttersprache. Sollte mir also irgend etwas nicht gefallen, peng, und deine versammelten Mordopfer begrüßen dich im Jenseits.«

Doch es sollte anders kommen als erwartet. Ihr Gegenüber griff nach wie vor ohne jede Gefühlsregung zum Satellitentelefon, und die erreichte Kontaktperson antwortete in dem eigentümlich englischen Kaugummi-Akzent eines US-Amerikaners. Der Mann am anderen Ende zeigte sich zufrieden mit dem falschen Rapport und beorderte das Kommando umgehend zurück in Ituris Provinzhauptstadt Bunia. Mit Angabe der Kontaktadresse gab er möglicherweise ein entscheidendes Mosaiksteinchen preis. Man würde sehen.

Der Gefangene hatte seine Schuldigkeit getan. Blieb also nur noch, die Zentrale in Berlin in Kenntnis zu setzen und alles Nötige zu veranlassen. Einmal mehr musste Bonifacius an den Doktor denken, den er nicht hatte retten können und dessen Körper gekühlt und sicher vor allzu neugierigen Blicken lagerte. Vor sich selbst und seinen Ahnen leistete er nunmehr den heiligen Schwur, dass ihre Mission nicht scheitern würde, soweit es in seiner Macht lag.

Ein zwielichtiger Alliierter
in Bunia

Bei wolkenlosem Himmel trafen die beiden Agenten der „Wächter der Schöpfung" als nicht registrierte Passagiere eines Frachtfluges auf dem kleinen Inlandsflughafen von Bunia ein. Mehr noch als zuvor in Süd-Kivu, sicherten schwerbewaffnete UN-Blauhelmsoldaten mit Panzerfahrzeugen in obligatorischem Weiß nebst schwarzer UN-Aufschrift das Terrain – augenscheinlich aus Ländern stammend, die selbst um Demokratisierung und Stabilität rangen. Beiläufig nahm Bonifacius den abseits auf dem Flugfeld stehenden UN-Transporthubschrauber wahr. Zwei beflaggte Fahnenmasten signalisierten das Hausrecht der Demokratischen Republik Kongo und die Präsenz der Vereinten Nationen. Auf einem blauen Holzschild prangte in großen weißen Lettern: MONUSCO – dahinter standen unter einem Sonnendach neben mehreren Flachbauten verschiedene Autos und Kleinbusse, alles ebenfalls komplett in Weiß gehalten.

»„Blaue Engel" auch am Flughafen von Bunia. Beim Anblick der blauen Soldatenhelme und Schutzwesten fühlt man sich doch gleich viel sicherer«, vernahm er Sahiras spitze Bemerkung, die genauso gut von ihm hätte kommen können.

Auf dem hellen Sandweg vor ihnen lehnten zwei Männer mit kostspieligen Designer-Sonnenbrillen und in extravagant farbenfrohen Maßanzügen lässig an einem fabrikneuen Range Rover. Und ebenso lässig schob der eine seine dunklen Augengläser ein Stück weit nach unten, um die Neuankömmlinge zu mustern.

»Bestimmt unser Begrüßungskomitee. Ein Weißer würde bei der Aufmachung in der Zwangsjacke enden«, ritt sie weiter auf der ironisch sarkastischen Welle.

Der Missionsverantwortliche schmunzelte. »Du musst das so sehen: Wer sich so auffällig herausputzt, kann unmöglich böses im Schilde führen.«

Nach seiner Aktion mit der Sonnenbrille ging der offenkundig höhergestellte Kongolese den beiden entgegen, sprach Bonifacius höflich reserviert an: »Titus Mandefu schickt mich. Ich bringe euch zu ihm.«

Anschließend nickte er Sahira knapp zu.

Es war die Professionalität eines Mannes, der in einem Dschungel menschlicher Abgründe auf alles gefasst sein musste.

Anscheinend ließ Geschäftsmann Mandefu bei der Wahl seines Personals große Sorgfalt walten.

Das stimmte den Gast zuversichtlich.

»Bestens, danke.«

Die rechte Hand Mandefus wies den Untergebenen an, die Reisetaschen im Wagen zu verstauen.

Selbst in diesem Außenbezirk Bunias, durch welchen sie gerade fuhren, waren die Vereinten Nationen mit einem zentral postierten Panzerfahrzeug zugegen. Die Menschen nahmen davon keine Notiz, widmeten sich stoisch ihren Tagesgeschäften oder Smartphones. Weiße Gelände- und Pritschenwagen der MONUSCO – zum Teil mit bewaffneten Blauhelmsoldaten – und Mopeds waren in dem quirligen Straßenbild allgegenwärtig, das sich mit Einfamilienhäusern, niedrigen Geschäfts- und Mehrfamilienhäusern, Verkaufsständen und Ladengeschäften, Tankstellen, unbebauten Flächen sowie wuchernder Natur wie wild zusammengewürfelt präsentierte.

Alles schien mehr oder weniger baufällig zu sein. Wo genau der Asphalt aufhörte und in Sandflächen überging – schwer einzuschätzen.

Über und zwischen allem fanden sich wenig vertrauenerweckende Stromleitungen.

Schließlich tauchte der Range Rover in die üppige Vegetation der angrenzenden Landschaft ein, ließ das organisierte Chaos der Zivilisation zurück. Als die Fahrt steil bergauf ging, entfaltete der geländegängige Wagen eine weitere Facette seiner notwendigen Vorzüge. Ein Aussichtspunkt, der den weiten Blick über das Land freigab, markierte zugleich das Ende der Fahrt.

So idyllisch sieht es aus, wenn man die Welt von oben aus betrachtet. Das Hässliche, die Tragödien sind auf magische Weise ausgeblendet. Faszinierend und befremdlich zugleich.

Bonifacius und Sahira wurden eine aufwendig gestaltete Steintreppe hinaufgeführt, dann durch ein edel eingerichtetes Restaurant – über dessen Eingang prangte der Name „Belle Etage" – bis auf eine ausladende Terrasse.

An einem der Tische saß ein geschäftsmäßig gekleideter Mann von schätzungsweise Ende dreißig. Verschiedene Zeitungen der internationalen Presse lagen vor ihm ausgebreitet.

Sobald dem Hausherrn die Ankunft der erwarteten Gäste gemeldet wurde, stand er auf und ließ die Printmedien zusammensammeln. Speisegäste waren weder drinnen noch draußen zugegen. „Shango" registrierte jedes Detail, während sie auf den Großneffen des Professors zugingen, der nun einladend die Arme hob.

Die kultivierte Erscheinung wandte sich zunächst Sahira zu, begrüßte sie mit einem vollendeten Handkuss: »Mandefu, Titus Mandefu. Erlauben Sie mir ein Kompliment. Sie bereichern mein Haus mit Ihrer Schönheit, wie es sonst nur die aufgehende Sonne zu tun vermag.«

Hätte ein anderer diese Worte gewählt, so wären sie womöglich als kitschig und überzogen wahrgenommen worden. Nicht so bei diesem Mann. Der brachte es fertig, ein Gefühl zu vermitteln, als wäre das gesamte Gebäude einzig zu Ehren Sahiras erbaut worden. Für Bonifacius ein Phänomen, das ihm Respekt abnötigte.

Wie man es von einer Frau erwarten würde, zeigte sich die Betreffende geschmeichelt: »Sahira Ferrara. Und Sie beweisen Lebensart und exquisiten Geschmack.«

Das eigentliche Interesse des umtriebigen Geschäftsmannes galt dem männlichen Gast, und so wandte er sich nun begeistert diesem zu. »Bonifacius Kidjo, ich habe mich mehr auf Sie gefreut, als Sie ahnen. - Aber setzen wir uns doch, bitte hier an meinen Tisch. Das „Belle Etage" bleibt heute geschlossen, wir sind also ungestört.«

Stattdessen stellte sich die Italo-Inderin ans Geländer, um die Aussicht auf Stadt und Landschaft zu genießen. »„Belle Etage" – wie treffend. Sicher der schönste Ort weit und breit.«

»Wer in der Ituri-Provinz lebt, darf kein zu großer Romantiker sein. Trotzdem nehme ich mir manchmal diese Freiheit.«

»Ich denke ja auch, man sollte seiner Natur folgen – wenn und soweit man es vor sich verantworten kann«, merkte Bonifacius an.

Mandefu nahm den kritischen Unterton sehr wohl zur Kenntnis. »Zu meiner Natur gehört es auch, loyal denen gegenüber zu sein, denen ich mich verpflichtet fühle. Nur, Loyalität will verdient sein, zum Beispiel durch Ehrlichkeit. - Aber bestellen wir doch etwas zu essen. Bonifacius, Sie bevorzugen dazu lieblichen Rotwein?«

Aber natürlich. So viel zur Verschwiegenheit deines Großonkels. Was denn sonst noch? Hat er dir auch von krachenden Türen und verdächtigen Schaumflecken berichtet?

»Ich bin neugierig. Was wissen Sie sonst noch über mich?«

Der Gastgeber lehnte sich bedächtig zurück. Er schien seine nächsten Worte genau abzuwägen: »Mein Onkel nimmt Ihnen die Geschichte von der Umweltreportage nicht ab. Er hält Sie auch nicht für einen einfachen Journalisten. Der ganze Auftritt in Brüssel war eine gekonnte Rettungsaktion. - So, jetzt sind Sie dran.«

»Das ist nur fair.« Sein Gegenüber war zweifelsohne zu schlau, um sich mit Nebelkerzen abspeisen zu lassen. Also würde Bonifacius den nächsten vorsichtigen Schritt tun: »Ein Mordkommando hatte es auf ihn abgesehen. Was uns betrifft, wir arbeiten für eine Organisation, die niemand auf dem Zettel hat, die keiner Behörde und keiner Regierung unterstellt ist. Wir kämpfen gegen das an, was auch Ihre Heimat zur Hölle auf Erden macht – entfesselte Gier.«

Die Reaktion darauf war eine dezente Belustigung: »Okay, in Ordnung, wir sind ja noch dabei uns kennenzulernen. Lassen Sie uns gemeinsam ein opulentes Mahl genießen. Und während wir das tun, erzählen Sie mir vielleicht mehr.«

Im weiteren Verlauf teilte der „Wächter der Schöpfung" ihm die wesentlichen Hintergrundinformationen und jüngsten Ereignisse mit, wobei er diverse sensible Punkte weiterhin aussparte. Erst wenn er ganz sicher sein konnte, dass dieser Mann ihnen verlässlich zur Seite stand, würde die Zeit reif sein für mehr.

Bereits beim Dessert angelangt, machte Titus Mandefu seinen Standpunkt deutlich: »Sie haben das Leben meines Onkels gerettet, Bonifacius. Dafür stehe ich in Ihrer Schuld. Und was ich eben gehört habe, ist erschütternd. Ich selbst habe mich noch nie am Blut meiner Heimaterde bereichert und werde es auch nie tun. Nachtclubs, Schwarzhandel, Informationen – das ist mein Geschäft. Um gegen das andere vorzugehen, bräuchte man eine Armee, die Sie und Ihre

Organisation vermutlich nicht haben. Außerdem Insiderinformationen und reichlich spezielle Ausrüstung. Vor allem aber ein eingespieltes Team und einen brillanten Plan. Dabei kann vieles schieflaufen. Es wäre ein Himmelfahrtskommando, das alles gefährden würde, was ich mir über Jahre aufgebaut habe.«

Sorgenvoll schwenkte er sein Weinglas, sah in das tiefe Rot. »Die Beschaffung von Informationen und Equipment ist das eine, aber mehr …«

Das wütende Scheppern von Sahiras Dessertteller beim Auftreffen auf den Tisch, ließ die beiden Männer erschrocken zusammenfahren. Energisch ging sie auf Titus Mandefu zu, um sich zu ihm hinunterzubeugen.

»Genau, denken Sie in aller Ruhe nach. In der Zwischenzeit wird ja nur weiter vergewaltigt, verstümmelt und in illegalen Minen verreckt. Aber Titus – Vorsicht, dass Sie niemand für scheinheilig hält. Vielleicht bereichern Sie sich nicht direkt an den Bodenschätzen Ihres Landes, aber wer trägt denn das Blutgeld in Ihre Etablissements? Der einfache Kongolese von der Straße ganz sicher nicht.«

Die temperamentvolle Agentin geriet zusehends in Rage: »Es sind die Profiteure des schmutzigen Minengeschäfts! Zwischenhändler, Waffenschieber, Söldner und was weiß ich noch für Gesindel!«

Durch wiederholt tiefes Durchatmen gelang es ihr, sich halbwegs zu beruhigen. »Wissen Sie, Sie erinnern mich an die Wohlstandsgesellschaften, in denen man mit dem einen Auge um die Hungertoten und Bürgerkriegsopfer in der Welt weint, aber mit dem anderen danach schielt, dass kein Stück der eigenen Annehmlichkeiten verloren geht. Aber für jeden von uns kommt einmal der Moment, in dem Farbe bekannt werden muss. Mein Partner und ich sind hier und jetzt bereit, für eine gerechte Sache zu kämpfen. In einem Land, das Ihres ist, nicht unseres. Und da kommen Sie und winseln uns was von gefährdeten Geschäften vor.«

Sie kehrte ihm den Rücken zu und verlor sich vom Geländer aus in einem herrlichen Sonnenuntergang.

Aus gutem Grund hatte Bonifacius ihr kein Einhalt geboten. Nach seiner Einschätzung war sie die adäquate Brechstange, welche am ehesten Erfolg versprach.

Und tatsächlich hatten die harten Worte schwere Wirkungstreffer erzielt, was nicht zu übersehen war. Wie versteinert saß der Gescholtene da. Nur die angespannt mahlenden Gesichtsmuskeln zeugten von Leben.

Gut gemacht, „Kali". Wenn Mandefu der Mann ist, den es für unser Vorhaben braucht, wird er das nicht auf sich sitzen lassen. - Na komm schon, du krummer Hund, zeig uns, wessen Vater Kind du bist.

Der erhoffte Alliierte schien nur mühsam aus einem persönlichen Albtraum zu erwachen. Seine unbeschwerte Freundlichkeit war verflogen. »Es ist Zeit zu gehen. Ich habe Sie privat untergebracht, das ist sicherer als ein Hotel. Wir sprechen morgen früh weiter.«

Auch Sahira verließ das Restaurant unversöhnt, würdigte den Kongolesen keines Blickes.

Bonifacius hingegen verabschiedete sich und folgte ihr mit gemischten Gefühlen. Eine ganze Nacht Bedenkzeit konnte vieles bewirken.

Am Morgen darauf begrüßte Mandefu seine Gäste unverkrampft aber auch ohne jeden Überschwang. Das bereitstehende Frühstück und die bestechende Sonne konnten nicht über die existierende Distanz zwischen ihnen hinwegtäuschen.

Vermutlich auch deshalb drängte es den Großneffen von Professor Kajembe, seine Entscheidung kundzutun, noch bevor man sich Speis und Trank zuwendete. Allerdings ließ er es sich nicht nehmen, zunächst allen frischgepressten Fruchtsaft einzuschenken.

»Was Sie gestern gesagt haben, Sahira, stimmt. Ich nehme Geld von Feinden meines Landes, die sich am Gold, an Diamanten oder Coltan bereichern. Eine notwendige Liaison, denn dafür erhalte ich etwas noch viel Wichtigeres: Informationen. Solche, wie Sie sie von mir benötigen werden. Tja, ein Naturgesetz lautet nun mal, alles im Leben hat seinen Preis. Und Alkohol genau wie schöne Frauen leisten mir da gute Dienste. - Denken wir an die großartige Josephine Baker. Während der Besetzung Frankreichs durch die Nationalsozialisten hat sie mit deutschen Offizieren geschlafen. Bestimmt hat sie es hin und wieder sogar genossen. Na und, was soll's. Entscheidend ist, sie konnte dem französischen Widerstand auf die Weise wertvolle Informationen verschaffen. Nach dem Krieg hat die Welt Josephine Baker dafür gefeiert und nicht verdammt. - Verstehen Sie mich also nicht falsch. Ich liebe den Luxus und das Geld, schuldig im Sinne der Anklage. Aber ich habe auch nie behauptet, ein perfekter Mensch zu sein. Das schmutzige Geld wasche ich auf meine Art. Es finanziert Schulen und die Ausbildung vieler kongolesischer Kinder.

Auch das Frauenhospital von Doktor Lumenganeso erhält seit Jahren Zuwendungen.«

Sahira machte sich daran, eine Mango aufzuschneiden, während sie weiterhin argwöhnisch blieb. »Und worauf läuft das jetzt konkret hinaus? …«

Diesmal grätschte ihr Missionspartner dazwischen: »Ich denke, da kommt noch mehr.«

»So ist es. Meine Verantwortung gilt auch meinen Mitarbeitern und deren Familien. Hier im Kongo sprechen wir von Großfamilien, die beschützt, ernährt und gekleidet werden müssen.«

»Und das blutige Geschäft mit Coltan? Ist der Kampf dagegen nicht jedes Risiko wert?«, hakte Bonifacius ohne vorwurfsvollen Unterton nach.

»Darüber braucht mich niemand mehr aufzuklären«, fuhr der undurchsichtige Geschäftsmann unbeirrt fort. »Ganze Landstriche sind verwaist, weil die Menschen fliehen mussten, getötet wurden oder in Coltan-Minen Sklavenarbeit verrichten. Im günstigsten Fall bleibt meinem Volk ein schäbiger Anteil der Ausbeute. In schweren Säcken schleppen sogar Kinder den Coltan-Sand kilometerweit über unbefestigte Straßen zu Sammelstellen.«

Die beiden Agenten lauschten gebannt, denn Mandefu berichtete derart lebendig, als habe er das alles am eigenen Leib erfahren.

»Vier-Tage-Märsche sind keine Seltenheit. Unterwegs laufen sie noch Gefahr, von den eigenen Armeeposten ausgeplündert zu werden. Und wofür die ganze Plackerei? Bei 40 Kilo Sand würde es am Ende gerade für ein mittleres Hauptgericht bei Kerzenschein im Restaurant reichen.«

»Und was verdienen die anderen?«, wollte Sahira wissen.

»Das Wunder der Wertschöpfung. Nach der simplen Veredelung, die nicht mehr ist als Aussieben, Erhitzen und Verpacken, hat sich der Preis der gewonnenen Kügelchen mit Verlassen der Sammelstellen bereits vervielfacht. Und in keinem Frachtdokument findet sich die genaue Herkunft des Erzes. Für die Abnehmer von Blutcoltan ein Segen, denn geliefert wird in Tonnen.« Er hielt kurz inne. Der Anflug von Wut war ihm ins Gesicht geschrieben. »Der Zwischenhandel im Kivu-Gebiet ist komplett in kongolesischer Hand. Diese Leute sind Schädlinge, die man zuerst ausmerzen müsste!«

»So wie den Provinzgouverneur von Süd-Kivu?«, fragte Bonifacius ohne Umschweife nach.

Die Wut wandelte sich schlagartig zu Nachdenklichkeit: »Ich kann nicht behaupten, dass mir das Ableben von Denis M'Bisimwa sonderlich leidtut. Aber es war eine grausame Bluttat an ihm und seinen Mitarbeitern. Das muss auch anders gehen.«

»Also dann, sind Sie dabei?«, kam „Shango" nachdrücklich auf den Punkt.

Ein weiteres Mal fiel die Antwort ernüchternd aus: »Nein, die Sache ist einfach zu groß. Außerdem kenne ich euch und eure Organisation nicht gut genug, um das Leben meiner Leute zu riskieren. Aber wie gesagt, solange es nur um Informationen und Material geht …«

Wie nicht anders zu erwarten, verließ „Kali" erneut zerknirscht den Tisch.

»Sahira!«, rief der Verantwortliche für die Mission ihr nach, während sie im aufgebrachten Selbstgespräch Richtung Ausgang verschwand.

Egal, wichtiger war es momentan, Mandefu wenigstens als Informanten anzuzapfen. Die persönliche Enttäuschung stellte er dafür hinten an. Womöglich bekam er diesen fürsorglichen Patriarchen ja doch noch ins Boot. Dafür war er sogar bereit, nicht nur neue Informationen abzurufen, sondern solche auch preiszugeben.

»Eine faszinierende Frau, leidenschaftlich und schön. Für meinen Geschmack nur etwas zu eigenwillig«, kommentierte der Inhaber des „Belle Etage".

»Für meinen Geschmack ist sie genau richtig«, bezog Bonifacius entschieden Stellung. »Anderes Thema: Ist jemand aus den USA – privates Unternehmen, staatliche Institution – hier in Bunia besonders in Erscheinung getreten, sagen wir innerhalb der letzten zwei, drei Jahre?«

»Da fallen mir spontan nur zwei private Sicherheitsdienstleister ein. Teilen sich seit gut einem Jahr eine Büroetage in der Stadt. Sind mit der Sicherung von Öl- und Gasförderanlagen im und am Albertsee betraut, südöstlich von Bunia. Mit irgendwelchen Coltan-Minen in der Provinz haben die meines Wissens nichts zu tun. - Moment«, ließ eine plötzliche Erinnerung Mandefu innehalten, »das könnte was sein. Der Repräsentant eines belgischen Handelsunternehmens tauchte vor etwa drei Wochen in der Stadt auf. Die machen wohl ausschließlich in Metallerzen. Ich sollte für Personenschutz und Transport sorgen, habe aber abgelehnt. Ein belgischer Freund von mir hat dann übernommen. Ich nahm an, es würde um Gold gehen.«

Der Gast war hellhörig geworden: »Hieß das belgische Unternehmen vielleicht SYTRAX?«

»Kann sein, ich bin nicht sicher.«

»Und Ihr Freund, der heißt nicht zufällig Jan De Greef?«

»Ach, Sie kennen ihn? Woher?«

»Eine Empfehlung von Doktor Lumenganeso. - Vielleicht weiß er ja mehr.«

»Gut möglich, die Anfrage für den Personenschutz kam jedenfalls von einem der beiden US-Sicherheitsdienstleister. Ist doch verdächtig. Die Belgier interessieren sich nur für Metallerze und die Yankees angeblich nur für Öl und Erdgas am Albertsee. Wie passen die zusammen? - Also gut, ich arrangiere ein Treffen in meinem Club. Heute Abend?«

Bonifacius war zufrieden. »Perfekt. - Noch ein anderer Name: Oberst Ayub Mazari.«

Der Kongolese nickte wissend, dabei hintergründig lächelnd. »Ihr meint es wirklich ernst, was? Gratuliere, in der Theorie. Oberst Mazari, Oberbefehlshaber der UN-Truppen hier in Bunia. Nach allem, was man so hört, ist er ein Wolf im Schafspelz. Er soll von der pakistanischen Armee zu den Blauhelmen abgeschoben worden sein, weil er zu eigenmächtig gehandelt hat. Für ihn sicher die Hölle. Hier in Bunia darf er sich ohne Zustimmung des Hauptquartiers in Kinshasa nicht mal die Schuhe zubinden. Und dort hat man Angst vor dem eigenen Schatten. Damit ist seine 3.000-Mann-Interventionsbrigade mitsamt den Hubschraubern, schwerer Artillerie und Kampfauftrag praktisch wertlos. Wie soll dieser Oberst also hilfreich sein? Und selbst wenn, der ist abgeschirmt wie der Papst. Den bittet man nicht einfach so zum Tee.«

Auch „Shango" lächelte. »Ich sehe einen ehrbaren Mann – O-Ton Doktor Lumenganeso –, einen rebellischen Charakter mit einer Streitmacht unter seinem Kommando. Für mich ist das vielversprechend genug. Wir müssen ihm nur etwas vorlegen, das ihn überzeugt, uns zu unterstützen.«

Titus Mandefu sah ihn mitleidig an. »Überzeugen? Den? So, wie mich?«

Ein Ex-EUFOR-Soldat namens De Greef

Es war nach 21 Uhr, als Bonifacius es sich im „Bantu-Club" von Titus Mandefu bequem machte. Genauer gesagt handelte es sich um einen geräumigen Aussichtsraum darüber. Die einseitig verspiegelte Panoramascheibe ermöglichte eine unbeobachtete Sicht auf das Geschehen unten. Zu so früher Stunde war der Nachtclub noch nicht sonderlich gut besucht. Und so ließ er seinen Blick über spärlich besetzte Sitzplätze schweifen, welche auf mehreren Ebenen in bepflanzten Nischen aus Naturstein und Holz nahe der ovalen Tanzfläche angeordnet waren. Das Ganze erinnerte ihn an ein antikes Amphitheater. Krönend über allem sorgte eine gläserne Kuppel für freie Sicht auf den sternenreichen Nachthimmel.

Den zentralen Bereich für DJ und Lichttechnik suchte man von hier oben hingegen vergeblich. Dieser befand sich direkt darunter. Der Journalist des Konstantin Verlages bezweifelte, dass es solch eine Lokalität irgendwo noch ein zweites Mal gab.

Seine Aufmerksamkeit wechselte zum Personal. Schwarze Schönheiten, reiz- und stilvoll gewandet, gaben Bestellungen weiter, die von smarten Barkeepern gestenreich in Flüssiges transformiert wurden. Erfüllt von alten und neuen kongolesischen Rhythmen, senegalesischem Salsa und kontinentalem Afro Jazz, war der „Bantu-Club" ein Ort, der einen die harte Realität leicht vergessen ließ. Aber selbst hier taten sich von Zeit zu Zeit Gäste unangenehm hervor. Wie eine Gruppe Weißer, genau genommen einer von ihnen, der einer für diesen Tisch zuständigen weiblichen Bedienung etwas ins Ohr flüsterte. Um Haltung bemüht, schüttelte die junge Frau daraufhin entschieden den Kopf und wandte sich ab. Grob packte der Mittdreißiger sie am Arm und tätschelte plump ihren Hintern. Schon sprang Bonifacius auf, bereit einzugreifen, doch ein letzter Blick vor Verlassen des Raumes eröffnete ihm eine Wendung der Ereignisse, sodass er wieder Platz nahm. Die Rolle des Beschützers übernahm ein attraktiver schwarzer Hüne in elegant designter Weste in warmen Farbtönen zu Hemd und Hose in Nachtblau, was ihn als Mitarbeiter des Clubs erkennbar machte. Dieses wandelnde Gesamtkunstwerk hielt zwei Finger am Ohr, während er zügig auf den unliebsamen Gast zukam, was auf einen Ohrhörer schließen ließ. Infolge eines Wortwechsels konnte die genötigte Angestellte endlich zum Barbereich zurückkehren, wo Titus Mandefu sich von ihr berichten ließ. Unterdessen blieb der Versuch erfolglos, den besagten Clubgast ohne weiteres Aufsehen zum Gehen zu bewegen.

Für den wartenden Agenten waren es aufschlussreiche Beobachtungen, die ihm womöglich dabei helfen konnten, den widerspenstigen Mandefu noch besser einzuschätzen. Tatsächlich kam der unten persönlich an den Tisch und nahm sich des selbstgefällig grinsenden Mannes an. Ruhig setzte er sich dicht neben ihn, flüsterte ihm etwas ins Ohr. Das Gesagte zeigte Wirkung. Verunsichert erhob sich erst der Rädelsführer, dann die ganze Gruppe. Wortlos verließen die vier Männer den „Bantu Club", dicht gefolgt von dem hünenhaften Angestellten in der schicken Weste.

Was hatte dieses Schlitzohr Mandefu dem Kerl nur eingeflüstert, wollte „Shango" zu gerne wissen. Aber alles zu seiner Zeit, denn schon schaffte es der Patriarch mit wenigen Worten, seiner noch immer aufgelösten Mitarbeiterin ein Lächeln aufs Gesicht zu zaubern. Ein letztes Streicheln über die Wange und er entfernte sich Richtung Treppenaufgang. Langsam entwickelte sich Bonifacius zu einem Fan des vielseitigen Kongolesen. Er musste ihn einfach als vollwertigen Alliierten gewinnen.

Sahira bemerkte jemanden hinter sich auf dem Gang, reagierte aber nicht darauf. Dem Clubinhaber war es recht, denn auf die Art konnte er den göttlichen Anblick möglichst lange auskosten: Sahira Ferrara in ihrem langen, aufreizend geschlitzten Kleid, dem eng anliegenden, feinen Stoff in bordeauxrot, dazu der dunkle Teint mit den langen schwarzen Haaren. Erst als sie bereits neben ihrem Missionspartner Platz genommen hatte, trat auch er durch die Tür des Aussichtsraumes. Der Anblick verzückte sein ästhetisches Empfinden. In dem cremefarbenen Anzug und dem weit geöffneten weißen Hemd, machte auch dieser Bonifacius Kidjo eine gute Figur. Ein wirklich schönes Paar musste Titus Mandefu neidlos anerkennen.

»Sehr interessant, die Szene da eben«, bekundete der geschätzte Gast sein Interesse.

Ebenso unwissend wie neugierig blickte Sahira von einem zum anderen.

Der Großneffe Professor Kajembes stellte sich an die Fensterfront, blickte zu den Gästetischen hinunter. »Die Tische sind verwanzt, mein Sicherheitsteam steht in gegenseitigem Funkkontakt – mir entgeht nichts.« Damit wandte er sich dem Fragenden zu, der ihn erwartungsvoll ansah. »Was ich dem Flegel zugeflüstert habe? Meinen Club entweder aufrecht und ohne Aufsehen zu verlassen oder von meinen Sicherheitsleuten vor den Augen der übrigen Gäste hinausgetragen zu werden.«

Das brachte „Kali" zum Lachen, die dabei trotzdem ganz Profi blieb: »Und von wo aus werden die Gespräche mitgehört?«

»Dafür haben wir einen extra Raum, direkt nebenan.«

Sie entschuldigte sich für einen Gang zur Toilette.

Jetzt wollte Mandefu seine Neugier befriedigen: »Erzählen Sie mir mehr über diese Frau«, bat er und mixte sich an einem Servierwagen einen „Cuba Libre".

»Sie weiß genau, was sie tut«, blieb Bonifacius einsilbig.

»Wie weit geht denn die Partnerschaft?« Es handelte sich augenscheinlich um eine rhetorische Frage. »Sahira fühlt sich wohl an Ihrer Seite. Ja, Mann. Dass sie sich so bereitwillig unterordnet – Frauen wie diese tun das für gewöhnlich nicht.«

„Shango" nahm sein Gegenüber scharf in den Blick: »Sahira und ich sind wie Raubtiere, die man für eine gefährliche Mission aus dem Käfig gelassen hat. Manchmal müssen wir spielen, aber trotzdem gehört die volle Aufmerksamkeit dem Erfolg der Mission.«

»Gut zu wissen«, gab der mit allen Wassern gewaschene Geschäftsmann sein wahres Motiv zu erkennen, »nichts ist gefährlicher als kopflos in eine gefährliche Operation zu stolpern.« Er schien erleichtert zu sein und zeigte zudem ein geheimnisvolles Lächeln. »Ich wette um eine Flasche meines teuersten Champagners, dass sie heute Abend mit Ihnen tanzen will.«

Die erotischen Anspielungen ließen Bonifacius nun doch schmunzeln. Er nahm es als positives Zeichen.

Als Jan De Greef eintraf, war „Kali" bereits zurückgekehrt. Tatsächlich hatte sie dezent den Abhörraum nebenan ausgekundschaftet. Der Belgier und der Kongolese begrüßten sich herzlich, bevor Titus Mandefu ihm seine beiden anderen Gäste vorstellte. Der ehemalige EUFOR-Soldat war eine grobschlächtige, rotblond-haarige Erscheinung von knapp zwei Metern. Der bloße Anblick ließ erahnen, weshalb er als europäischer Personenschützer selbst in Bunia arbeiten und überleben konnte. Die von Doktor Lumenganeso erwähnten Alkoholprobleme sah man ihm nicht an. Allerdings war er ein sehr verstockter, misstrauischer Mann.

Grund zu übermäßigem Vertrauen sah auch Bonifacius nicht, und so machte er den Belgier mit dem Grund ihres Treffens vertraut, ohne alle wesentlichen Details preiszugeben. Erst musste De Greef für ihre Sache gewonnen werden. Vor allem aber musste er ein Gefühl für das Seelenleben des Mannes bekommen, dessen Anwesenheit lediglich auf der Empfehlung Fremder beruhte. Der erfahrene Soldat hörte sich auch alles geduldig an, jedoch ohne erkennbare Gefühlsregung, womit der „Wächter der Schöpfung" genauso klug war wie zuvor. Ergo musste eine provokantere Gangart her:

»Weshalb haben Sie 2006 eigentlich Ihren Dienst quittiert aber sind trotzdem im Kongo geblieben?«

Eine Antwort ließ auf sich warten, und Titus Mandefu war sich sicher, dass sein Freund diese Frage nicht beantworten würde. Selbst ihm war eine Erklärung bisher verwehrt geblieben.

Doch schließlich begann der Ex-Soldat wie in Trance zu erzählen, und die Erinnerungen schienen ihm geradezu körperliche Schmerzen zu bereiten: »2006 wollte ich helfen, die ersten freien Wahlen nach über 40 Jahren zu ermöglichen. Amtsinhaber Joseph Kabila gegen den ehemaligen Rebellenführer Jean-Pierre Bemba, das drohte ein heißer Tanz zu werden. Ich wollte einen Beitrag für mehr Gerechtigkeit und Stabilität auf dem afrikanischen Kontinent leisten. Scheiße, war ich naiv. Wir sitzen hier in einem großen Marionettentheater. Wie Kasper, Krokodil und Polizist wetteifern und prügeln sich verschiedenste Machtinteressen um dieses Land – nationale wie internationale. Vereinte Nationen und Europäische Union haben sich im Wahljahr 2006 zum Handlanger in einem perfiden Spiel machen lassen, virtuos inszeniert von der US-Administration und deren Hintermännern.«

Bonifacius beendete die einsetzende Stille mit einem Räuspern. »Um was geht es genau?«

»Es ging überhaupt nicht um freie Wahlen, sondern nur um die von langer Hand vorbereitete Wiederwahl eines genehmen Vasallen. - UN-Blauhelme – bei dem Thema wird mir heute noch kotzübel. Seit jeher hängen die Vereinten Nationen mitsamt ihren Militärmissionen von den politischen Interessen der USA ab.«

Nunmehr aufgebracht, fixierte Jan De Greef die beiden Agenten: »Mich spannt niemand mehr vor seinen Karren! Alle scheißen sie doch auf die Afrikaner!«

Sahira verlangte es nach deutlichem Widerspruch, doch rechtzeitig kam ein intuitiver Bonifacius Kidjo ihr zuvor: »Was war es sonst noch?«

»Im Juni 2006, zwei Monate vor den Präsidentschaftswahlen, gehörte ich zu einer Aufklärungseinheit der EUFOR. Aufgrund eines missverständlichen Einsatzbefehls begleiteten wir Soldaten der UN-Blauhelme und der kongolesischen Armee bei einer Offensive gegen ruandische Rebellen. Wir rückten bis auf ein Dorf vor, in dem sich die Rebellen laut Informationen versteckt hielten. Ohne einen einzigen von ihnen entdeckt zu haben, wurde der Ort unter schweres Mörserfeuer genommen – auch von Blauhelmen. Selbst als das Feuer nicht erwidert wurde und Frauen mit ihren Kindern zu flüchten versuchten, brach man den Angriff nicht sofort ab.«

Mit zitternden Händen führte der Belgier ein Glas Whisky zum Mund, das vom engen Freund gereicht wurde.

Was soll ich mit dir machen? Für therapeutische Rücksichtnahme fehlen mir Geduld und Zeit. Zitterst du nur, wenn dich deine Dämonen einholen oder passiert dir das auch bei Feindkontakt? Was ist mit deinem Verstand, noch leistungsfähig oder schon zerfressen von Selbstmitleid und Selbstzerstörung? Eine mögliche Zeitbombe, weil unberechenbar.

Aus unerfindlichem Grund schien sich der Mandefu-Freund gerade hier und jetzt von einer Last befreien zu wollen, und

so kam immer mehr ans Licht: »Es gab dort keine bewaffneten Rebellen. Die reguläre Armee brannte das Dorf
inklusive Beweise für den fatalen Irrtum nieder. Der Augenzeugenbericht von mir und meinen Kameraden an die
EUFOR-Vorgesetzten und das Hauptquartier der MONUC
in Kinshasa blieb ohne jede Wirkung. Keine Untersuchung.
Es verlief genauso im Sande wie Berichte, wonach Blauhelmsoldaten an illegalem Gold- und Waffenhandel beteiligt
gewesen sein sollen und wieder andere sich des sexuellen
Missbrauchs an kongolesischen Mädchen und Frauen
schuldig gemacht haben sollen.«

Zornig schmiss er sein Glas an die Wand, um dann die
Hände vors Gesicht zu schlagen.

Seine Stimme drang nur noch gedämpft durch: »Deshalb
habe ich den Dienst quittiert. Im Kongo bin ich geblieben,
um zu büßen. Wollte mich nicht feige davonstehlen, nach all
dem.«

Keine Zeit für Samthandschuhe. Wenn ich mit dir fertig bin,
funktionierst du oder du bist endgültig zerbrochen. Tut mir leid.

„Shango“ gab sich angewidert: »Ich verstehe die
Verzweiflung und Frustration, aber nicht die Art der selbstauferlegten Buße. Während die Kongolesen hier sich weiter
verzweifelt gegen den Untergang stemmen, betäubst du
dich mit importiertem US-Whisky, und gegen Bezahlung in
US-Dollar schützt du europäische Blutcoltan-Händler mit
deinem Leben. - Mann, du tust doch für Afrika und dieses
Land rein gar nichts! Nein, du bist nur ein weiterer
Sargnagel!«

Mit ungeahnter Schnelligkeit sprang der rotblonde Hüne auf, drang mit der ganzen Macht seiner Muskelmasse auf den dunkelhäutigen Deutschen ein. Nur Reflexe, jahrzehntelanges Kampftraining und Straßenkampferfahrung verhüteten Schlimmeres. Es war eine wirkungsvolle Kombination aus Abwehr-, Hebel- und Wurftechniken, die den wutschnaubenden Belgier in hohem Bogen durch die Luft katapultierte.

Unter seinem Gewicht zerbrach der flache Holz-Glas-Tisch wie eine Pappdekoration. Zur allgemeinen Verwunderung erhob sich Jan De Greef umso entfesselter. Von den Trümmern des Tisches befreit und bereit, seine Attacke fortzusetzen, kam ihm „Shango" mit einer brachialen Salve von Kettenfauststößen zum Gesicht zuvor. Der Vorwärtsdrang kam damit schon im Ansatz zum Erliegen. Noch zwei punktgenaue Schwinger zum Kinn, und die menschliche Festung geriet ins Wanken. Aber es flackerte nach wie vor Wut in den Augen.

Widerwillig versetzte der Agent ihm noch drei schwere Fausthiebe kurz hintereinander in die Magengrube. Endlich sackte der Ex-Soldat mit den beeindruckenden Nehmerqualitäten zusammen.

Bonifacius fing ihn auf, setzte ihn mit Hilfe von Sahira und Titus Mandefu in einen der Sessel. Schnell war Letzterer mit Eis für das lädierte Gesicht zur Stelle, während Sahira den Blutungen mit Hilfe eines Tuches zu Leibe rückte.

Das Letzte, was ich mir gewünscht habe. Keiner von euch fühlt sich mieser als ich. Aber was macht man mit so einem Bären – so wenig wie möglich, so viel wie nötig!

Von Mandefu bekam der siegreiche Kämpfer einen Eiswürfel zugeworfen, um sich die Hände zu kühlen.

De Greef sah seinen Widersacher an, versuchte sich unter Schmerzen an einem freundlichen Gesicht: »Wusste gar nicht, dass ein Lächeln so wehtun kann.«

Doch als er die ihm entgegen gestreckte Hand sah, verfiel er erneut in Starrsinn, wenn auch mit müder Stimme: »Ich habe euch gesagt, mich spannt niemand mehr vor seinen Karren.«

Die Hand wurde zurückgezogen, nichtsdestotrotz gab es noch wichtige Fragen zu klären: »Titus hat uns erzählt, dass er dir vor kurzem einen Auftrag vermittelt hat. Es ging um Personenschutz für einen belgischen Rohstoffhändler.«

»Kein Kommentar, das sind vertrauliche Informationen.«

Angetrieben von ihrem heißblütigen Temperament, packte „Kali“ den ermatteten Hünen am Hemdkragen. »Du machst mich wahnsinnig, engstirniger Trottel!«

Im nächsten Augenblick wurde sie gepackt und auf die Ledercouch gestoßen. Dem erbosten Versuch aufzuspringen, begegnete „Shango“ mit striktem Befehl: »Schluss jetzt, sitzenbleiben!«

Perplex fügte sie sich.

Keinen Deut nachsichtiger verfuhr er mit De Greef: »Und von dir will ich wissen, ob dieser Belgier ein Mitarbeiter der Firma SYTRAX war und welche Verbindung es zu den zwei US-Sicherheitsdienstleistern gibt, die eine gemeinsame Büroetage in Bunia unterhalten! Sofort!«

»Wie, „New World Tactics“ und „Millennium Arms“? Was wollt Ihr denn von denen?«

»Wo ist die Verbindung?!«

Der Befragte zog es vor, zu schweigen, also holte Bonifacius verbal aus: »Allein zwischen 1994 und 2002 hat das Pentagon mehr als 3.000 Verträge mit zwölf von vierundzwanzig privaten Militärdienstleistern abgeschlossen – alle mit Stammsitz in den USA. Der Auftragswert betrug seinerzeit über dreihundert Milliarden US-Dollar. Denkst du, das war schon alles? Nein, es war nur die Vorhut eines verfestigten Neokolonialismus im 21. Jahrhundert. Und ob Demokraten oder Republikaner, in den USA hält man das nach wie vor für eine sinnvolle Ergänzung der Militärstrategie. Warum, das liegt auf der Hand. Zum einen sind Vertreter der wirtschaftlichen und politischen Machtelite an den privaten Söldner-Unternehmen beteiligt, sie gewinnen am Boom also kräftig mit. Zum anderen entzieht sich privates Kriegshandwerk besser den staatlichen Kontrollgremien. Dank ihrer Staatsangehörigkeit genießen US-Söldner außerdem besonderen Schutz vor internationaler Verfolgung. Im Ergebnis bedeutet das noch mehr Menschenrechtsverletzungen und abnehmende Sicherheit in den Krisengebieten dieser Welt. Auch die Mitarbeiter von „New World Tactics" und „Millennium Arms" agieren also nahezu unbehelligt. - So, Jan De Greef, du musst zugeben, deinen ach so geliebten Kongolesen gereicht das nicht gerade zum Vorteil.«

Bekümmert starrte Titus Mandefu vor sich hin. »Jan, wenn dir was an unserer Freundschaft liegt, solltest du den beiden sagen, was du weißt.«

»Also schön.« Der freischaffende Personenschützer atmete lautstark aus. »Er war Sicherheitsbeauftragter der belgischen Minen- und Erzhandelsgesellschaft SYTRAX. Viel habe ich nicht erfahren. Angeblich sollte er sich ein Bild von der Sicherheitslage rund um den Albertsee machen. Derzeit prüft SYTRAX wohl die Beteiligung an einer vermuteten Goldmine im Grenzgebiet zu Uganda. Meine Aufgabe war es, ihn so gut abzuschirmen, dass er sich inkognito durch Bunia bewegen konnte. Abholen vom Flughafen, Fahrten zwischen Hotel und Niederlassung von „New World Tactics" und „Millennium Arms". Abschließende Fahrt zum Flughafen. Das war's.«

»Wie hieß der Mann?«, meldete sich eine gefasste Sahira Ferrara zurück.

De Greef ging zum Getränkewagen. »Moment, ich habe es gleich. Sein Name war … Ruben Wouters.« Das Glas Whisky trank er wie Wasser.

»Die belgische SYTRAX und zwei US-Söldner-Firmen machen also gemeinsame Sache«, wiederholte die Agentin betont langsam.

»Okay, jetzt lasst mich mit dem Rest in Frieden. Ich mische mich nicht in deren Geschäfte ein, die pissen mir dafür nicht ans Bein. So läuft das Geschäft nun mal.«

Die vorgetragene Naivität überraschte Bonifacius noch mehr, als die anhaltende Ablehnung. »Und du glaubst ernsthaft, die halten sich an deine Formel?«

Eine Antwort blieb aus, stattdessen kniff der potenziell zweite Alliierte und verschwand durch die Tür.

Ohne aktive Mitstreiter mit erforderlicher Ortskenntnis erschien die ohnehin heikle Mission so gut wie nicht durch-führbar.

Eine wohlvertraute Stimme legte sich wie Balsam über die düsteren Gedanken: »Genug gearbeitet für den Moment. Ich will tanzen.« Schon ergriff Sahira die Hand ihres Partners und zog ihn fort.

Titus Mandefu blieb alleine zurück, konnte aber wenigstens in einer Sache zufrieden seinen „Cuba Libre" Richtung Tür erheben: »Nichts ist so berechenbar wie eine Frau, die weiß, was sie will.«

Dass dieser dickköpfige belgische Ex-Soldat in Gefahr sein könnte, ließ Bonifacius indes nicht los. Es war mehr als nur ein unbestimmtes Gefühl. Es war eine Vorahnung. Wenigstens für die nächste Stunde wollte er die Gedanken daran beiseiteschieben – wäre da nicht das unüberhörbare innere Veto „Shangos" gewesen …

Blutiger Weckruf bei Nacht

Jan De Greef hatte diesen einsamen Heimweg schon unzählige Male genommen, nüchtern wie betrunken, bei Tag und bei Nacht. Selbst mit verbundenen Augen hätte er den vor zu neugierigen Blicken verborgenen Bungalow gefunden. Und so hätte er sich wohl auch die letzten fünfzig Meter ganz seinen Gedanken hingegeben, wäre da nicht dieses vertraute Gefühl von Gefahr gewesen, das ihn urplötzlich alarmierte. Angestrengt in die Nacht lauschend, blieb der Personenschützer stehen – nichts. Der ausgetretene Pfad erschien ihm jetzt wie ein Präsentierteller, also schlug er sich seitwärts ins wilde Gestrüpp. Zum ersten Mal in all den Jahren, die er am Rande der Stadt Bunia lebte, zog er in unmittelbarer Nähe seiner Behausung die Waffe. Darauf bedacht, unnötige Geräusche zu vermeiden, zog sich der verbleibende Weg gefühlt endlos hin. Immer wieder hielt der Belgier inne. Dann endlich war die Rückseite des Bungalows erreicht. In geduckter Position schob er sich bis zu einem Punkt vor, von wo aus er die Vorderfront entlang spähen konnte. Niemand schien in der Nähe zu sein, und es war still – zu still. An der Seitenfassade gab es Pflanzenbewuchs bis hinauf zum Flachdach – ein mittelmäßiger Versuch, sein Heim botanisch etwas aufzuhübschen. Wer hätte gedacht, dass ihm das „Ziergestrüpp" eines Tages als

Leiter dienen würde. Annähernd lautlos arbeitete sich der Ex-Soldat hinauf.

Eine helle Vollmondnacht und De Greef verspürte keinerlei Bedürfnis, wie ein blutiger Anfänger runter geschossen zu werden. Folgerichtig robbte er als Erstes zum Dachfenster in der Mitte, sah vorsichtig hindurch. Soweit von dort aus zu erkennen war, hielt sich zumindest im Wohnzimmer und Eingangsbereich niemand versteckt. Am anderen seitlichen Dachende blickte man auf eine Veranda mit Sitzgelegenheiten hinunter, die bis zur Eingangstür herumführte. Und tatsächlich hatte ihn sein Instinkt nicht getäuscht. Zwei Schwarze mit massiven Holzknüppeln harrten dort reglos aus, bestimmt nicht die einzigen vor Ort. Vielleicht lauerten ja doch noch welche drinnen, ganz sicher aber rund um den Bungalow. Was ihm blieb, waren Überraschungsmoment und Glück. Beides beabsichtigte er voll auszureizen.

Gestützt auf sein Knie, kam der erfahrene Profi ein Stück weit aus seiner Deckung und machte sich mit einem gedämpften »Psst!« bemerkbar. Wie beabsichtigt, rückten die Auftragsmörder von der Wand ab, womit sie ein besseres Ziel boten. Der erste Schuss traf direkt ins Herz, warf den Gegner zu Boden. Der zweite folgte unmittelbar, fegte den Verbliebenen tödlich getroffen über das Geländer der Veranda. Daraufhin perforierte eine Schrotladung das Dach von innen nach außen. De Greef stürzte angeschossen auf berstende Gartenmöbel, die seinen Aufprall geringfügig milderten. Benommen aber mit unbändigem Überlebenswillen, versuchte er sich einen Überblick zu verschaffen. Ein missglückter Treffer schlug dicht neben seinem Kopf ins

Holz ein. Er reagierte mit drei Schüssen auf das Mündungs-
feuer nahe dem Haus. Den Aufschrei nahm der Belgier nur
noch beiläufig zur Kenntnis, konzentrierte er seine
verbliebene Kraft doch auf das flache Vorarbeiten zur
Haustür, zumindest bis über ihm das Fenster zu Bruch ging
und Glasscherben gefährlich auf ihn niederprasselten. Der
dafür verantwortliche Vollstrecker lehnte sich mitsamt
Knüppel heraus und brach seiner Zielperson kurzerhand
den Waffenarm. Nach dem Herausklettern trat er außerdem
De Greefs Pistole von der Veranda. Der nahm alles nur noch
wie durch einen betäubenden Schleier wahr, wozu auch das
Öffnen der Eingangstür sowie das Erscheinen eines weiteren
Mannes mit kurzer Pumpgun gehörte. Am unversehrten
Arm hochgezerrt, vollführte er seine letzte Attacke: Die
wuchtige Kopfnuss zerschmetterte seinem Gegenüber das
Nasenbein, und der hochschnellende Handballen unters
Kinn ließ dessen Halswirbel bedenklich knacken. - Während
der Mann wie ein gefällter Baum zu Boden ging, wurde der
Personenschützer selbst von einem brutalen Schlag in den
Rücken niedergestreckt.

Missmutig stand der Gewehrträger über der
ohnmächtigen Zielperson. Dieser Auftrag war aus dem
Ruder gelaufen, hinterließ viel zu viele Spuren. Das Ganze
noch als simplen Raubüberfall zu inszenieren, war
unmöglich. Dieser verfluchte Belgier konnte kein normaler
Mensch sein, so wie er ihnen trotz Verletzungen zugesetzt
hatte. Dennoch würde auch der gleich tot sein. - Der Verantwortliche ging die Veranda entlang, rief die Namen der um
das Haus Postierten – erfolglos. Gut möglich, dass einer im
Feuergefecht ausgeschaltet worden war, aber die beiden

übrigen?! - Hinter ihm schwang sich eine schattenhafte Gestalt lautlos über das Geländer, nahm den am Boden liegenden Holzknüppel an sich und sorgte für einen schnellen K.O. Eine zweite Gestalt in schwarzer Tarnkleidung schlich die Stufen zur Eingangstür hinauf und überraschte einen weiteren Attentäter, der gerade ins Freie trat.

Diesem blieb keine Zeit mehr zu reagieren, dank eines satten Faustschlages und des Aufpralls mit dem Hinterkopf gegen die Hauswand.

Erst nach Inspizieren des Bungalows nahm „Shango" die Tarnmaske ab. „Kali" tat es ihm gleich. Sie kniete an der Seite des besinnungslosen Jan De Greef.

»Wie sieht es aus?«

»Schwer angeschlagen. Das muss sich unbedingt ein Arzt ansehen.«

Bonifacius trat ans Geländer, betrachtete die Sterne. »Die arbeiten schnell. Wird höchste Zeit, dass wir den Spieß umdrehen.«

»Was, ohne echte Verbündete?«

Unbeirrt wandte er sich seiner Partnerin zu: »Als seine 700 Männer angesichts der haushoch überlegenen Schlagkraft Montezumas meuterten, ließ Hernando Cortez 1519 seine eigene Flotte in Brand stecken. Nunmehr mit dem Rücken an der Wand kämpften die Spanier mit dem Mut der Verzweiflung. Sie zwangen Montezumas Reich in die Knie.«

Aus dem mitgeführten Spezialgürtel zog er eine Spritze auf.

Überrascht verfolgte Sahira den Vorgang. »Das Wahrheitsserum? Du weißt doch, was …«

»Was habe ich eben gesagt«, unterbrach er brüsk, »wir stehen mit dem Rücken an der Wand. Entweder spielen wir das Spiel hart oder die zerreißen uns in der Luft.«

Sie überlegte nur kurz: »Was soll's, einen anaphylaktischen Schock kann man schließlich auch von Insektenstichen oder Nüssen bekommen. Berufsrisiko, würde ich sagen.«

»Eben.«

Als Jan De Greef wieder zu sich kam, vernahm er vertraute Stimmen. Er lag in dem komfortablen Bett eines ebenso komfortablen Schlafzimmers. Sein erster Gedanke war ‚First Class Hotel', bis ihm Titus Mandefu eigenhändig ein Glas reichte.

»Hier, mein Junge, traditionelle Medizin. Die bringt dich wieder auf die Beine.«

Von heftigen Schmerzen am ganzen Körper gepeinigt, konnte von einem bösen Albtraum wohl kaum die Rede sein. »Ich war mir sicher, ich würde in der Hölle aufwachen«, folgte das kraftlose Lebenszeichen des Ex-EUFOR-Soldaten aus trockener Kehle.

»Viel hat auch nicht gefehlt«, schaltete sich Bonifacius Kidjo ein, der sich von einem Stuhl erhob. »Bei Titus bist du fürs Erste sicher.«

Als Nächstes nahm der Schwerverletzte Sahira Ferrara wahr, die bei ihm am Bett saß.

»Jetzt trink schon die Medizin«, wurde der Hausherr ungeduldig. »Übrigens haben die beiden dir die Haut gerettet.« Mit breitem Grinsen entblößte er die makellosen Zähne: »Tarnkleidung und Transportservice waren aber von mir.«

De Greef trank, wobei er angewidert das Gesicht verzog. »Wer waren die Typen? Ich habe keine Todfeinde. Jedenfalls dachte ich das.«

Schon zog sich „Shango" einen Stuhl heran. »Du weißt als einziger, dass SYTRAX und diese US-Sicherheitsdienstleister hier in Ituri zusammenarbeiten. Immerhin hast du für diesen Ruben Wouters von der SYTRAX Leibwächter gespielt. Und externe Mitwisser werden eliminiert.«

»Quatsch! Das waren Afrikaner. Und ich würde jede Wette eingehen, nicht mal von hier. So was rieche ich zehn Meilen gegen den Wind.«

»Stimmt«, klärte der „Wächter der Schöpfung" ihn weiter auf, »es waren Männer von General Felix Kirundo, Oberbefehlshaber einer Tutsi-Rebellenarmee von vermutlich mehreren tausend Mann. Und genau die Todesschwadron war auch schon auf den Gouverneur von Süd-Kivu in Bukavu angesetzt, eine weitere übrigens auf den Krankenhausdirektor Doktor Lumenganeso, ebenfalls in Bukavu. Alles dieselbe Handschrift, Absender Felix Kirundo.«

»Kirundo und seine Armee sind eine traurige Realität. Aber dass er in unserer Provinz – so weit im Nordosten – über so eine Streitmacht verfügen soll und sogar Mördertrupps nach Bunia aussendet, schwer zu glauben«, meldete Mandefu seine Zweifel an.

Entschlossen ließ „Shango" den Blick zwischen dem Belgier und dem Kongolesen hin und her wandern. »Die Sache ist die: Erfahrene Wilddiebe wurden in großer Zahl nach Ituri eingeflogen. Und ein Teil des nördlichen Ituri-Gebietes, unweit des Semue-Nationalparks mit seinen hohen Wildtierbeständen, ist ohne Kontakt zur Außenwelt. Wo könnte eine solche Armee wohl besser geheim operieren und versorgt werden?«

In seinem Unglauben wankend, fiel De Greef nur eines dazu ein: »Aber warum?«

»Coltan – riesige Mengen davon«, brachte Sahira es auf den Punkt.

Bonifacius deckte auch die letzte Karte auf: »„Geheimprojekt Barracuda" ist das Zauberwort. Wir haben brisante Satellitenaufnahmen, die euch überzeugen werden. Wie sieht's also aus?«

»Und woher nehmt Ihr eure ganzen Weisheiten?«

Dieser argwöhnische Kongolese ließ ihn ungläubig auflachen. »Verlässliche Recherchen und Verhöre. - Ich hoffe inständig, dass du als Waffenbruder genauso standhaft bist wie als Zweifler.«

Endlich streckte Jan De Greef dem Agenten und Journalisten die Hand entgegen. »Kämpfen kann ich in dem Zustand zwar nicht, aber für Planung, Koordination und Tipps bin ich allemal gut genug.«

Nun richteten sich alle Blicke auf Titus Mandefu. Der hatte sich im Grunde schon vor Stunden entschieden. Das Ganze war für ihn in dem Moment zu einer zwingenden Frage von Freundschaft, Ehre und Selbsterhaltungstrieb geworden, als ein Netzwerk aus Mördern und Geschäftemachern Jan De Greef zu liquidieren versucht hatte. Dessen persönliches Umfeld schwebte zweifellos genauso in Lebensgefahr. Und da dieser eigenbrötlerische Belgier überhaupt nur einen Freund im Kongo hatte ... – Für alle im Raum unerwartet, schwang sich der Großneffe Professor Kajembes zu einem ermutigenden Fazit auf:

»Die Ausgangssituation ist gar nicht mal so schlecht. Je komplexer ein Projekt ist, desto mehr Fehlerquellen und mögliche blinde Flecken ergeben sich. Und dieses Geheimprojekt Barracuda scheint äußerst komplex zu sein. Der Feind ist stark aber auch verwundbar, solange wir keine Zeit verlieren und immer schön unter dem Radar bleiben. - Unter einer Bedingung bin ich dabei: Freunde nennen mich „Koki".«

Ein Lebenswerk in Gefahr

Im „Belle Etage" trafen zwei große Holzkisten ein, welche den nächsten Schritt in puncto Kongo-Mission überhaupt erst ermöglichten. Laut Packliste handelte es sich um erlesene italienische Vasen, edles Geschirr und diverse Küchen- und Bargeräte fürs Restaurant. Geradezu feierlich war es Titus Mandefu zumute, als er sich anschickte, die Sendung aus Europa im Beisein der „Wächter der Schöpfung" zu öffnen.

Was dann zum Vorschein kam, ließ selbst den gewieften Geschäftsmann und Schwarzmarkthändler staunen, ja, es imponierte ihm mächtig: Schusswaffen für diverse Einsatzszenarien, Tarnbekleidung, Schutzwesten sowie Abhörtechnologie für ein bis zu 15-köpfiges Team, ja selbst eine einzelne, zerlegbare Armbrust.

Doch seine Begeisterung trübte sich nach näherer Begutachtung ein: »Betäubungsmunition? Ihr wollt mit Wattekügelchen werfen, wo der Feind einen Vorschlaghammer einsetzt?!«

Resolut griff „Kali" eines der Sturmgewehre und legte auf den Kopf des Alliierten an. »Sieht das für dich nach Watte aus?!«

Einmal mehr ließ Bonifacius sie gewähren, zumal es seine nächsten Worte noch verstärkte: »Diese Waffen werden

216

ihren Zweck erfüllen. Mit perfekt durchdachtem Plan und dem Überraschungsmoment müssen wir auch keine Leben nehmen.«

Jetzt war es ihr Verbündeter, der etwas unmissverständlich klarstellte: »Mit dem verpatzten Anschlag auf Jan gibt es vielleicht gar kein Überraschungsmoment mehr. Niemand schießt meine Leute über den Haufen, nur weil wir wehrlos sind. Wenn euer Plan also nicht verdammt gut ist, wird nach meinen Regeln gespielt oder gar nicht!«

»Erst, wenn es unvermeidbar ist, einverstanden?!«

Die beiden Männer starrten sich sekundenlang an. Mit einem zögerlichen Nicken willigte Mandefu schließlich ein. - Der „Platzhirsch" würde sein Territorium unter allen Umständen schützen und falls nötig mit äußerster Härte zurückschlagen, daran konnte gar kein Zweifel bestehen. Und für die Mission war es nun mal entscheidend, die Reihen geschlossen zu halten.

Sicher, das gemeinsame Ziel war ein einigender Faktor, aber wenn sein Gegenüber mitsamt Umfeld ins blutige Visier der Gegenspieler geriet?

Bonifacius machte sich das drohende Dilemma bewusst: Entweder Bruch mit einem fundamentalen Kodex der „Wächter der Schöpfung" oder Verlust eines dringend benötigten Alliierten. Seit 1904 folgte seine Geheimgesellschaft bereits dem Grundsatz, immer Teil der Lösung zu sein und niemals Teil des Problems. Das Gebot 'Du sollst nicht töten' war dabei zwingend. - Im Moment blieb dem verantwortlichen Agenten nichts weiter übrig, als die Mission voranzutreiben und vor allem die Kisten leerzuräumen.

Titus Mandefu saß in einem der fünf Autos, die er sein Eigen nannte – ein relativ dezentes, robustes sowie äußerst agiles SUV, wie für seine Sicherheitsbedürfnisse und die anspruchsvollen Straßen Bunias und Umgebung gemacht. Gerade die Vorkommnisse der letzten Tage machten den weißen Toyota in seinen Augen zur ersten Wahl, auch wenn er es sich zur Angewohnheit gemacht hatte, regelmäßig und ohne erkennbares System zu wechseln. Heute war es eben dieses Fahrzeug, auf dessen Beifahrersitz er es sich bequem gemacht hatte.

Mandefus Blick glitt über Szenen im Straßenbild, die sich beinahe unverändert oder ähnlich wiederholten. Das Transportieren von Menschen und Waren – darum schien sich alles zu drehen im staubigen Dunst des sonnigen Vormittags.

Ab und an sorgten Wagenkolonnen irgendwelcher Provinzpolitiker, Geschäftsleute oder Glaubensverkünder für neugierige Blick bei den Leuten, während Blauhelme der MONUSCO beziehungsweise weiße UN-Fahrzeuge im allgemeinen Treiben ignoriert wurden. Bei den mehrstöckigen Gebäuden, die links wie rechts ihre Aufwartung machten, war häufig nicht ersichtlich, ob sie noch in zäher Entstehung begriffen waren oder bereits wieder im Zerfallen. Natürlich, die westliche Wahrnehmung ordnete das farbenfroh bunte Stadtbild vermutlich so ein: vernachlässigt, unfertig, unorganisiert, chaotisch. Doch er, Titus Mandefu, sah stattdessen ein Stück Zentralafrika wie es leibte und lebte, schlichtweg die afrikanische Seele. Selbstredend ließen sich durchaus auch repräsentative Hochglanz-Bürogebäude, Luxushotels und anderes mehr finden, das

Moderne und Fortschritt suggerierte, jedoch selten in den Händen und erbaut von Afrikanern.

Ein wiederholter Blick in Rück- und Außenspiegel veranlasste den Patriarchen zu knappen Befehlen, die der Fahrer augenblicklich umsetzte. Begleitet von einem wilden Hupkonzert, durchschnitt der Toyota den Gegenverkehr und sie gelangten in eine enge Nebenstraße. Das durchgetretene Gaspedal nebst akustische und Lichthupe ließ die überraschten Passanten eilig zurückspringen und alles in aufgewühltem Staub verschwinden.

Schemenhaft tauchte das quer auf der Straße abgestellte SUV vor den Augen der Verfolger auf. Wild fluchend vollführte der Fahrer eine Vollbremsung, riss das Lenkrad unmittelbar vor Aufprall noch nach rechts. Das ohrenbetäubende Schaben und Knirschen von Metall gegen Metall hörte abrupt auf und wurde von einer lautstarken Erschütterung abgelöst, als die neuwertige Limousine eine noch unverputzte Toreinfahrt zerstörte und in den Überresten zum Stehen kam. Nicht weniger surreal muteten die drei Gestalten an, welche hustend aus dem Unfallwagen stolperten. Nachdem die missglückte Aktion weiteren Sand und dazu noch Schuttpartikel aufgewirbelt hatte, arbeiteten sich die Verfolger in ihren Sinnen stark eingeschränkt bis zu dem Wagen der Zielperson vor. Zwei von ihnen feuerten kontrollierte Salven aus den mitgeführten Maschinenpistolen ab. Die aufgesetzten Schalldämpfer sollten Diskretion gewährleisten, was angesichts des zuvor verursachten Chaos wie der reinste Hohn anmutete. So auch nach Meinung von Titus Mandefu, der seine Deckung gerade aufgab und sich von der Seite auf die Attentäter zubewegte. Den ersten, der ihn bemerkte und die Waffe entsprechend neu ausrichtete, streckte der Kongolese mit zwei Schüssen aus einer handlichen Pistole nieder. Dem Kugelhagel aus Richtung des zweiten Mannes entging er lediglich durch einen beherzten Sprung über die Motorhaube eines parkenden Autos. Nach harter Landung bewegte er sich geduckt bis ans hintere Ende und blieb flach liegen. Sobald verräterische Schuhe und Hosenbeine in sein Blickfeld gerieten, eröffnete er das Feuer darauf. Das Schmerzensgeheul erstarb, als der zu Boden gestürzte Profi weiteren Treffern in die Brust erlag.

Die nächsten zwei Schüsse stammten aus einer fremden Handfeuerwaffe. Der zum Abschuss freigegebene Geschäftsmann erkannte eine Stimme, die seinen Spitznamen rief:

»Koki?!«

»Ja!«, erwiderte Mandefu.

Langsam stand er auf und klopfte sich bedächtig den Staub von der Kleidung. Drei weiße Auftragsmörder – die Fratze des Neokolonialismus hatte sich ihm wahrlich spektakulär zu erkennen gegeben. - Nachdem klar war, dass sein Fahrer den dritten Attentäter erschossen hatte und unverletzt geblieben war, griff er zum Mobiltelefon.

Der engste Vertraute Mandefus nahm die letzten Stufen zum „Belle Etage". Gewohnheitsgemäß schloss er die Eingangstür auf. Es war erst Vormittag und das Restaurant deshalb noch nicht geöffnet. Um diese Uhrzeit war anwesendes Personal angehalten, Türen und Fenster zur

Straße hin geschlossen zu halten. Normalerweise lief ihm schon beim Eintreten jemand über den Weg – dieses Mal nicht. Er rief einige Namen – keine Reaktion. Am Ende des Speiseraumes stand die Schiebetür zur Sonnenterrasse weit offen. Doch weil die langen Gardinen mehr als üblich einen Teil der Fensterfront verdeckten, ließ sich der Außenbereich nur teilweise einsehen. Instinktiv den Griff der Pistole im Gürtelholster umfassend, nahm die rechte Hand des Restaurant-Inhabers die Sonnenbrille ab und bewegte sich überaus vorsichtig auf die geöffnete Terrassentür zu.

»Stehenbleiben, nicht bewegen!«, ertönte der Befehl des IOD-Agenten Carl McArthur von hinten durch den Raum.

Der überrumpelte Kongolese erstarrte augenblicklich.

»Deine Waffe, Boy. Mit zwei Fingern. Sachte, ganz sachte. - Gut, auf den Boden werfen. - Sehr schön, jetzt raus auf die Terrasse.«

Der Entwaffnete biss sich auf die Unterlippe, bis er den metallischen Geschmack von Blut schmeckte. Das Gefühl der Machtlosigkeit reizte sein Temperament, doch ließ er sich zu keiner Provokation hinreißen. Draußen angekommen, standen die drei Restaurant-Angestellten vor Ort bereits versammelt beieinander und sahen ihn verstört an, bewacht von einem weiteren Weißen. Dessen afroamerikanischer Mitstreiter postierte sich jetzt an der Terrassentür.

Das Mobiltelefon des zuletzt Eingetroffenen klingelte melodisch. McArthur nahm es an sich, warf einen flüchtigen Blick aufs Display, ohne den Anruf entgegenzunehmen. »Mal sehen – „Koki“. Wer ist das, deine Freundin? Ja, klingt nach deiner Freundin. - Okay, Boy, was war in den beiden Kisten, die im Lagerraum stehen?«

»Das, was auf der Packliste steht«, antwortete Mandefus Mann emotionslos.

»Ach so, ein ganz Schlauer«, lächelte der IOD-Mann kalt. »Die Liste haben wir gefunden. Aber nicht das, was angeblich drin war.«

Als eine Erklärung dafür ausblieb, wählte McArthur kurzerhand den Chefkoch aus, um ihn anschließend zum Terrassengeländer zu führen, während er weitersprach: »Hast du eine Ahnung, Boy, wie viele Verhöre auf die Art beginnen?« Der Blick über das Geländer ließ ihn demonstrativ zurückschrecken. »Scheiße, ist das tief.«

Im nächsten Augenblick versetzte er dem Chefkoch einen kräftigen Hieb mit dem Pistolengriff und wuchtete ihn in den Tod.

»So, gut essen müssen die Gäste ab sofort woanders. - Zwei Angestellte sind noch übrig, Mister ... – du bist nicht zufällig Titus Mandefu? Den suchen wir nämlich. Ein Jammer, dass es keine brauchbaren Fotos von ihm gibt. Und die verschiedenen Autos erst. Wie viele hat er, sechs oder mehr? Ein richtiges Phantom. Natürlich wäre da noch der „Bantu-Club“.«

Das Gesicht des IOD-Wortführers wurde zu einer frostigen Maske, als sich sein Gegenüber noch immer verstockt zeigte. Die gefährliche Ungeduld klang nun deutlich aggressiver: »Sollen wir die anderen auch noch runterstoßen und erst alle Läden abfackeln?! Sag schon, wie ist dein Name?!«

Der Befragte gab sich unterwürfig: »Die beiden wissen von nichts.«

»Das glaube ich dir sogar. Die trugen keine Kanone, du schon.«

»Ja, ich bin Titus Mandefu. Die da sind nur mein Kellner und ein Küchengehilfe.«

Die Augen des argwöhnischen Carl McArthur verengten sich. »Weil ihr in diesem Drecksland alle einer wie der andere ausseht und Leute wie du scheinbar keine Ausweisdokumente kennen, muss ich dir wohl glauben. - Letzte Chance, was war in den Kisten?«

Um seinen Boss zu schützen, war Mandefus Vertrauter zum Äußersten bereit, also würde er die Maskerade bis zum bitteren Ende aufrechterhalten. Er hatte sich bereits in sein Schicksal ergeben. Nur schade, dass er den Kampf Seite an Seite mit Sahira Ferrara und Bonifacius Kidjo nicht mehr erleben würde.

»Na schön, ich bin auch ein gefragter Schwarzmarkt-händler. Die Ware auf der Packliste ist längst verteilt. Angebot und Nachfrage, ich kaufe weit unter Listenpreis an und verkaufe mit üppiger Marge weiter. Also ich weiß zwar nicht, was hier eigentlich gerade läuft oder wer euch geschickt hat, aber mehr steckt nicht hinter den leeren Kisten. Seid vernünftig, niemand wird an einen Unfall glauben, wenn mehrere Einheimische von der Terrasse stürzen. Und das alles wegen nichts.«

Der IOD-Agent applaudierte. »Sehr guter Vortrag. Aber glaub' mir, aus Angst vor Feuer sind Menschen schon aus Hochhäusern gesprungen.«

Wenn es darauf hinauslief, würde er, der falsche Titus Mandefu, wenigstens dafür sorgen, dass die Kerle ihm mindestens eine verräterische Kugel verpassen mussten. - Die US-Amerikaner machten ernst. Schon packte der andere Weiße auf eine nickende Geste hin den Kellner, als

McArthur urplötzlich von der vermeintlichen Zielperson angegriffen wurde. Das Handgemenge währte nur kurz. Schnell war der schwarze IOD-Agent zur Stelle und griff geistesgegenwärtig von hinten ein – ohne zu schießen.

Das „Belle Etage" stand in Flammen. Löscharbeiten waren in Bunia generell heikel, doch bis die wenigen Feuerwehrkräfte es dort hinauf geschafft hatten, war jede Hilfe zu spät gekommen.

Aus einer Limousine heraus beobachtete ein kraftloser Titus Mandefu das vernichtende Schauspiel mit feuchten Augen. Doch mehr als dem Restaurant, galt seine Trauer den zu Tode gestürzten Mitarbeitern. Er würde sie noch identifizieren müssen – später. Seine Begleiter hatten ihn mit aller Macht am Aussteigen gehindert. Eine notwendige Anmaßung, wie er im Nachhinein zugeben musste. Zweifellos hatte der Anschlag – und angesichts der bisherigen Vorkommnisse handelte es sich ganz sicher um einen solchen – ihm persönlich gegolten. Und wer auch immer hinter ihm her war, konnte noch da draußen lauern.

Handfeste Pläne
werden geschmiedet

Für die alles entscheidende Einsatzbesprechung war von dem einheimischen Alliierten Titus Mandefu ein Dorf weit westlich der Provinzhauptstadt Bunia auserkoren worden. Nach den jüngsten Ereignissen benötigte er dringend räumlichen Abstand, spirituellen Beistand, und in der Abgeschiedenheit sah er die Geheimhaltung maximal gewährleistet. Wie richtig er mit seiner Wahl lag, sollte den „Wächtern der Schöpfung" noch klar werden.

Die fünfköpfige Gruppe ließ die beiden Geländefahrzeuge nahe der Ortschaft zurück. Der schmale Sandweg dorthin war vom letzten Regen noch feucht und befand sich inmitten einer Steppenlandschaft, deren Monotonie durch vereinzelte Bäume, Buschwerk und umherstreifende Ziegen aufgelöst wurde. Zudem trugen majestätisch aufragende Berge und grüne Hänge im Hintergrund zu einem faszinierenden Gesamtbild bei. Was die karge Landschaft betraf, so tippte Bonifacius auf Brandrodung und landwirtschaftliche Überbeanspruchung. Irgendwie erinnerten ihn die wenigen Laubbäume an die verbliebenen Zähne in einem altersschwachen Mund. Dazu passte auch, dass alles in Lethargie erstarrt zu sein schien – alles, bis auf diesen kleinen Vogel mit schwarzem Schnabel, gelber Kehle und ansonsten überwiegend grün glänzendem Gefieder, der über ihre Köpfe hinweg davonflog. Wer konnte es ihm – vermutlich gehörte das Kerlchen zur Familie der sogenannten Bienenfresser – verdenken, die unübersehbaren Erhebungen verhießen deutlich mehr Sicherheit und Nahrung. „Shangos" Aufmerksamkeit wurde auf einen Lärm gelenkt, der lebendiger nicht hätte sein können. Eine Kinderschar kam ihnen entgegengerannt, ordentlich gekleidet wenn auch teilweise barfuß. Kurz darauf umringte diese die Besucher mit aller Lebensfreude und Herzlichkeit, derer man fähig war. Einzelne Stimmen geschweige denn ganze Sätze aus dem Sprechwirrwarr herauszufiltern, erschien Bonifacius nahezu unmöglich. Der Großneffe von Professor Kajembe hatte extra einen stattlichen Beutel voller Süßigkeiten mitgebracht, welcher in null Komma nichts leer war. Spontan hob der „Wächter der Schöpfung" einen der kleineren Jungen auf seine Schultern und nahm eines der Mädchen mit perlenverziertem Haar an die Hand. Die anderen hielten es ähnlich.

Einer Prozession gleich zog die angewachsene Gruppe in das weitläufige Dorf ein, wo etwas sofort auffiel: Diese Gemeinschaft musste einen engagierten Unterstützer von außerhalb haben. Neben den traditionellen Hütten aus Lehmziegeln und Holz mit Strohdächern fanden sich auch aufwendige Steinbauten sowie moderne Generatoren zur Wasserversorgung und Stromerzeugung. Wessen Geld hier großzügig floss, machte eine männliche Abordnung der Dorfältesten deutlich, die sich zunächst eingehend Titus Mandefu zuwandte. Es war unverkennbar, dass der Geschäftsmann den Status einer hoch angesehenen

Persönlichkeit genoss. Andersherum zeugte seine gesamte Körperhaltung von tiefem Respekt gegenüber den Dorfautoritäten. Die Männer kommunizierten in einer Sprache, die der Mitarbeiter des Konstantin Verlages zwar nicht sonderlich gut verstehen, wohl aber identifizieren konnte. Es handelte sich um die kongolesische Variante des Swahili und damit um eine der vier gängigen Nationalsprachen. Bei über zweihundert regionalen Sprachen und Dialekten im großen Kongo, ermöglichte Swahili genau wie Lingala oder Französisch eine Verständigung in weiten Landesteilen.

Die Tatsache, dass keine längere Willkommenszeremonie durchgeführt wurde, so wie es das Gebot der Gastfreundschaft eigentlich verlangt hätte, ließ vermuten, dass Mandefu diesbezüglich eingewirkt hatte. Schließlich war höchste Eile geboten.

Das steinerne Versammlungshaus, in welches sich die Besucher ungestört zurückziehen konnten, war ausgesprochen geräumig, vermutlich das größte Gebäude im Dorf. Darüber hinaus bot es etwas, das wohl nicht nur Bonifacius' Wohlgefühl noch erhöhte: An einem der Fenster standen Speisen und Getränke bereit. - Er identifizierte ein kongolesisches Nationalgericht, welches seine Mutter oft zubereitet hatte und das ihm als „Fisch Moambe" geläufig war. Selbst in Japan, wo sein Vater als deutscher Botschafter gewirkt hatte, hatte seine Mutter dieses und andere traditionelle Nationalgerichte soweit möglich zubereitet. 'Egal, wo auf der Welt du gerade bist', waren dabei stets ihre Worte gewesen, 'vergiss nie, wer du bist und woher du kommst. Erst unsere Wurzeln machen uns zu Menschen mit Würde und Stärke.' Selbst heute noch, lange nach dem Tod seiner leiblichen Eltern, kannte er die entscheidenden Zutaten.

Geistesabwesend begann er, diese aufzuzählen: »Tilapia, Palmöl, Erdnussbutter, Maniokblätter ...«

»Was machst du?«, fragte Sahira Ferrara neugierig.

»Eine Erinnerung an meine Mutter. Als Junge habe ich ihr oft die Zutaten gereicht, wenn sie dieses Gericht dort ganz links auf dem Tisch zubereitet hat«, lächelte er seine Partnerin mit einer gewissen Wehmut an. »Ich habe immer noch den Duft in der Nase. - Gleich daneben stehen Süßkartoffeln und „Fufu", ein Brei aus Maniokwurzeln.«

Niedergeschlagen gesellte sich der kongolesische Alliierte zu den beiden, um sich aus einem Krug einzuschenken. »Aber Palmwein hat sie dir sicher nicht zu trinken gegeben.«

„Shango" spielte einfühlsam auf dessen jüngste Verluste an: »Das waren harte Schläge gegen dich.«

»Gegen mein Lebenswerk und mein engstes Umfeld«, erwiderte der Geschäftsmann knapp.

»Es tut mir sehr leid, Koki«, brachte sich auch „Kali" mitfühlend ein.

Doch der Angesprochene verlor sich im Selbstgespräch: »Mord. Eiskalter Mord. Jeder einzelne wird gesühnt werden.«

Nun stand es also direkt vor der Tür, das Dilemma. Dieser Mann war zweifelsohne entschlossen, das Töten zu einem Teil der Mission zu machen. Er, Bonifacius Kidjo, war als „Wächter der Schöpfung" jedoch dazu aufgerufen, genau das zu verhindern. Aber war er überhaupt gewillt, seinem Waffenbruder das Recht auf Vergeltung abzusprechen? Würde er selber anders reagieren, wenn es hart auf hart ginge? Was wäre denn, wenn Sahira auf brutale Weise liquidiert würde?

»Koki, du hast mir die Chance eingeräumt, einen Plan auszuarbeiten, der tödliche Gewalt verhindert. Wenn du …«

»Ich stehe zu meinem Wort«, unterbrach ihn der Alliierte, »aber du wirst an den Realitäten scheitern. Ob Ituri oder Kivu-Region, hier überlebt auf Dauer nur, wer offene Rechnungen auch eintreibt. Du solltest also besser dafür sorgen, dass ich keine neuen Rechnungen aufmachen muss.«

Sahira beeilte sich, die aktuellen Erkenntnisse aus der Berliner Zentrale vorzutragen: »Die SYTRAX ist derzeit größter Händler von Coltan-Erz. Vor ziemlich genau drei Jahren hat sich eine kanadische Grubengesellschaft in das Unternehmen eingekauft. Die Kanadier wiederum sind eng verzahnt mit der US-Rüstungsindustrie. Wie Ihr wisst, ist die Herstellung und das Betreiben moderner Militärtechnologie ohne Coltan nicht möglich. Aber die bisherigen Quellen versiegen langsam. Die Kontrolle über geheime neue Coltan-Minen in der Provinz Ituri würde auch weiterhin den kostengünstigen Nachschub sichern – ein enormer Vorteil. Selbst die verbliebenen Förderstätten in Australien hätten dem nichts mehr entgegenzusetzen. Dort fährt man die Produktion angesichts der Flut an billigem Blutcoltan aus dem Kongo bereits seit Jahren zurück. Es rentiert sich einfach nicht mehr. Außerdem gehen auch in „Down Under“ die Vorkommen zur Neige.«

Die Italo-Inderin ließ ihre Worte kurz wirken, bevor sie das aus ihrer Sicht Interessanteste preisgab: »Die SYTRAX und der Kopf des Unternehmens, Klaas De Koninck, stehen als Mitverantwortliche am Bürgerkrieg beziehungsweise am fortdauernden Massenmord an der Zivilbevölkerung im Kongo auf der schwarzen Liste der Vereinten Nationen. Trotzdem, Anklagen oder gar Verurteilungen hat es nicht gegeben.«

»Was ich mich immer noch frage: Haben wir es aktuell mit einer Verschwörung auf Betreiben oder hinter dem Rücken der US-Regierung zu tun?«

Mandefu bediente sich am Büfett und tat den Gedanken des Verbündeten beiläufig ab: »Für uns macht das keinen Unterschied. Direkt oder indirekt stehen die hinter allem, was sich in meiner Heimat seit dem II. Weltkrieg abgespielt hat. Und kein noch so guter Plan wird uns die erforderliche Streitmacht ersetzen.«

»Die Streitmacht gibt es«, hakte „Kali" ein, die es sich mit vollem Teller auf einem Stuhl bequem machte. »Der Oberbefehlshaber der UN-Mission MONUSCO in Bunia wird wohl innerhalb der nächsten Monate oder womöglich Wochen abgelöst werden. Und was tut er, er überzieht das Hauptquartier in Kinshasa mit Beschwerden über seine militärische Ohnmacht. Verzweifelte Forderungen nach schlagkräftigen Kampfeinsätzen zum Schutz der Zivilbevölkerung – bislang erfolglos. Wegen kritischer Äußerungen gegenüber der internationalen Presse muss Oberst Ayub Mazari sogar disziplinarische Maßnahmen befürchten.«

Einsetzender Platzregen sorgte für ein dezent monotones Trommeln auf dem Dach, das sich entspannend auf die drei Anwesenden auswirkte – ein magischer Augenblick.

Der Kongolese löste sich als erster davon: »Genau wie ich euch gesagt habe. Oberst Mazari ist ein Wolf im Schafspelz, machtlos an die Kette gelegt.«

Doch die fokussierte Agentin überging den Kommentar: »Vor den Blauhelmen versah Mazari seinen Dienst als Oberst in der pakistanischen Armee. Dort hat er einen Befehl zum Beschuss indischer Militärstellungen im umstrittenen Grenzgebiet verweigert, um Hunderte indische Zivilisten einer nahegelegenen Ortschaft nicht zu gefährden. Als Spross einer sehr alten und noch immer einflussreichen Familie, blieb ihm das Militärgericht erspart. Endstation UN-Blauhelme.«

»Davor ziehe ich den Hut, wirklich. Aber der Mann ist vereidigter Offizier, der sich bestimmt nicht noch einen dunklen Fleck in seiner Militärlaufbahn leisten will. Und was hätten wir schon Handfestes vorzuweisen?«

Nun war es an dem Missionsverantwortlichen, für die nötige Überzeugungskraft zu sorgen: »Als Junge wurde ich einmal beleidigt und angespuckt. Drei Jungs missfiel, dass ich anders aussah und noch dazu Ausländer war. Ich habe ihnen die Feindseligkeit aus dem Leib geprügelt. Das Seltsame war nur, mit jedem Schlag wurde ich unglücklicher. Damals fand meine Mutter die richtigen Worte: 'Das Gefühl der Einsamkeit und des Unrechts können auch Millionen Fausthiebe nicht vertreiben. Nur andere Menschen können das bewirken, indem sie einem beistehen.' - Und genau so kam es. Am Tag darauf ging ein einheimischer Junge, mit dem ich vorher nie viel zu tun gehabt hatte, zu dem Rädelsführer. Irgendwie waren ihm die Geschehnisse wohl zu Ohren gekommen. Zu meinem großen Erstaunen vermöbelte er den Burschen ebenfalls. Erst das vertrieb mein Unglück. Dieser Junge und ich, wir wurden die besten Freunde.«

Sahira und Koki sahen Bonifacius fragend an. Währenddessen brachte ihn die Erinnerung zum Lächeln. »Wisst Ihr, vermutlich fühlt sich unser pakistanischer Oberst jetzt auch sehr allein. Es wird Zeit, dass ihm jemand zur Seite springt. Laut Info aus Berlin hat er bereits Interesse an einem Exklusivinterview mit dem Konstantin Verlag signalisiert. Das sollte uns in die Karten spielen. Vorher müssen wir aber noch zwei andere Ziele in Angriff nehmen: die Operationsbasis der IOD in Bunia und die Büroetage der beiden US-Söldnerfirmen in Bunia. Und damit kommen wir zu dir, Koki. Die entsprechenden Pläne sind von Jan De Greef, Sahira und mir so weit ausgearbeitet. Jetzt kommt es auf deine Qualitäten an.«

Während sich die beiden Agenten den Speisen vor Ort widmeten, studierte ihr Alliierter das schriftlich festgehaltene Vorgehen gegen die IOD.

»Okay, die drei IOD-Agenten holen ihr Essen also immer nur aus zwei Schnellimbissen und wählen immer aus einer Handvoll Gerichten. Meine Leute warten dort und präparieren die Bestellung direkt an Ort und Stelle«, fasste er schließlich einen Teil zusammen. »Und wenn die mal Lust auf was Neues haben?«

Sahira verschluckte sich bei dem Versuch, umgehend zu antworten. »Entschuldigung. - Guter Einwand. Der losgeschickte IOD-Mann bekommt einen extra „Schatten“. Notfalls können wir schnell reagieren. - Irgendwo müsste das eigentlich stehen.«

»Ja, ich sehe schon. - Interessant, ist machbar. Aber wie wir es schaffen wollen, unentdeckt in das bewachte Bürogebäude und bis in die Räume der Sicherheitsdienstleister zu gelangen, das ist mir schleierhaft.«

„Shango" konnte sich einen vorauseilenden Hinweis nicht verkneifen: »Übers Dach.«

»Übers ...?!« Sofort vertiefte sich der ortskundige Beschaffungsexperte in den Folgeplan, der ungleich schwerer in die Tat umzusetzen sein würde, wie das Kopfschütteln bestätigte. »Ein Tresor als Archivraum, na wie großartig. - Was?!«

Der Aufschrei ließ Sahira sich prompt erneut verschlucken.

»Der Sprengstoff ist kein Problem. Männer und Material von Dach zu Dach schaffen, das lasse ich mir auch noch gefallen. Aber ein ganzer Feuerwehrlöschzug?!«

»Zu viel für einen Titus Mandefu?«, stichelte Bonifacius.

»Kann eine Schwarze Mamba töten? Wenn ich dazu nicht imstande wäre, dann hätte ich nicht was ich habe, wäre ich nicht was ich bin«, entgegnete der Herausgeforderte stolz. »Aber es ist verrückt. Wenn wir das mit der Nummer hinkriegen, können wir als Nächstes Fort Knox leerräumen.«

»Wir müssen es hinkriegen. - Wie lässt sich vorab herausfinden, was sich wie und wann in der Niederlassung von „Millennium Arms" und „New World Tactics" abspielt? Kannst du unauffällig Leute einschleusen?«

Der Patriarch mit dem feingesponnenen Netzwerk dachte intensiv darüber nach.

»Als Lieferanten, Reinigungskräfte, falls nötig auch als Wartungspersonal – da geht immer was. Die könnten auch Miniaturkameras platzieren.« Ein neuer Gedanke ließ ihn nachdenklich aus dem Fenster blicken. »Wie viele Tage sollen zwischen den beiden Operationen liegen?«

»Mindestens zwei, damit möglichst kein Zusammenhang hergestellt wird.«

»Sagen wir drei, der Bürohaus-Coup ist knifflig.«

»Apropos, wir brauchen noch einen geeigneten Ort zum Trainieren. Alles muss am Ende funktionieren wie ein Uhrwerk«, brachte Bonifacius die Geheimbesprechung zu einem Abschluss.

Eine alte Frau schien geahnt zu haben, wann das dreiköpfige Besuchergespann wieder vor die Tür treten würde. Rechtzeitig näherte sie sich altersgerecht würdevoll hinter Titus Mandefus persönlichen Mitarbeitern in puncto Sicherheit. Die beiden wartenden Männer hatten zwischenzeitlich unter einem dichten Baum vor dem Regen Schutz gesucht. Jetzt spannten sie große Regenschirme für ihren Chef sowie die „Wächter der Schöpfung" auf. Die Dorfälteste zeigte sich von den Wetterverhältnissen hingegen unbeeindruckt. Auf ihren hochwertig gearbeiteten Laufstock aus edlem Holz gestützt, ließen nicht zuletzt auch das traditionelle Kleid und die Kopfbedeckung aus gelb-rot-schwarz gemustertem Stoff den hohen Rang innerhalb der Dorfgemeinschaft erahnen. Ihr intensiver Blick ruhte einzig auf „Shango".

Der fühlte sich unwiderstehlich angezogen und blieb erst dicht vor ihr stehen. Es mutete rituell an, wie sie die freie Hand langsam hob und ihm auf die Stirn legte. Ihr Körper erstarrte, sie wirkte entrückt. Trotz des hohen Alters war ihre Haut glatt und glänzend. Bonifacius nahm außerdem einen unbestimmten Wohlgeruch wahr, vermutlich ein Naturprodukt zur Körperpflege, womöglich auch zur Beschwörung von Geistern und Göttern. Die monoton gesprochenen Worte konnte er weder verstehen, noch wusste er sie zu deuten. Schließlich verstummte sein

Gegenüber, zog die Hand zurück und neigte demütig das Haupt. In Begleitung zweier junger Frauen entfernte sich die Dorfälteste. Ratlos drehte sich der Agent zu seinem Alliierten um, dessen Blick weiterhin auf der alten Frau ruhte.

»Sie ist eine Heilerin und Seherin. Sie sagt, du würdest dein Haus in den Bergen unbeschadet wiedersehen. Aber der Weg dorthin wird sehr steinig sein und acht weitere Leben aus den Reihen deiner Mitstreiter fordern. Sie sagt, du bist ein Krieger des Lichts und dass die Ahnen und Götter mit dir sind.« Ehrfürchtig sah Koki seinem Waffenbruder in die Augen. »Sie hat dir eine besondere Ehre erwiesen. Du bist ein Auserwählter.«

Wenn bestellte Speisen
zu Verbündeten werden

Den eigenen Gedanken nachhängend, saß Carl McArthur im Wohnzimmer der getarnten IOD-Operationsbasis in Bunia. Es war einer dieser seltenen Momente der Selbstreflexion. Im Grunde hatte er, der kein intaktes Familienleben kannte, der nie geheiratet oder Kinder gezeugt hatte, in seinem Leben nur eine einzige Entscheidung wirklich leidenschaftlich getroffen und ausgelebt. Nämlich die, seinem Land mit Haut und Haaren zu dienen und restlos alles seiner Vorstellung von Patriotismus unterzuordnen. Seit nunmehr 14 Jahren war er Agent der „International Operations for Development". Doch zuvor hatte er bereits seit seinem 18. Lebensjahr in Diensten der US-Regierung gestanden. Erst war da die Laufbahn bei der US-Armee gewesen, dann beim militärischen Geheimdienst DIA, bevor schließlich die IOD an ihn herangetreten war.

Für McArthur waren die USA die einzige Demokratie auf dem Planeten, die Anrecht auf eine Vormachtstellung hatte. Der Leiter des IOD-Außenpostens für Zentralafrika fasste seine Aufgabe und die zugrundeliegende Legitimation gerne in einer einfachen Formel zusammen: Großunternehmen waren die Lebensader dieser Demokratie, und Auserwählte wie er, sorgten in Afrika für die gesicherte

Versorgung mit unverzichtbaren Rohstoffen. Sein Land erhellte mit dem eigenen Glanz auch den Rest der Welt. Und das hatte eben seinen Preis. Die IOD war kurz gesagt das geheime Inkassounternehmen der Vereinigten Staaten von Amerika. Immer wieder hatte es auf dem schwarzen Kontinent Reformer und aufsässige Staatsmänner gegeben, die den zugewiesenen Platz in Frage gestellt haben. Sie alle waren auf die eine oder andere Weise mundtot gemacht worden. Und wenngleich seine Organisation dafür häufig mitverantwortlich zeichnete, vergoss McArthur doch keine Träne. Es war ja stets zum Wohle seines Landes und damit der ganzen freien Welt geschehen, davon war er zutiefst überzeugt. - So verhielt es sich aktuell auch mit Projekt Barracuda, das für gesicherten, preisgünstigen und vor allem langfristigen Zugang zu Coltan sorgte. Der radikale Islam musste militärisch im Zaum gehalten werden, und gegenüber China und Russland galt es, die eigene Vormachtstellung zu verteidigen und auszubauen.

Da kam man mit diplomatischen Arbeitskreisen bei Kaffee und Kuchen nicht weit.

Der flammende Patriot – oder was er dafür hielt – badete förmlich in seinen Gefühlen voller Pathos und moralischer Überlegenheit.

Beide Männer trugen die Kleidung einer Reparaturfirma. Der mitgeführte Werkzeugkasten rundete das Bild ab. Während sie die letzten Stufen bis zum vorgesehenen Apartment nahmen, riskierte der Kleinere einen prüfenden Blick auf die Wohnungstür direkt darunter. Schon klingelte der andere Schwarze. Anstatt abzuwarten, überwand er das

Schloss mit speziellem Werkzeug und geübten Handgriffen. Sein Partner behielt derweil die übrigen Mietparteien der Etage im Auge.

Der Plan sah vor, dass das Ehepaar mit den zwei Kindern erst im Verlauf des späteren Nachmittags zurück sein würde. Zeit genug also.

Schnell wurden sie nach Betreten des Apartments fündig und machten sich an den Wasserinstallationen im Badezimmer zu schaffen, deren Zustand erfahrungsgemäß auch so schon zu wünschen übrig ließ. Unter Berücksichtigung der Bausubstanz des Gebäudes würde der Erfolg maximal 20 Minuten auf sich warten lassen …

Bei anschließendem Erreichen der Kellerräume, hatte ein dritter Mann bereits den Kasten des zentralen Telefonverteilers unter seine Kontrolle gebracht. Zusätzliche Kabel verliefen zwischen Schaltstellen und einem mobilen Gerät am Boden.

»Bist du so weit?«, wurde dem Teammitglied die entscheidende Frage gestellt, woraufhin der lässig auf das Headset um seinen Hals klopfte.

Die aufgeregte Stimme seines Untergebenen Richard Benson riss Carl McArthur aus den Gedanken: »Mac, wir haben einen üblen Wasserschaden! Überall tropft es von der Decke!«

»Scheiße!«, fluchte der Vorgesetzte und sprang auf.

»Soll ich mal zu den Leuten über uns gehen?«

»Natürlich nicht! Ich will keinen Kontakt zu einem im Haus!« Der leitende Agent sah auf die Uhr und beruhigte sich bereits wieder: »Ruf den Vermieter an. Soll der sich sofort darum kümmern. Und schick Washington zum Essen holen. Sag ihm, ich will Fleisch.«

Die Rückkehr des Afroamerikaners Isaac Washington stellte das von Titus Mandefu zusammengestellte Team vor ein unerwartetes Problem. Ganz atypisch befanden sich in der Restaurant-Tüte unterschiedliche Gerichte – zweimal Fisch und einmal Fleisch. Um glaubhaft eine Lebensmittelvergiftung vorzutäuschen, war lediglich der Fisch präpariert worden. Somit würde einer der IOD-Agenten voll einsatzfähig bleiben. Schnell klagten Benson und Washington über Magenkrämpfe.

»Warum musstet Ihr auch unbedingt Fisch essen?!«, warf McArthur ihnen das ohne Mitleid vor. Ungehalten griff er zum Telefon. Als man ihn nicht mit der verlangten Person verbinden wollte, verschärfte sich sein Ton: »Was soll das heißen, er ist nicht zu sprechen?! - Na gut, aber schicken Sie mir jemanden, der eine Lebensmittelvergiftung behandeln kann. Und schnell!« Es folgte noch die Durchgabe der Anschrift.

Minute um Minute verging, und der verantwortliche IOD-Agent fragte sich langsam, wo diese gottverdammten Handwerker blieben, die der Vermieter schicken wollte. Es war schon bizarr. Das gesamte Geheimprojekt Barracuda bereitete ihm nicht so viel Kopfzerbrechen wie ein Rohrbruch und zwei Magenverstimmungen. Als hätten seine Gedanken etwas bewirkt, klopfte es an der Apartmenttür, und die vermeintlichen Handwerker waren zur Stelle.

»Habt Ihr vorher noch nach Gold geschürft?! Ihr Kongolesen seid wirklich nicht die Schnellsten!«

Der wortführende Mandefu-Mann reagierte betont freundlich und unterwürfig: »Tut uns sehr leid, wir mussten erst den Schaden in der Wohnung darüber beheben. Ein defektes Rohr. Dürfen wir uns jetzt bei Ihnen umschauen, bitte?«

Besänftigt ging der US-Amerikaner voraus. Vor dem Badezimmer blieb er stehen.

»Hier haben wir den Schlamassel. Nebenan in der Küche sieht es auch nicht besser aus. Also los, das soll ja nicht den ganzen Abend dauern.«

Wie die Beiden den entstandenen Schaden aufnahmen und die Statik von Decke und Fußboden überprüften, machte auf den Agenten einen seriösen Eindruck. Er kam auch zu dem Schluss, dass sie genug von ihrer Arbeit verstanden. Trotzdem hätte er sie nicht unbeaufsichtigt gelassen, wäre da nicht das Klopfen an der Apartmenttür gewesen.

»Bin gleich wieder da.«

Diesmal wartete ein Schwarzer in neutraler Kleidung und mit Arztkoffer auf Einlass, der von der ersten Sekunde an die Kontrolle übernahm: »Doktor Mulamba. Sie haben eine Lebensmittelvergiftung gemeldet. Bringen Sie mich sofort zu dem Patienten, damit ist nicht zu spaßen.«

»Zwei Patienten«, stammelte Carl McArthur perplex.

Der falsche Mediziner drängte sich an ihm vorbei. »Umso schlimmer. Die beiden haben doch nicht etwa Fisch aus einem Schnellrestaurant hier in der Gegend verzehrt? Dann wären es nämlich nicht die ersten Opfer.«

Sichtlich aus dem Konzept gebracht, eilte der IOD-Mann voraus, dabei dennoch einen prüfenden Blick ins Badezimmer werfend.

»Guter Mann, Sie müssen mir schon zeigen, wo sich die Patienten befinden. Und helfen müssen Sie mir dann auch.«

Der Zurechtgewiesene eilte weiter, während der Mann mit dem Arztkoffer seinen beiden Mitstreitern zuzwinkerte, die schon eine erste Abhörwanze positionierten.

Im Laufe der nächsten halben Stunde lenkten die drei Kongolesen den Leiter der IOD-Koordinationszentrale derart virtuos ab, dass weitere Abhörwanzen ihren perfekten Platz fanden. Hinter einer geschlossenen Tür verbarg sich ein Raum mit professioneller Kommunikationsausrüstung, in dem selbstredend auch ein elektronischer Untermieter einquartiert wurde. Unterdessen wanden und krümmten sich im Wohnzimmer die Agenten Washington und Benson.

Keine Minute zu früh verließen die falschen Dienstleister das Apartment – der Mann mit Arztkoffer nach unten, die Männer mit Werkzeugkasten nach oben. Dort verkündete der Aufschrei einer Frau gerade Entsetzen. Zweifellos hatte die vierköpfige Familie soeben den Wasserschaden entdeckt. Gutes Zureden war dringend geboten.

Zurück blieb ein ermatteter aber in keinster Weise argwöhnischer Carl McArthur.

Wie ein zweites Fort Knox

Wie gewöhnlich zu dieser nachtschlafenden Zeit war die Seitenstraße menschenleer, als der dunkle Kleintransporter hielt. Zunächst stieg nur der Beifahrer in seiner unauffälligen Straßenkleidung aus, um scheinbar ziellos auf- und abzuschlendern. Tatsächlich sondierte er die Lage und gab schließlich ein knappes Handzeichen. Daraufhin sprangen vier Männer in dunkelblauer Arbeitsmontur aus dem Laderaum, die vier identische Metallkisten ausluden. Ziel war die Notausgangstür des nächstgelegenen Bürogebäudes. Mit einem duplizierten Schlüssel überwanden sie das Hindernis ohne Zeitverlust und Einbruchsspuren.

Es begann der beschwerliche Aufstieg über das Nottreppenhaus. Dabei trugen je zwei Mann zwei übereinander gestapelte Transportkisten. Ganz mit dem sperrigen Gepäck beschäftigt, entging ihnen die sich öffnende Nottür zur fünften Etage. Wachmann und Eindringlinge starrten sich überrascht an. Es trennten sie nur wenige Stufen. „Shango" reagierte am schnellsten. Ohne Hast oder spürbare Nervosität gab er Anweisung, die Kisten abzustellen. Anschließend zog er ein Papier hervor und ging dem unschlüssigen Uniformierten damit entgegen. Dabei lächelte er gewinnend, seinem Gegenüber weiter oben das vermeintliche Auftragsdokument entgegenhaltend. Im entscheidenden Moment streckte ein blitzschneller Faustschlag den unerwünschten Zeugen nieder. Die Spritze aus dem Spezialgürtel sorgte darüber hinaus für anhaltende Bewusstlosigkeit und Amnesie. Irritiert sahen die übrigen Männer zu, wie der „Wächter der Schöpfung" den Besinnungslosen hochwuchtete, dessen Kopf gegen die raue Wand des Treppenhauses schlug und für Schürfwunden im Gesicht sorgte. Final legte er ihn weiter unten auf den Treppenabsatz, das jedoch umso behutsamer. Das Schauspiel wurde den Mitstreitern immer unerklärlicher, zumal Bonifacius die Glühbirne aus dem Beleuchtungskörper entfernte, welcher diesen Bereich erhellte.

Jetzt erst wandte er sich an sein Team: »Amnesie durch einen versehentlichen Sturz. Kann schon passieren, wenn es zu dunkel ist.«

Während er eine der abgestellten Kisten öffnete und nach geeignetem Werkzeug suchte, fuhr er fort: »Wir waren nie hier. Und es darf keinen Zweifel geben, dass wir nie hier waren.«

Mit einer brennenden Taschenlampe im Mund, machte er sich am Beleuchtungskörper zu schaffen. Als es trotz wieder eingeschraubter Glühbirne dunkel blieb, nickte „Shango" zufrieden.

Endlich auf dem Flachdach angekommen, übernahmen die Männer von Titus Mandefu die Regie. Mit einem speziellen Schussgerät und eingeübten Handgriffen stellten sie dank einer ausgeklügelten Seilkonstruktion Verbindung zum Gebäudedach auf der anderen Straßenseite her, welches ein Stockwerk höher lag. Ein letzter prüfender Blick nach unten bestätigte eine nach wie vor verwaiste Seitenstraße, und der zurückgelassene Beifahrer trat mit erhobenem Daumen aus dem Schatten einer Mauernische. Daraufhin transportierte eine Seilwinde die ersten zwei Männer problemlos hinüber. Danach wurde die erste Kiste eingehakt und auf die schwindelerregende Überquerung geschickt. Auf halbem Weg bogen urplötzlich zwei junge Männer in die Straße ein, was das sofortige Stoppen der Winde zur Folge hatte. Angespannt beobachtete das Team oben, wie die Fremden auf ihren Beifahrer zugingen, der mittlerweile lässig am Transporter lehnte. Zur allgemeinen Erleichterung ging es nur um benötigtes Feuer für Zigaretten. Die jungen Männer setzten ihren Weg rauchend fort und Kiste Nummer eins erreichte unbeschadet das Ziel.

Der zweite Metallbehälter wurde eingehakt. Dabei löste sich eine schlecht gesicherte Taschenlampe, die sich der Schwerkraft ergab und sieben Etagen tiefer auf dem Gehweg zersplitterte. Entsetzt starrte der Posten auf der Straße zur Lärmquelle, gefolgt vom Blick in Richtung der beiden Passanten.

Die kamen bereits neugierig zurück.

Wie zu befürchten, sah einer hinauf und entdeckte den frei hängenden Transportbehälter. Schon stieß er den Nebenmann an und zeigte aufgeregt nach oben. Bonifacius und seinem Team blieb nur übrig, in Deckung abzuwarten. Die nächste Aktion lag nicht in ihrer Hand.

Keine Operation auf dieser großen weiten Welt kommt ohne Notfallplan aus. Die eigentliche Kunst besteht immer wieder darin, zu erkennen, was genau schiefgehen könnte. Der unkalkulierbare Rest ist Improvisation.

„High Noon" bei Nacht, schoss es „Kali" durch den Kopf, als sie die drei Männer auf der Straße nacheinander durchs Zielfernrohr ihrer Armbrust anvisierte. Als Standort hatte sie sich einen einsamen Baum ausgewählt, dessen Höhe, Alter und Vitalität diesem sicher ein besonderes Schutzrecht einräumten. Gut so, denn andere Bäume gab es dort nicht und auch sonst keine geeigneten Standorte.

Kurz nacheinander fielen die ungebetenen Passanten um. Der Beifahrer löste sich aus seiner Erstarrung und lief zu ihnen. Die Betäubungspfeile in den Gesäßmuskeln hatten ganze Arbeit geleistet. Ein weiteres Mal ging der Daumen hoch. Mit Hilfe des Fahrers wurden die Bewusstlosen in den Laderaum des bereitstehenden Kleintransporters geschafft. Auch die Überreste der zerstörten Taschenlampe wurden eingesammelt.

Währenddessen präparierten „Shango" und seine Experten das Dach des Bürogebäudes, in welchem die US-Firmen „New World Tactics" und „Millennium Arms" residierten.

Es war am Abend darauf, kurz nach 21 Uhr, als eine Gruppe atypischer Besucher lautstark in die Übertragung eines Fußballländerspiels platzte. An der Spitze enterten Sahira und ein Mann, beide in Sanitätskleidung, das bewachte Foyer des Bürogebäudes. Dicht dahinter folgten Feuer-wehrleute in kompletter gelber Schutzbekleidung inklusive Helme mit Materialkisten.

Einer der Uniformierten am Empfang reagierte ausgesprochen gereizt auf die Störung, zumal der Tross ihn ignorierte und zügig auf die breite Treppe zuhielt, vorbei an weiterem Wachpersonal: »Hey, stopp, anhalten! Was ist hier los?!«

Der vermeintliche Einsatzleiter der Feuerwehr und neuer erste Gefolgsmann von Titus Mandefu bildete sozusagen die Nachhut und hielt souverän dagegen: »Wonach sieht's denn aus? Auf eurem Dach brennt's. Explosionsgefahr.«

»Was?!«, reagierte der Verantwortliche vor Ort alarmiert aber nicht einen Deut kooperativer. »Ihr wartet hier! Das sehe ich mir persönlich an.«

Für seine Untergebenen war es Aufforderung genug, den Treppenaufgang zu versperren, während er die Lobby verließ. Kurz darauf erschien er wieder, unverändert mürrisch. »Ich sehe kein Feuer, nur Rauch.«

Im Gegensatz zu ihm wusste Mandefus Mann, dass der Schwelbrand vorgetäuscht und per Fernzündung ausgelöst worden war. Und es sollte erst der Anfang sein. Dem Plan folgend verschärfte er den Ton:

»Hast du was an den Ohren, Chef?! Ich sagte Explosionsgefahr!«

Kaum war der Satz beendet, zerriss eine Detonation die relative Ruhe. Alle Blicke wanderten zur Decke hoch.

»Was gibt es auf dem Dach – Starkstrom, Brennbares?!«

»Energieversorgung, Kabelverbindungen …«, stammelte der private Wachschützer kleinlaut.

»Okay, reicht schon. Die Feuerwehr übernimmt jetzt das Kommando. Ihr vom Wachschutz ruft sofort in allen Büros auf den Etagen an. Die Leute sollen umgehend das Gebäude verlassen – über die Haupttreppe. Ich will da oben niemanden mehr sehen! Und holt die Fahrstühle runter, die sind ab sofort außer Betrieb!«

Angesichts dieses starken Auftritts, der keinen Widerspruch duldete, legte der leitende Wachhabende seinerseits den inneren Schalter um und verfiel in wilden Aktionismus: »Na los doch, worauf wartet Ihr noch, rauf mit euch!«

Der falsche Einsatzleiter einer ebenso falschen Feuerwehr gab seinem Team grünes Licht und konnte sich einen letzten bissigen Kommentar nicht verkneifen: »Mann, ich hoffe nur für dich, dass mich keiner dieser feinen Weißen fragt, warum das so lange gedauert hat.«

»Aber ich muss doch …«

»…, endlich machen, was ich gesagt habe!«

Sein Gegenüber brüllte die übrigen Wachleute an: »Ihr habt gehört, was der Mann gesagt hat! Muss ich denn alles alleine machen?! Und weg von der Treppe, scheiße nochmal, macht Platz!«

Als das Einsatzteam schließlich die siebte Etage erreichte, war die Haupttreppe von einer überschaubaren Anzahl aufgewühlter Büroangestellter bevölkert, die abwärts zur Lobby drängten.

Während die übrigen Männer mit Sahira Ferrara ihren Weg zur achten Etage fortsetzten, dabei Atemmasken aufsetzten und Rauchbomben zündeten, betrat Bonifacius Kidjo mit einem Mitstreiter die Büroräume von „New World Tactics“ und „Millennium Arms“. Auch sie trugen ergänzend zur Schutzbekleidung Atemmasken.

Eindringlich sprach der Agent zwei Frauen an, die noch immer Dokumente in den einzigen Archivraum schafften: »Sie müssen sich beeilen. Noch ist das Treppenhaus sicher. Aber mit jeder Minute wird es gefährlicher.«

»Das sind die letzten Unterlagen«, erwiderte eine der Mitarbeiterinnen gefasst.

»Vergessen Sie nicht zuzumachen. Puh, stattlicher Schutz. Wichtiges Material, was?«

Peinlichst auf Diskretion bedacht, schloss und sicherte sie die schwere Tür. »Sie haben ja keine Ahnung. - So, fertig. Wir sind die Letzten vom Personal.«

Die beiden Frauen befanden sich schon auf dem Weg nach unten, als Bonifacius kurzzeitig die Maske anhob. »Eine harte Nuss, diese Archivtür. Hoffentlich funktioniert unser Plan.«

Der Nebenmann nickte.

Die Aufgaben waren minutiös vorgegeben. Auf dem Dach wurde für weitere Rauchentwicklung und ein kontrolliertes Feuer gesorgt, während die in der Nacht zuvor deponierte Ausrüstung durch ein frisches Sprengloch in der Decke nach unten weitergereicht wurde. Wieder andere schnitten ein zuvor exakt ausgemessenes und markiertes, viereckiges Stück aus einem Büroteppich. Entlang dieser Grenzlinien wurde die Vorrichtung für eine punktgenaue Sprengung fixiert und herum eine transparente Kunststoffplane in Kombination mit Metallstreben hochgezogen – luftdicht verklebt an Boden und Decke. Ein durch Klett verschließbarer Durchlass ermöglichte weiterhin den Zugang.

„Kali" erinnerte das ganze Treiben an einen perfekt organisierten Ameisenstaat. Sie musste bei dem Gedanken schmunzeln, dass den Unterschied zu den Krabbeltieren im Wesentlichen nur Feuerwehranzüge und die zwei Beine ausmachten. Ansonsten zahlten sich die gefühlt endlosen

Trainingseinheiten in einem nachgestellten Szenario nun aus. Nur gut, dass das Gebäude gegenüber eine Etage weniger zählte. Das verbarg den Coup vor allzu neugierigen Blicken. Nach Sonnenuntergang die hauseigenen Sonnenrollos zu bemühen, hätte am Ende ein fatales, verräterisches Detail sein können.

Schließlich wandte sich der Sprengexperte an die Agentin: »Bereit.«

Sie zog ihr Funkgerät aus der Brusttasche. »Alles vorbereitet. Wie sieht es auf dem Dach aus?«

»Countdown kann starten«, vermeldete eine abgeklärte Stimme.

Gerade traf Bonifacius ein, der ihr zunickte.

»Okay, bei drei. - Eins, zwei, drei!«

Die zwei Sprengungen erfolgten so simultan, dass sie zu einem einzigen Lärm verschmolzen. Wieder war es im gesamten Gebäude zu hören. Eine entsprechende Rauch- und Feuerentwicklung auf dem Dach machte die Illusion perfekt.

Im Büro der obersten Etage füllte sich der Bereich innerhalb der transparenten Abdeckplane mit feinsten Betonrückständen. Das angespannte Schweigen unterstrich, wie viel von dem Gelingen der Aktion abhing.

»Hier oben sieht es jetzt ganz nach Kurzschluss und durchgeschmorten Leitungen aus. Absolut überzeugend«, unterbrach die männliche Stimme über Funk die allgemeine Stille.

Es dauerte weitere Minuten, bis sich der Staub so weit gelegt hatte, dass Bonifacius – mittlerweile von der hinderlichen Feuerwehrkluft befreit – und Sahira hineinschlüpfen konnten.

Das freie Atmen war nun problemlos möglich. Nacheinander zwängten sie sich durch die enge Sprengöffnung und landeten eine Etage tiefer auf dem heruntergestürzten Deckenteil.

Abgesehen davon war das Innere des Archivraums unversehrt geblieben. Natürlich hatte der Betonstaub auch dort Spuren hinterlassen.

Ein willkürlich anmutendes, grobes Loch im Gebäudedach und hier unten saubere Bruchkanten mit erstaunlich wenig Dreck. Koki, du hast uns nicht zu viel versprochen. Dein Sprengmeister macht seinem Namen alle Ehre. Du ersparst uns viel eigenes Personal.

»Einmal feucht durchgewischt und alles sieht wieder wie neu aus«, kommentierte „Kali" trocken, bevor sie sich einen Überblick über die Ordneraufschriften verschaffte, während über ihnen die Aufräumarbeiten begannen.

Ein Gesicht erschien in der Öffnung und unterbrach das Prüfen der Dokumente: »Es gibt Ärger. Drei Leute von „Millennium Arms" sind auf dem Weg nach oben.«

»Donnerwetter, das ging schnell. Dieser Abschaum darf es nicht bis hier rauf schaffen. Falls doch, fliegen wir auf.« Der Missionsverantwortliche fasste einen Entschluss: »Sahira, wir brauchen mehr Rauchbomben im oberen Treppenhaus. So viel, dass es ohne Atemmaske nicht geht.«

Er hob seine Partnerin hoch, bis helfende Hände sie durch die Öffnung ziehen konnten.

»Okay, schickt mir einen zweiten Mann hier runter. Es gibt viel zu fotografieren. - Und Sahira, du machst Folgendes: …«

Der Chef von „Millennium Arms" in Bunia hatte sich schon zu lange in der Lobby aufhalten lassen.

Umso entschlossener stürmte er jetzt mit zwei Begleitern der siebten Etage entgegen. Und er war festen Willens, sich selbst von Feuersbrünsten oder giftigen Gasen nicht stoppen zu lassen. Da hatte er schon ganz andere Sachen erlebt. Es musste unter allen Umständen sichergestellt werden, dass sich niemand unbefugt Zutritt zu den Büroräumen verschaffte und womöglich brisante Dokumente abhandenkamen. Nicht auszudenken. Die Rolle des Bauernopfers wäre ihm sicher.

Die drei US-Amerikaner hatten die fünfte Etage gerade hinter sich gelassen, als der dichte Rauch ihnen fast vollends die Sicht nahm. Den ersten Begleiter sah Jeff Baker bereits mit Atemnot gegen das Treppengeländer wanken. Auch er selbst begann zu husten. Von weiter oben drang ein klägliches Stöhnen bis zu ihm. Baker beschlich erste Unsicherheit, ob er dieses Risiko tatsächlich eingehen musste. Doch sein Pflichtgefühl behielt die Oberhand. Dann wurde er durch den Schleier tränender Augen hindurch zweier schemenhafter Gestalten gewahr, die eine dritte Person stützten – Feuerwehrleute. Und noch jemand schien erst nach und nach zu materialisieren, in Sanitätskleidung und ebenfalls mit Atemschutz.

Die Italo-Inderin schob ihre Maske hoch, um die Männer von „Millennium Arms" verständlicher zurechtweisen zu können: »Bis hierhin und nicht weiter! Was machen Sie überhaupt noch hier?!«

Baker hielt trotzig dagegen: »Ich muss ins Siebte, in mein Büro. Da liegen wichtige Unterlagen. Aus dem Weg!«

»Der Rauch wird Sie innerhalb von Minuten umbringen! Explosionsgefahr besteht auch. Als Rettungssanitäter darf ich das nicht zulassen. Einen Schwerverletzten haben wir schon.«

»Jetzt hören Sie mal, …«

»Was wollen Sie denn noch? Über uns ist gleich alles geräumt, die Eingänge werden gesichert. Also los, der Weg führt nach unten!«

Nachdrücklich drängten sie und ihr Team die Widersacher zurück. Es verfing. Der Niederlassungsleiter gab sein Vorhaben vorerst auf. Zum Teufel damit, wer konnte bei dem Chaos schon irgendwo einbrechen, geschweige denn sehr gut gesicherte Dokumente stehlen.

Kunststoffplane, Metallstreben sowie Vorrichtung für die Bodensprengung waren schon in einer der mitgeführten Materialkisten – bis dahin leer – verstaut, und gerade entfernte ein Mann die Saugvorrichtung von dem wieder eingesetzten Boden- beziehungsweise Deckenstück. Fasziniert sah Bonifacius dabei zu, wie der die Trittfestigkeit prüfte.

»Die Bruchkante bleibt ein Risiko. Sobald im Archivraum einer zur Decke hochguckt …«

Der Journalist beim Konstantin Verlag zeigte sich zuversichtlich: »Ist wie mit Kondomen. Ein Restrisiko bleibt immer.«

Ein Grinsen huschte über das Gesicht des Experten. »Ich denke, es wird keine Probleme geben. Von oben mit Spezialkleber aufgefüllt, von unten die überlappenden dünnen Leisten in Deckenfarbe. Ordinäres Weiß, wie von den

Informanten beschrieben. Geputzt haben wir auch. Solange niemand etwas vermutet, sollte uns das eigentlich über die Zeit retten.«

»Wir haben jedenfalls alles dafür getan. Nur zwei hörbare Explosionen, die Ursachen dafür wird man auf dem Dach finden.«

Als Nächstes wurde das herausgeschnittene Stück Teppich wieder eingefügt. Mit einer Bürste sorgfältig drapiert, war von dem Eingriff nichts mehr zu erkennen. Durch und durch zufrieden überwachte „Shango", dass auch wirklich alle verräterischen Utensilien ihren Platz in den Materialkisten fanden.

Als die Einsatzkräfte um Bonifacius Kidjo im Foyer ankamen, entging dem Wachpersonal wie geplant die deutliche Gewichtszunahme der Transportkisten. Zwar war den vermeintlichen Feuerwehrleuten die Anstrengung anzumerken, doch wurde das dem strapaziösen Einsatz zugeschrieben. Wesentlich mühseliger und natürlich auch riskanter wäre es gewesen, hätte man die brisante Ausrüstung schon bei der Ankunft dabei gehabt. Nicht umsonst war diese in der Nacht zuvor aufs Dach gehievt worden.

Wieder kam Titus Mandefus erster Gefolgsmann als Letzter am Empfang vorbei. Und wie es ihm als offiziellem Einsatzleiter zukam, klärte er über den Stand der Dinge auf: »Es gab einen Kurzschluss in den Versorgungsleitungen. Ein Schwelbrand hat dann die Explosionen ausgelöst – in einer Kettenreaktion. Schlecht gewartete Leitungen und Transformatoren. Es ist immer dasselbe. - Ach ja, es wurde auch ein Loch ins Dach gerissen. Das sollte schnellstens in Ordnung gebracht werden.«

Jeff Baker, der bei dem überraschend zurückhaltenden, obersten Wachmann ausharrte, brannte es sichtlich unter den Nägeln: »Wann kann ich wieder rauf?«

»Gute Frage. Wer sind Sie denn?«

»Millennium Arms. Siebte Etage.«

Der Mann mit den Informationen verströmte Zuversicht: »Drei Stunden Geduld, dann sollte man wieder gefahrlos atmen können. Gute Nacht.«

Auf der Straße hatte sich inzwischen ein ziemlicher Menschenauflauf gebildet.

Polizei sorgte für Ordnung und bahnte eine Schneise vom Gebäudeeingang bis zu den beiden Feuerwehrfahrzeugen. Aus dem Hintergrund beobachteten MONUSCO-Blauhelme das Geschehen aber machten keine Anstalten, Gelände- und Mannschaftswagen zu verlassen.

Auch deren schwer bewaffneter Panzerwagen rührte sich nicht.

Vorbei am Spalier der Schaulustigen erreichte auch der Letzte das größere mobile Ziel in Rot und stieg ein. Bonifacius nickte ihm zu und klopfte dem Fahrer von hinten auf die Schulter.

Der setzte das schwere Gefährt in Bewegung, gefolgt von dem weniger imposanten Mannschaftstransportfahrzeug.

Kaum Platz für Freude, wenn der Erfolg von dem getrübt wird, was noch vor einem liegt. Wie der mythologische Herakles während seiner zweiten Aufgabe: Man schlägt der vierköpfigen Hydra einen Kopf ab und läuft Gefahr, dass neue nachwachsen.

Erschöpft waren sie alle, doch als einer der Männer die Nationalhymne „Debout Congolais" – „Steht auf Kongolesen" – anstimmte, konnte sich dem niemand entziehen, auch Bonifacius nicht. Und er war sich sicher, dass es im zweiten Fahrzeug genauso zuging, sogar Sahira dort bestmöglich mitsang.

Egal, was noch auf sie zukommen würde, dieser Moment gehörte dem 14-köpfigen Kommandotrupp, der soeben ein tollkühnes Husarenstück abgeliefert hatte.

Alarmierte Verschwörer auf der Pirsch

Nach wie vor war Jan De Greef an das behelfsmäßige Krankenlager im Haus seines Freundes gefesselt, welches somit auch als Operationsbasis dienen musste.

»Unserer Abhöraktion im IOD-Apartment haben wir eine neue Erkenntnis zu verdanken. Das Regionalkommando der US-Armee in Stuttgart ist ein weiterer Kopf der Hydra«, warf Bonifacius gerade in den Raum.

Dass der Belgier beeindruckende Fortschritte hinsichtlich seiner Genesung machte, bewies er, indem er sich eigenständig in die Höhe stemmte. »Was soll das heißen?«

»Vom „Africa Command" aus werden alle US-Aktivitäten auf dem afrikanischen Kontinent koordiniert, militärische wie zivile. Entweder das gesamte Regionalkommando ist in Projekt Barracuda eingebunden und damit auch Pentagon und Regierung, oder aber Verschwörer besetzen entscheidende Schlüsselpositionen und unterwandern die Strukturen. So oder so, die IOD-Leute scheinen fest daran zu glauben, im Interesse ihres Landes zu handeln. Und die Hintermänner bekleiden ganz offensichtlich auch hohe politische Ämter.«

In einer Mischung aus Besorgnis und Mitgefühl blickte der „Wächter der Schöpfung" zu Titus Mandefu. »Es waren

IOD-Agenten, die das „Belle Etage" angezündet und deine Männer getötet haben, Koki.«

Der nahm die Information mit eiserner Miene und entrückter Stimme auf: »Dann waren es auch IOD-Agenten, die mich in meinem Wagen attackiert haben. Was sonst noch?«

»Was ist mit diesem Haus oder dem „Bantu-Club"? Die rücken dir gefährlich auf den Pelz.«

Der Großneffe von Professor Kajembe starrte weiter vor sich hin. »Mein Club? Wird gut bewacht. Mein Haus? Finden die Yankees nicht. Deshalb sind wir ja hier. Also, was sonst noch?«

„Kali", die abwartend an der Wand lehnte, kam seiner Frage nach: »Nur mit dem Instrumentarium des AFRICOM war es denen möglich, ein Operationsgebiet geheimzuhalten, das in etwa der Fläche Mallorcas entspricht. Man verhinderte auswertbare Luft- und Satellitenaufnahmen, blockierte alle angefragten Überfluggenehmigungen.«

»Höchste Zeit für einen neuen Alliierten«, läutete „Shango" das nächste Kapitel der Kongo-Mission ein.

Vollen Unbehagens betrachtete Carl McArthur den hohen IOD-Repräsentanten neben sich ihm Fond, während sie einem Ziel am Rande Bunias entgegen fuhren. Die Tatsache, dass man es für nötig erachtete, ihm diesen Mann zur Seite zu stellen, war seines Erachtens der Bedeutung des Projektes Barracuda geschuldet oder es zeugte von Unzufriedenheit und Nervosität. Seit dem Flughafen war sein Besucher nun schon ausgesprochen wortkarg. Ein Umstand, der McArthur auch nicht eben zuversichtlicher stimmte.

»Ich fasse zusammen«, beendete der andere Mann die unbehagliche Stille so freudlos wie ein Mafiabuchhalter, »trotz eines ganzen Kommandos konnte dieser De Greef nicht liquidiert werden. Stattdessen ist er seither von der Bildfläche verschwunden. Wie konnte es dazu kommen?«

»Das war nicht unser Kommandounternehmen«, entgegnete der Befragte um Selbstvertrauen und Überzeugungskraft bemüht.

»Und Titus Mandefu? Die Restaurant-Aktion und das Fiasko am helllichten Tag auf offener Straße?«

Es war nicht wegzudiskutieren, dass sich der Kongolese als äußerst wehrhaft erwiesen hatte, also versuchte sich der Leiter des IOD-Außenpostens für Zentralafrika gar nicht erst in langen Erklärungen. Stattdessen setzte er auf Entschlossenheit: »Wenn wir ihn nicht direkt zu fassen kriegen, halten wir uns weiter an sein Umfeld. Er wird einen Fehler machen. Der Bastard ist schon so gut wie tot.«

»Wir sind nicht die US-Streitkräfte, die bei Problemen alles einebnen. Unsere Organisation operiert im Schatten, präzise wie ein Chirurg.« Der IOD-Repräsentant mit dem persönlichen Kontakt zu SYTRAX-Inhaber Klaas De Koninck schaute aus seinem Seitenfenster. »General Kirundo will wissen, was mit seinen Leuten in Bukavu passiert ist – Sie wissen schon, das Frauenkrankenhaus. Und er ist kein geduldiger Mann. Hinter unserer „Black Op“ in Brüssel steht auch noch ein dickes Fragezeichen.«

Es war wohl klüger, sich jedes weiteren Kommentars zu enthalten, soweit hatte es Carl McArthur begriffen. - Unweit eines von hohen Dornensträuchern geschützten Anwesens war die Fahrt schließlich zu Ende. Aufmerksam beobachteten die beiden, wie aus dem Begleitfahrzeug hinter ihnen zwei Männer ausstiegen, die sich auf das geschlossene Einfahrtstor zubewegten.

»Kein Personal, keine Autos, alle Fensterläden geschlossen. Also für mich sieht dieses zweigeschossige Privathaus verlassen aus.«

Der mitschwingende Spott war nicht zu überhören. Doch selbst darauf wollte McArthur nicht eingehen, war es doch bereits das dritte Objekt, welches sie derart verwaist vorfanden. Bislang verborgen hinter einer undurchdringlichen Wand aus Geäst, Dornen und Blättern, tauchte urplötzlich ein finster dreinblickender Schwarzafrikaner mit ebenso gefährlich anmutendem Wachhund am Tor auf. Kurz darauf trat ein zweiter Mann von drinnen vor den Hauseingang, der eine mitgeführte Maschinenpistole demonstrativ zur Schau stellte.

»Verdammt, was soll das?!«, entfuhr es McArthur verständnislos.

»Pfeifen Sie unsere Leute zurück.«

»Zum Bantu-Club?«

Jetzt legte der kritische Besucher erstmals Schärfe in seine Äußerung: »Und dann?! Denken Sie etwa immer noch, Sie hätten es mit einem Schmalspurganoven oder hergelaufenen Baumwoll-Nigger zu tun?! Mandefu sendet uns eine Botschaft. Er gibt uns zu verstehen, dass er uns kennt. - Ich will genau wissen, was in letzter Zeit in und um Bunia passiert ist. Jeder noch so kleine Vorfall, der direkt oder indirekt uns betrifft oder betreffen könnte.«

Zu Gast im
MONUSCO-Stabsquartier Bunia

Inmitten eines Innenstadtverkehrs, der allen Verkehrsregeln spottete, legten die beiden „Wächter der Schöpfung" auf der vergleichsweise breiten, asphaltierten Straße Gelassenheit an den Tag.

Vor allem genossen sie den angenehmen morgendlichen Fahrtwind bei offenen Fenstern. Verkaufsstände säumten ihren Weg, abwechselnd mit bunt schillerndem Obst, einer Vielzahl farbenfroher Kleidungsstücke oder kulinarischen Leckereien bestückt. In loser Folge fanden sich dahinter auch Ladengeschäfte aller Art – das gewohnte Bild.

Unter den wenigen ausladenden Laubbäumen saß die Bevölkerung zu Klatsch und Tratsch beisammen. Immer wieder wechselten Geldscheine den Besitzer. Wie überall in der Provinzhauptstadt lebten die leid- und krisengeprüften Einheimischen routiniert ihren Alltag. Niemand konnte schließlich vorhersagen, wann die nächste bewaffnete Rebellenhorde oder Miliz einfallen würde – in einer Woche, einem Monat, einem Jahr …

»Lass uns auf dem Rückweg etwas Würziges essen, da, unter dem Baum«, verkündete Sahira beiläufig.

»Und dazu zuckersüßes Obst«, stimmte Bonifacius ein. »Vorausgesetzt natürlich, wir kommen wieder zurück.«

Seine Partnerin bedachte ihn mit einem strengen Seitenblick.

Ziel war ein dreistöckiges Schachtel-Gebäude mit schneeweißem Grundanstrich und UN-blau gestrichenen Fenstern und Türen hinter Mauer und Stacheldraht. Auch aufgrund seiner exponierten Lage am oberen Ende der Straße war es unübersehbar. An der Hauswand erkannte man bereits in großen blauen Lettern die Aufschrift 'MONUSCO HQ BUNIA'. Allerdings war die Anfahrt nur bis kurz vor einen schwerbewaffneten Vorposten hinter Sandsäcken und Absperrgittern möglich, der zudem über einen Panzerwagen verfügte. Zwischen Vorposten und Zugangstor befanden sich noch zwei zusätzliche MG-Nester. Helme und Schutzwesten in Blau waren allgegenwärtig.

Unbehelligt parkte der Journalist und Agent den Kompaktwagen am nahen Straßenrand. Nach der obligatorischen Kontrolle beim Vorposten und am Tor brachte der Fußweg in Begleitung eines Soldaten einen ganzen Gebäudekomplex plus Exerzierplatz und umfangreichem Fuhrpark in Weiß zum Vorschein – von kleinem Geländewagen bis zum schweren Panzer.

Um Punkt 10 Uhr betrat die Ordonanz das Büro und salutierte. Am Schreibtisch saß ein Oberst in Uniform. Der dichte schwarze Schnauzbart ließ die Gesichtszüge des kommandierenden Offiziers noch strenger wirken. In eine Inventarliste vertieft, sah dieser auf.

»Herr Oberst, die erwarteten Journalisten.«

Oberst Ayub Mazari nahm die Presseausweise entgegen und erhob sich, wobei er flüchtig über die Uniform strich.

Dass er nicht von beeindruckender Statur war, nahm ihm nichts von seiner Respekt gebietenden Ausstrahlung.

»Ich lasse bitten.«

Daraufhin traten Bonifacius Kidjo und Sahira Ferrara ein, zusammen mit zwei Wachsoldaten, die neben der Tür Posten bezogen. Angesichts der Aura dieses Mannes verspürten selbst die Gäste den Impuls, strammzustehen.

»Boliba Jäger und Sarah Khan, herzlich willkommen«, eröffnete der Gastgeber nach kurzem Blick auf die Ausweise dezent höflich. Er wies auf zwei bereitstehende Stühle. »Bitte. - Trinken Sie eine Tasse Tee mit mir, aus meiner pakistanischen Heimat?«

Auf ein Kopfnicken Mazaris hin trat die Ordonanz ab.

Ganz unverdächtig holte „Shango" das mitgeführte Aufzeichnungsgerät hervor, um es vor sich auf den Tisch zu legen. Als er jedoch den Zeigefinger auf die Lippen legte und einen kaschierten Schalter betätigte, reagierten die Wachen alarmiert. Nur die rasche Handbewegung des Obersts hielt sie zurück. Auf dem Display erschien ein neues Symbol, woraufhin der Agent dazu überging, den Raum mit seinem getarnten Wanzendetektor systematisch abzusuchen. Neugierig folgte Ayub Mazari dem ungewöhnlichen Treiben von seinem Sessel aus.

Währenddessen wahrte „Kali" den Schein mit einem belanglosen Monolog: »Vielen Dank, dass Sie dem Interview zugestimmt haben, Oberst Mazari. Noch dazu an diesem wunderschönen Morgen. Ich möchte gleich auf den Punkt kommen. Die Umweltreportage betrifft indirekt auch die UN-Mission. Uns geht es um den Zustand des Regenwaldes im gesamten Kongobecken. Und Sie kennen sich insbesondere mit den Waldgebieten der nordöstlichen Provinzen in der Demokratischen Republik Kongo bestens aus …«

»Einen Augenblick, bitte«, unterbrach sie der Hausherr geistesgegenwärtig, als Bonifacius per ausgestrecktem Zeigefinger auf eine positive Display-Anzeige aufmerksam machte, »mir kommt da gerade eine Idee.«

Er griff zum Tischtelefon.

»Wir werden das Interview im Blumengarten weiterführen. Lassen sie dort servieren.« Damit wandte er sich wieder an seine Gäste.

»Kommen Sie, der Blumengarten wird Ihnen gefallen.«

Der Blumengarten entpuppte sich als ein Kartenraum im Kellergeschoss, nicht sehr groß und steril. Eigenhändig schenkte Oberst Mazari den bereitgestellten Tee ein. Nach wie vor waren zwei Wachsoldaten zugegen.

»Nicht ganz das, was Sie sich unter einem Blumengarten vorstellen, wie? Als ich hier das Kommando übernommen habe, zierte eine geschmacklose Blumenmustertapete den Raum. Nun, die Tapete war schnell entfernt. Aber die Erinnerung ist uns geblieben.« Das feine Lächeln wich einer zwingenden Sachlichkeit. »Als Besprechungsraum etwas ungemütlich aber dafür sicher. Damit kommen wir zu Ihnen. Wer sind Sie beide wirklich, und wer hört mich ab?«

„Shango" sah demonstrativ zu den Wachsoldaten hinüber. Für Sekunden beschränkte sich der Oberst darauf, sein Gegenüber ausgiebig einzuschätzen.

Ohne den Blick von ihm abzuwenden, gab er schließlich seinen Befehl: »Warten Sie vor der Tür!«

Dem wurde umgehend Folge geleistet.

»Ich höre.«

»Wir sind nicht im Auftrag des Konstantin Verlages hier. Die Umweltreportage in Verbindung mit der UN-Mission hier im Kongo war vorgeschoben, unsere Ausweise und Namen sind falsch. Das, worüber wir mit Ihnen sprechen müssen, betrifft eine internationale Verschwörung, die sich direkt vor Ihrer Nase abspielt. In dem Zusammenhang sollen Sie auch von Ihrem Posten entfernt werden. Deshalb die Abhörwanzen. Auf die Art hofft man wohl, etwas Belastendes in die Hände zu bekommen. Es dürfte zudem um die gesamten MONUSCO-Aktivitäten in Ituri gehen.«

Der Nachfahre einer einst ruhmreichen Fürstendynastie blieb erstaunlich ruhig: »Wir sind in der Demokratischen Republik Kongo. Intrigen und Verschwörungen spielen sich hier jeden Tag ab. - Also keine Journalisten. NGOs mit täuschend echten Dokumenten, so professionell und dann noch einer Verschwörung auf der Spur – auch unwahrscheinlich.«

Ich würde dir ja zu gerne sagen, wer wir wirklich sind. Aber wem kann man in diesem Spiel bis wohin trauen? Wenn du wüsstest, was wir wissen, könntest du unsere Vorsicht verstehen. Belassen wir es für den Augenblick dabei.

»So ist es. Einer Regierung sind wir auch nicht verpflichtet. Dafür aber den Menschen hier. Lassen Sie uns einfach berichten, was wir bis jetzt in Erfahrung gebracht haben. Kann doch nicht schaden.«

»Meine Herrschaften, Sie machen den zweiten Schritt vor dem ersten. Wieso ich?«

»Weil Sie ein Mann sind, der seinem Gewissen folgt. Sie haben aber auch was von einem angeketteten Wachhund mit Maulkorb. Das entspricht Ihnen und Ihren Möglichkeiten nicht.« Sahira gelang das Kunststück, diese unbequeme Wahrheit ungemein respektvoll darzubieten. »Sie haben mehr Fans als Sie vielleicht ahnen.«

Oberst Ayub Mazari behielt sein Pokerface bei. »Gut. Ich werde mir anhören, was Sie zu sagen haben. Und anschließend lasse ich Sie wahrscheinlich verhaften.« Wie zum Beweis nahm er seine Pistole aus dem Gürtelholster, die nun griffbereit auf den Tisch gelegt wurde. »Ist Ihnen das klar?«

Bonifacius blieb keine Wahl. »Das Risiko müssen wir eingehen.«

Geduldig ließ sich der Oberbefehlshaber von den geheimen Pentagon-Dokumenten sowie den Vorkommnissen in Brüssel, Libreville und Bukavu berichten. Von den jüngst in Bunia durchgeführten Operationen erfuhr er hingegen noch nichts. Gegen Ende der Ausführungen erhob sich der Pakistaner, um auf einer Wandkarte die Ituri-Provinz nachdenklich zu betrachten.

»Und jetzt erwarten Sie von mir was?«

»Das Richtige zu tun«, erwiderte Sahira. »Folgen Sie Ihrem Instinkt und Ihrem Gewissen.«

»Wir fahren hier die größte, teuerste und wohl unzulänglichste Friedensmission der Vereinten Nationen. Mit bis zu 20.000 Soldaten überwacht die MONUSCO ein Gebiet, von dem alleine die Provinz Süd-Kivu annähernd die Größe Irlands hat. Was die Gesamtfläche angeht, ist die Demokratische Republik Kongo das zweitgrößte Land

Afrikas. Ausrüstung und Motivation sind ein weiteres Problem.«

Er schenkte allen Tee nach und setzte sich. Seine Stimme spiegelte einen unheilvollen Cocktail aus Ohnmacht, Frustration und Müdigkeit wider: »Alle Jahre wieder kommen die Hochglanzsoldaten aus den Industrieländern, um uns zu unterstützen. Selbstverständlich nur für begrenzte Zeit, dafür aber medienwirksam und bestens ausgerüstet. In solchen Momenten kommt mir immer wieder in den Sinn, was Ché Guevara schon 1960 vor der UN-Vollversammlung sagte: 'Ich möchte insbesondere auf den schmerzlichen Fall des Kongo hinweisen. Er zeigt einzigartig in der modernen Geschichte, wie unter absoluter Straffheit und mit arrogantestem Zynismus das Völkerrecht missachtet wird.' - Über ein halbes Jahrhundert später plagt mich das Gefühl, die UN-Friedensmission unterwirft sich noch immer denselben falschen Interessen.«

Andächtig trank Mazari seinen Tee. »Sein und Schein liegen nah beieinander. Meinen Sie nicht auch, Herr …? Ach ja, richtig! Wenn Sie so gut wären, mir Ihre tatsächlichen Namen zu verraten. Ich würde es als vertrauensbildende Geste betrachten.«

Keine Bitte stand dem Oberst ins Gesicht geschrieben, sondern der Nachdruck eines Mannes mit absoluter Entscheidungsgewalt. Bonifacius würde es darauf ankommen lassen, weil sie Mazari unter allen Umständen ins Boot holen mussten.

»Bonifacius Kidjo und Sahira Ferrara. - Ja, durchaus. Für zu viele Menschen ist der schöne Schein zu einer Lebens-maxime geworden.«

Der Berufsoffizier lächelte bitter: »Wer Wahrhaftigkeit erkennen will, muss oft tief graben. Die verdiente Wahrheit enthält man den Menschen vor, beschäftigt sie stattdessen mit Alltagsproblemen, blendet sie mit materiellen Nichtigkeiten.«

»Dann helfen Sie uns, endlich Licht ins Dunkel zu bringen«, preschte Sahira impulsiv vor.

»Ich erzähle Ihnen etwas über die Realitäten hier, Frau Ferrara.« Bei diesen Worten hatte Mazaris Lächeln milde, beinahe schon väterliche Züge angenommen.

»Als ich diesen Posten angetreten habe, noch zu Zeiten der MONUC, standen wir gerade unter erheblichem Druck. Es gab zahlreiche Beschwerden über Waffenschiebereien, Beteiligungen an illegalem Rohstoffhandel, sexuelle Übergriffe. Auch die mangelnde Bereitschaft, die Zivilbevölkerung aktiv zu schützen, war ein großes Thema. Unter meinem Kommando im Stabsquartier Bunia wurden dann alle Verdachtsfälle penibel untersucht. Überführte Soldaten ließ ich unehrenhaft aus den mir unterstellten Einheiten entfernen und machte kein Geheimnis daraus. Paradoxerweise hat mir das ernste Probleme mit dem Hauptquartier in Kinshasa eingebracht. Man empfand diese Art der Öffentlichkeitsarbeit, wie soll ich sagen, als schädlich für das Ansehen der UN-Friedensmission hier im Kongo. Ein anderes Beispiel: Selbst als marodierende Rebelleneinheiten begannen, meine Soldaten gezielt zu töten, hat es mich noch große Anstrengungen gekostet, bis ein modifiziertes Mandat endlich die Selbstverteidigung sowie den Schutz der Zivilbevölkerung mit allen erforderlichen Mitteln militärischer Gewalt erlaubte. Als Folge konnten wir in der Provinz Ituri

12.000 Milizionäre entwaffnen. Auf dem Papier war es ein Durchbruch. Aber in der Praxis war ich weiterhin gezwungen, um jeden Kampfeinsatz förmlich zu betteln – oft genug erfolglos. In einigen Fällen musste die demonstrierende Zivilbevölkerung Einrichtungen der Vereinten Nationen erst massiv mit Steinwürfen traktieren, bevor wir ihr beistehen durften. Seit 2010 läuft dieser Dauereinsatz zur Friedenssicherung und Stabilisierung im großen Kongo unter der Bezeichnung MONUSCO – mit im Schnitt 15.000 bis 20.000 Soldaten und etwa 5.000 Zivilkräften aus 113 Nationen. Mir untersteht sogar eine 3.000 Mann starke, sogenannte Interventionsbrigade mit speziellem Kampfauftrag inklusive Kampfhubschraubern und schwerer Artillerie. Insgesamt bleibt aber festzuhalten: Abgesehen von den pakistanischen und indischen Einheiten kommen die bereitgestellten Soldaten in der Regel aus Entwicklungsländern, schlecht ausgebildet und miserabel ausgerüstet. Sie sind nur hier, weil deren Regierungen hohe Kopfpauschalen von der UN erhalten. Diesen Männern ist kaum zu vermitteln, was ihre Aufgabe ist oder warum sie ihr Leben dafür riskieren sollten. So wie ich das mittlerweile sehe, ist die ganze UN-Mission ein von und für ausländische Machtinteressen um Einfluss und Rohstoffe betriebenes Schaulaufen. Nehmen wir nur die letzten paar Präsidentschaftswahlen im Land. Die amtierenden Regierungen wurden zur Einhaltung des Abkommens von Lusaka aus dem Jahr 1999 gedrängt: Abzug aller fremden Truppen vorantreiben, die starke Präsenz von UN-Truppen dulden, freie Wahlen gewährleisten. Aber Fakt ist, dass sich die fremden Truppen mit Duldung und Unterstützung führender Wirtschaftsmächte im Osten des Kongo festgebissen haben, vor allem der USA. Auch die geforderten freien Wahlen wurden von den USA zumindest teilweise gesteuert.«

Sahira wählte den Moment ihres Einwurfes sorgsam: »Oberst Mazari, Blutcoltan beeinflusst Tag für Tag den Alltag annähernd jedes Menschen auf diesem Planeten. Wenn Sie unser Alliierter werden, sorgen wir für eine nachhaltige, couragierte Medienberichterstattung weltweit. Was wir gemeinsam aufdecken werden, ist ein Verbrechen gegen die Menschlichkeit. Es betrifft sowohl unmittelbare Opfer und Täter als auch ganze Industrien, durchweg alle Konsumenten und sämtliche Volkswirtschaften. Und unterschätzen Sie nicht die Menschen auf den Straßen. Das wird einen geistigen und emotionalen Flächenbrand auslösen.«

Ihr Partner legte konsequent nach: »Falls Sie wirklich das Gefühl haben, falschen Zielen zu dienen, bieten wir Ihnen hier und jetzt die Chance, für eine gute Sache zu kämpfen – an vorderster Front. Oder fürchten Sie sich vor disziplinarischen Konsequenzen? Nun, ich bin mir sicher, die Weltöffentlichkeit würde Sie als Helden feiern. Dem könnten sich selbst die Köpfe der UN nicht entziehen. Und sollten wir wider Erwarten scheitern, werden Sie zumindest ohne Selbstzweifel abtreten.« Ein verschmitztes Grinsen machte sich breit. »Ein neues Leben als gern gesehener Talkgast in TV und Radio wäre Ihnen sicher.«

Der Umgarnte drehte die Teetasse in den Händen und schien seine Entscheidung in der Wandkarte zu suchen. »Als ich vor etwa drei Jahren die Order erhielt, meine Männer aus einem Kommandogebiet weit nördlich von Bunia abzuziehen, hieß es dazu nur, alle gewaltbereiten Gruppierungen seien entwaffnet und der Abschnitt damit befriedet. Ich habe das nicht einmal vor mir selbst in Frage gestellt. Es war einfach nur eine Sorge weniger.«

Als sich Ayub Mazari erneut Bonifacius zuwandte, glaubte der endlich ernsthaftes Interesse zu erkennen.

»Gibt es handfeste Beweise – Fotos, Dokumente, Namen?«

Aus einer mitgeführten Tasche erhielt er daraufhin eine Auswahl abfotografierter Unterlagen.

Diese entstammten dem Archivraum der US-Firmen „New World Tactics" und „Millennium Arms", dazu die Satellitenaufnahmen des Professor Kajembe zum geheimen Ituri-Gebiet.

Die wichtigsten Informationen waren farbig markiert. Zudem stellte Sahira ihm ein Abspielgerät mit Gesprächsmitschnitten aus dem IOD-Apartment auf den Schreibtisch.

Noch immer in die Prüfung der Beweise vertieft, nickte der Oberst anerkennend: »Mit den Besten vor Ort scheinen Sie ja schon zusammenzuarbeiten. An dieses Material heranzukommen, alle Achtung, hervorragende Referenzen.« Er hielt abrupt inne. »Moment mal! Das brennende Bürogebäude im Zentrum, der Feuerwehreinsatz. Alles inszeniert?!«

Seine Gesprächspartner beließen es bei einem hintergründigen Lächeln, woraufhin Mazaris herzhaftes Gelächter den Raum erfüllte.

Einen Wermutstropfen wollte „Shango" dem möglichen Verbündeten in spe jedoch keinesfalls vorenthalten: »Wir sind ziemlich sicher, dass eine Rebellenarmee unter General Felix Kirundo da oben operiert. Wir haben nur keine genaue Vorstellung davon, in welcher Truppenstärke.«

»Gut 3.000 Mann«, kam die überraschende Antwort prompt. »Wenn ich brauchbare Informationen benötige, verlasse ich mich ganz sicher nicht auf amerikanische Dienste oder CNN, Sie verstehen.«

Als Nächstes nahm er die Pistole vom Schreibtisch, um sie zurück ins Gürtelholster zu stecken. Seine Entscheidung tat er kund wie eine Randnotiz – die formelle Sachlichkeit eines erfahrenen Kommandeurs: »Ich werde bis zu 850 Soldaten meiner Interventionsbrigade auf Abruf bereithalten, voll ausgerüstet und motorisiert. Daran sind zwei Bedingungen geknüpft: Erstens, ich werde an der weiteren Operationsplanung beteiligt. Zweitens, das Kennwort der Operation lautet "Große Angel".«

Jetzt waren die beiden Agenten in zweifacher Hinsicht verblüfft. Neben der großzügigen Bereitstellung von Männern und Fahrzeugen sollte nun auch noch eine merkwürdige Begriffskomposition ihren Zweck erfüllen.

Spielerisch fasste sich der durchaus humorvolle Pakistaner an den Schnauzbart, wobei seine Lachfalten um die Augen ein weiteres Mal voll zum Zuge kamen. »Es war doch vom Projekt Barracuda die Rede. Und für so einen aggressiven Raubfisch benötigt man unbedingt eine große Angel.«

Heißer Draht nach Addis Abeba

Der frisch zubereitete äthiopische Hochlandkaffee nährte das wohlige Gefühl von tiefer Verbundenheit mit seinem Kontinent. Sicher, Doktor Moses Narok war dem Pass nach Kenianer und sah sich durchaus als Patrioten im besten Sinne. Doch als renommierter Politikwissenschaftler mit Schwerpunkt der geopolitischen Wechselwirkungen in Bezug auf Afrika und mehreren dazu verfassten Sachbüchern, hatte er den gesamten Kontinent, einschließlich dessen Vielseitigkeit im Blick. Seine Werke standen bei all jenen hoch im Kurs, die gewillt waren, ein anerzogenes Schwarz-Weiß-Weltbild zugunsten einer komplexeren Sichtweise aufzugeben. Aus Sicht eines Doktor Narok war in dieser Hinsicht noch immer viel Aufklärungsarbeit zu leisten. Bewusst oder unbewusst – selbst sogenannte Qualitätsmedien in Europa und Übersee hatten häufig die Tendenz, Schwarzafrika wie ein einziges Land darzustellen, pauschal zerrissen von Hunger, Armut, Krankheit, Korruption und Rückständigkeit. Passend dazu wurden insbesondere Schwarzafrikaner gerne als unselbständige, ungebildete Opfer gezeigt. Eben diese Simplifizierung drückte einen realen Rassismus aus, denn selbstverständlich gab es genauso auch schwarzafrikanische Ausbeuter und Profiteure, kreative Geschäftsleute und Firmeninhaber,

Millionäre. Und das in 54 Ländern Afrikas, die so unterschiedlich waren, wie jene 47 in Europa.

In Addis Abeba, der höchstgelegenen Hauptstadt Afrikas, pulsierten Herz und Verstand eines modernen Kontinents, wie es viel zu selten in die Welt getragen wurde. Breite asphaltierte Straßen, futuristisch anmutende Gebäude sowie unzählige Bäume und gepflegte Parkanlagen waren genauso selbstverständlich, wie traditionelle Märkte, Kleidung und Speisen. Das Café, in welchem der Kenianer gerade seinen Kaffee genoss, bot ein perfektes Beispiel. Ausstattung und Anmutung konnten nach westlichen Standards als modern und auf dem neuesten Stand bezeichnet werden. Gleichwohl atmete es das afrikanische Erbe. Accessoires wie ein großes Wandbild, welches eine Mutter mit ihrem trinkenden Baby an der Brust zeigte, oder das aufwendig in Handarbeit gefertigte Holzmobiliar standen dafür. Vasen, Skulpturen, Wandmotive – ein Kniefall vor der reichen Kulturgeschichte Ost- und Zentralafrikas. Gäste waren Einheimische aber auch internationales Publikum verschiedensten Alters, geschmackvoll gekleidet von traditionell afrikanisch über modern europäisch bis hin zu raffiniert kombiniert. Besonders Letzteres mochte der Politikwissenschaftler und Buchautor. Der schwarze Kontinent brachte überaus talentierte Modedesigner hervor, die sich an keine strikten kulturellen Abgrenzungen gebunden fühlten, vielmehr das Beste aus verschiedenen Welten vereinten. Diese ganze Diskussion um das Thema der ‚kulturellen Aneignung‘, wie sie in Ländern wie Deutschland aktuell geführt wurde, empfand er als rückwärtsgewandt und realitätsfern. Denn seit jeher hatte diese sogenannte kulturelle Aneignung überall dort zu einer kulturellen Bereicherung und Weiterentwicklung geführt, wo fremde Kulturen in den Dialog getreten sind.

Es fiel ihm nicht leicht, diesen gastlichen Ort der Toleranz, Entspannung und unbeschwerten Kommunikation zu verlassen. Doch die eingehende Nachricht auf seinem Mobiltelefon erinnerte ihn an den bevorstehenden Termin.

Das komfortable Auto, welches ihn zu seinem Ziel beförderte, gehörte zum Fuhrpark einer Institution von herausragender kontinentaler Bedeutung. Momentan interessierte sich Doktor Moses Narok aber mehr für die beeindruckende Skyline von Addis Abeba. Nach und nach glitten seine Gedanken ab, und er machte sich einmal mehr seine Bedeutung für die „Wächter der Schöpfung" bewusst. Bereits seit etlichen Jahren fungierte er als eine Art verschwiegener Botschafter überall dort in afrikanischen Metropolen, wo Fingerspitzengefühl und Geheimdiplomatie gefragt waren. So war er es auch gewesen, der im Rahmen der aktuellen Kongo-Mission eine kleine, handverlesene Gruppe von wichtigen Beratern und Entscheidungsträgern in Äthiopiens Hauptstadt ausgewählt hatte, denen man das gesammelte Material zum Geheimprojekt Barracuda bedenkenlos hatte zuspielen können. Heute nun würde er in einem finalen Gespräch deren Entscheidung darüber entgegennehmen, ob mit Unterstützung gerechnet werden konnte. Eine Prognose war sinnlos. Immerhin ging es um eine Verschwörung von internationaler Tragweite, um den strategischen Rohstoff Coltan, um die Demokratische Republik Kongo mit zentraler Bedeutung für die Zukunft des gesamten Kontinents. Mit anderen Worten, man hatte eine Entscheidung angesichts eines Pulverfasses in seiner Mitte zu fällen.

Mit dem Hauptsitz der „Afrikanischen Union" kam das Ziel seiner Reise ins Blickfeld. Sowohl architektonisch als auch der Größe nach war der Gebäudekomplex atemberaubend, wie aus einem Science-Fiction-Film entlehnt. Bei dem studierten Mann gesetzten Alters stellte sich Nervosität ein. Innerhalb der nächsten Stunde würde es heißen: Stehen oder Fallen der Operation „Große Angel" im Herzen Afrikas, im Nordosten der Demokratischen Republik Kongo.

Endlich im holzgetäfelten Sitzungsraum angekommen, glaubte der kenianische „Wächter der Schöpfung", bereits zwei positive Hinweise erkannt zu haben. Punkt eins, er war ungemein diskret durch das Gebäude geführt worden, bis in diese gleichfalls diskret gelegenen Räumlichkeiten. Punkt zwei, die fünf involvierten Personen waren vollständig anwesend. Hinzu kam, dass der Name Dr. Moses Narok einen tadellosen, will heißen durch und durch vertrauenswürdigen Ruf genoss. Zudem hatte er dort schon in der Vergangenheit das eine oder andere bewegen können. - Schnell waren die Höflichkeiten ausgetauscht. Gemeinsam nahm man an einem ovalen Sitzungstisch Platz. Getränke und Gebäck standen bereit.

»Was wir da an Informationen erhalten haben, ist in höchstem Maß beunruhigend«, begann der Wortführer der AU-Granden besorgt. »Doktor Narok, wir sind Ihnen zu großem Dank verpflichtet und respektieren es, dass Sie Ihre Informanten in dieser Angelegenheit nicht offiziell benennen wollen. Ich darf versichern, dass wir, die wir hier mit Ihnen sitzen, ebenfalls auf äußerste Diskretion bedacht sind. Und das aus sehr gutem Grund. Auch eine „Afrikanische Union" wird von Kräften beeinflusst und unter Druck gesetzt, die es nicht zwingend gut mit unserem Kontinent meinen. Kräfte, die die Attitüde des Kolonialherrn noch immer nicht abgelegt haben.«

»Genau dieses Kolonialgebaren liegt dem Projekt Barracuda zugrunde«, hakte der Gast ein. »Wir Afrikaner sollten nicht darauf vertrauen, dass Industrienationen, die am Tropf unserer Rohstoffe hängen, in unseren Ländern Fluchtursachen bekämpfen werden. Wir alle wissen, dass das nur eine weitere Lüge ist. Nein, wir Afrikaner müssen es selbst richten. Die „Afrikanische Union" muss aufstehen und konsequent Führung übernehmen. Unsere Brüder und Schwestern gehören auf diesen Kontinent, hier müssen wir sie schützen. Dass sie Europa fluten, gereicht letztlich uns selbst zur Schande.«

Seine Worte verfehlten ihre Wirkung auf die Adressaten nicht, wenngleich eine Entscheidung vermutlich schon feststand. Die fünf Gesprächspartner sahen sich vielsagend an.

»Sie haben in allem recht«, übernahm der Vorsitzende wieder. »Auch wenn wir in dem vorliegenden Fall im eigenen Haus vorsichtig agieren müssen, sehen wir uns den Zielen der „Afrikanischen Union" unbedingt verpflichtet: 'Die Bekämpfung gravierender wirtschaftlicher, sozialer und gesundheitlicher Missstände als Haupthindernisse für Entwicklung und Fortschritt.' Und unser Kontinent wird niemals gesunden, wenn es die Demokratische Republik Kongo nicht tut. - Die AU-Charta enthält konkret zwei für

276

die aktuelle Situation entscheidende Punkte. Zum einen ist zwingend die Souveränität jedes Mitgliedsstaates zu beachten. Zum anderen ist grundsätzlich auch ein militärisches Eingreifen der AU in ihren Mitgliedsstaaten möglich. Dafür unterhalten wir die „Afrikanische Friedenstruppe".«

Selbst der ansonsten ausgesprochen besonnene Politikwissenschaftler konnte die aufkommende Erregung kaum noch beherrschen: »Bedarf so ein Eingreifen nicht einer umfassenden Vorbereitung und Abstimmung nach innen und außen?«

»Selbstverständlich, eigentlich schon. Aber Projekt Barracuda zwingt uns zu drastischen Maßnahmen. Wenn es gelingen soll, darf nichts über offizielle Kanäle kommuniziert werden. Künftig wird unsere Friedenstruppe auch mit einer „Schnellen Eingreiftruppe" operieren können. Nur wenige wissen, dass diese Spezialeinheit bereits existiert und einsatzbereit ist. Also, Doktor Narok, legen Sie uns eine entsprechende Bitte der kongolesischen Regierung um Unterstützung vor und übermitteln Sie einen gangbaren Einsatzplan ...«

Vom richtigen Instinkt und günstigen Gelegenheiten

In der oberen Etage des „Bantu-Club" sorgte die frohe Kunde von der aktiven Beteiligung des Oberst Ayub Mazari für verhaltene Freude.

»Wir treffen den Oberst morgen in den Räumen der Erzdiözese«, brachte Bonifacius Kidjo die Mitstreiter auf den neuesten Stand. »Es war sein Vorschlag. Unverdächtig und verschwiegen, wie er meint. Dort werden wir gemeinsam Operation „Große Angel" ausarbeiten.«

»Tut mir leid, wenn meine Neuigkeiten weniger stimmungsvoll sind«, ergriff Titus Mandefu das Wort. »Mehrmals die Woche verlassen Holztransporter das kongolesische „Bermudadreieck". Zielort ist eine Fabrik nahe Isiro, über 300 Kilometer weiter westlich. Die dort angelieferten Baumstämme haben falsche Markierungen. Die Fabrik wurde vor zweieinhalb Jahren von einem belgischen Unternehmen erworben, das wiederum Geschäftsbeziehungen zur SYTRAX in Brüssel unterhält.«

»War eine gute Idee, die wichtigsten Routen zu überwachen«, zollte Sahira Ferrara ihm Anerkennung.

»Meine Leute sind einem der LKWs gefolgt und nachts in die Fabrik eingestiegen. Die lassen ihr Zeug ziemlich offen rumliegen.« Frustriert mixte er sich am Servierwagen den gewohnten „Cuba Libre". »Wenn das so weitergeht, ist vom wertvollen Baumbestand bald nichts mehr übrig.«

„Shango" konzentrierte sich nur auf das momentan Wesentliche.

»Dann können wir den Zusammenhang zwischen illegalem Holzeinschlag und SYTRAX jetzt schwarz auf weiß nachweisen?«.

»Oh, ja. «

»Sehr gut. Sonst noch was?«

»Das Frauenhospital in Süd-Kivu. Laut Abhörinformationen funktioniert die Finte von eurer Beseitigung unverändert.«

»Als wandelnde Leiche lebt es sich ziemlich lebendig«, spottete „Kali" humorlos, die an der Panoramascheibe stand und hinuntersah.

»Mein abhandengekommener Großonkel und die erfolglose Suche nach mir sind auch ein permanentes Thema. Aber die bringen das nicht mit euch beiden in Verbindung«, berichtete Mandefu weiter.

Der sitzende Bonifacius schüttelte kaum merklich den Kopf, während er über den Lederbezug des Sessels strich. »Ich weiß nicht. Irgend etwas stimmt nicht.«

»Das Beste habe ich mir für den Schluss aufgehoben«, reagierte der Alliierte mit einem vollendeten Pokerface und brachte die Eiswürfel im Glas zum Klingen. »Der Minister, der den Semue-Nationalpark zur staatlichen Sperrzone erklärt hat, steht in Verbindung mit der IOD. Jetzt hat der korrupte Drecksack mehr Geld gefordert, damit die Regelung nicht aufgehoben wird. Der Mann ist zumindest teilweise über Projekt Barracuda unterrichtet. Und siehe da, seine Delegation wird im Büro der US-Sicherheitsdienstleister erwartet.«

Das ließ den Agenten seinen Argwohn beiseiteschieben: »Koki, wenn wir dem Staatspräsidenten einen korrupten Minister und Verschwörer auf dem Silbertablett servieren, wie groß wäre wohl seine Dankbarkeit?«

Titus Mandefu ließ sich mit der Antwort Zeit, wägte genau ab. »Wir haben es mit einem demokratisch legitimierten Präsidenten in seiner ersten Amtszeit zu tun. Ein Machtpolitiker, der die Sicherheit im Ostkongo zum obersten Ziel erklärt hat. Ein Erfolg würde ihm einen breiten Rückhalt in der Bevölkerung einbringen und seinen Namen unsterblich machen. Nagele mich nicht darauf fest, aber ja, die Chancen stehen ziemlich gut, dass er dankbar und sehr entgegenkommend wäre. Das wäre mal ein Durchbruch im Land – korrupte Politiker öffentlich zum Teufel jagen und ausländische Parasiten gleich mit.«

»Okay, also wie sollten wir deiner Meinung nach weiter vorgehen?«

»Ich denke da an eine bestimmte Person, integer und einer seiner Vertrauten. Wenn wir den überzeugen, haben wir auch den Präsidenten.«

»Also dann, deine Kontakte sind gefragt. Aber Koki, auf dem ganz kleinen Dienstweg. Kein Wort darf nach draußen dringen, US-Administration und UN-Kanäle sind tabu. Wir wollen nicht den Bock zum Gärtner machen.«

»Wenn General Kirundo wirklich über 3.000 bewaffnete Soldaten verfügt, brauchen wir einen militärischen Zaubertrick«, ließ sich Jan De Greef vernehmen, der ausgestreckt und noch immer bandagiert auf der Ledercouch lag. »Oberst

Mazaris Interventionsbrigade von 850 Mann wird alleine nicht ausreichen.«

»Vertrauen wir auf die keimenden Selbstheilungskräfte Schwarzafrikas.«

Der Belgier reagierte mit Unverständnis auf Bonifacius' Worte: »Etwas dürftig, findest du nicht?«

»Du hast vollkommen recht. - Was wir brauchen, ist ein „Trojanisches Pferd".«

Sahira gesellte sich zu dem Ex-EUFOR-Soldaten und begutachtete dessen Bandagen. Wie beiläufig brachte auch sie den Namen des potenziell gefährlichsten Kopfes der Hydra ins Spiel: »Felix Kirundo.«

»Genau, Felix Kirundo, der Tutsi-Rebellengeneral aus Ruanda«, nahm der Missionsverantwortliche den knappen Zuruf auf. »Wie sich herausgestellt hat, haben er und Oberst Mazari schon das eine oder andere Mal die Klingen gekreuzt. Wie auch immer, es ist gelungen, mir einen persönlichen Interview-Termin mit Kirundo zu verschaffen – dem Konstantin Verlag sei Dank. Ich kann es kaum erwarten, diesem Monster persönlich zu begegnen.«

Als die DR Kongo ohne vorherige diplomatische Konsultationen 1.000 Soldaten ins Grenzgebiet zum Südsudan verlegte, sorgte das international für Aufsehen. Wie die Regierung vermelden ließ, handelte es sich bei dem Truppenaufmarsch um ein Manöver zur wirksameren Grenzsicherung. Man verwies insbesondere auf die politisch instabile Situation im Nachbarland und einen ausufernden Waffenschmuggel im Grenzgebiet. Abgesehen von südsudanesischen Regierungskreisen, wurden die angeführten

Motive von niemandem ernsthaft kritisiert oder in Frage gestellt. Selbst im Nachbarland Uganda fand man lobende Worte für das Bemühen um Stabilität in der Region.

Am frühen Vormittag klopfte es an der Apartmenttür der IOD-Koordinationszentrale in Bunia. Isaac Washington hielt die Tür zunächst verschlossen.

»Wer ist da?!«

»Die Handwerker! Es geht nochmal um den Wasserschaden!«

»Das ist doch schon ewig her!«

»Wir müssen aufnehmen, was auszubessern ist!«

»Moment!«, antwortete der Afroamerikaner. Gleich darauf rief er in den Flur hinein: »Mac, da sind wieder die Handwerker von neulich! Du weißt schon, der Wasserschaden!«

»Lass sie rein, die kommen sonst immer wieder!«, dröhnte es aus einem der Zimmer.

Der IOD-Agent öffnete, hielt seine Pistole jedoch schussbereit hinter dem Rücken verborgen. »Okay Jungs, dann kommt mal rein. Ihr wisst ja, wo es langgeht.«

Schmerzhafte Erinnerungen an die überstandene Lebensmittelvergiftung suchten ihn heim.

Dabei übersah er, dass einer der vermeintlichen Handwerker kurz zurückblieb, um sich einen offenen Schnürsenkel zu binden.

Im Badezimmer begannen die Kongolesen sogleich, Formulare, Werkzeug und Stift aus der mitgeführten Werkzeugtasche zu holen. Das wiederum bewog den IOD-Mann, endlich die Hand von der Schusswaffe zu nehmen.

»Sehen Sie sich mal diesen Schaden an«, zeigte sich einer der Dienstleister alarmiert.

Arglos trat der Angesprochene näher heran, dem Blick zur Zimmerdecke folgend. Der zweite Mann hielt eine Spritze bereit, deren Inhalt zielsicher in den Hals injiziert wurde. Die betäubende Wirkung setzte fast augenblicklich ein. Als Carl McArthur um die Ecke bog, blickte er direkt in den Lauf der erbeuteten Handfeuerwaffe.

»Der dritte Mann?«

Die einzige Antwort war ein verächtliches Grinsen. Der Leiter der Koordinationszentrale wollte lieber auf seine Chance warten. Stattdessen wurde die Tür zum Kommunikationsraum geöffnet und Richard Benson trat heraus. Nach Erfassen der Situation hetzte er zurück. Doch die hinterhergeworfene Werkzeugtasche traf noch vor Erreichen der Pistole in den Nacken. Benson strauchelte, schlug mit der Stirn gegen den Arbeitstisch, woraufhin ihm die Beine versagten. Zwei kräftige Fußtritte pressten kurz darauf die Luft aus seinen Lungen. Als Letztes verspürte er einen Einstich im Hals.

Gleich daneben wurde der hartgesottene Carl McArthur auf einem Stuhl platziert, wo er sich weiterhin überlegen gab: »Für wen arbeitet Ihr zwei Scheißer? Ihr habt ja keine Ahnung, wem Ihr da ans Bein pisst.«

»Die großen Amerikaner, vom Jäger zum Gejagten«, höhnte der wortführende Schwarzafrikaner. »Ihr habt nicht mal gemerkt, dass wir euch verwanzt haben.«

Wer hinter dieser Abhöraktion steckte, das wollte der verbliebene IOD-Agent in Erfahrung bringen. Alles musste penibel vorbereitet worden sein, von versierten Profis. Dreist hatten sie sich in die Höhle des Löwen gewagt. Und das ihm.

»Erschießt mich einfach, dann brauch ich mir das Gewäsch nicht länger anzuhören, Boy.«

»Da weiß ich was Besseres. Wir übergeben dich den Mayi-Mayi. Das sind Lumumba-Anhänger, wusstest du das? Soll ich dir sagen, was diese spirituellen Krieger mit gefangenen Yankees machen? Sie häuten euch lebendig. Die Mayi-Mayi haben vor niemandem Angst und halten sich für unverwundbar. Ihr Glaube ist so stark, dass sie sogar ohne Schusswaffen kämpfen.«

McArthur war speiübel. Nach all den Jahren im Afrikaeinsatz hatte ihn dieses „Negerpack" zum ersten Mal am Schwanz gepackt. Er konnte sich beileibe viele Foltermethoden vorstellen, denen er sich aussetzen würde, nur um diese Demütigung rückgängig zu machen.

»Sag schon, für wen arbeitet Ihr?«

»Du zuerst«, erwiderte Mandefus Getreuer gereizt. »Hat einer von euch die Leute im „Belle Etage" ermordet?«

»Barracuda!«, schrie sein Gegenüber urplötzlich, und vier mit kurzen Maschinenpistolen Bewaffnete stürmten in den Raum.

Mit Genugtuung sah Carl McArthur dabei zu, wie die Kongolesen mit hinter dem Kopf verschränkten Händen vor ihm auf die Knie gezwungen wurden.

»Titus Mandefus Jungs, also. Und wer steckt noch dahinter?«

Das eisige Schweigen ließ den Hausherrn zur Maschinenpistole eines Untergebenen greifen. Auf Einzelschuss eingestellt und mit Schalldämpfer bestückt, drückte er einmal ab.

Der Nebenmann auf Knien kippte lebensgefährlich getroffen zur Seite.

»Hoffentlich bist du jetzt redseliger, Boy. Beeil dich besser, dein Kumpel verblutet.« Mit der soeben abgefeuerten Waffe wies er auf den bewusstlosen IOD-Agenten Benson. »Er und ich haben eure Leute von der Terrasse des Restaurants gestoßen. Zufrieden? Und eure scheiß Abhörwanzen hier haben wir auch entdeckt.«

Plötzlich tanzten Laserpunkte durch den Flur, und Betäubungsgeschosse streckten zwei überraschte IOD-Agenten nieder. Als schließlich Bonifacius und Titus Mandefu im Kommunikationsraum auftauchten, war von den anwesenden Gegenspielern nur noch Carl McArthur bei Bewusstsein.

»Wie seid Ihr reingekommen? Die Tür war gesichert«, platzte es ungläubig aus ihm heraus.

»Nicht gesichert«, erwiderte „Shango“ trocken.

Indes kniete sich Mandefu neben seinen mit dem Tod ringenden Mitarbeiter und ließ sich von dem noch unversehrten Getreuen berichten. Die darauf folgende Aktion dauerte gerade mal zwei Sekunden: Er zog seine Pistole und exekutierte Richard Benson mit einem gezielten Schuss. - Diesem Schicksal entging McArthur nur dank des reaktionsschnellen Eingreifens des „Wächters der Schöpfung“.

Der fuhr den Alliierten scharf an, dessen hochgerissenen Waffenarm er noch immer fest gepackt hielt: »Einer ist mehr als genug! Wir sind nicht wie die!«

Den IOD-Vollstrecker weiterhin mit unversöhnlichem Blick fixierend, ließ der kongolesische Patriarch die Waffe sinken. »Ich vergesse dich nicht, versprochen.«

Zögernd ließ Bonifacius ihn los. »Wie willst du das erklären?«

»Was erklären und wem? Schon vergessen, wo wir sind? Wo die Hölle ist, kümmert sich jeder um seine eigenen Toten.«

Für den Moment wollte sich „Shango" nicht weiter mit dieser Logik auseinandersetzen, vielleicht weil ein Teil von ihm die Beweggründe Kokis teilte. Kurzentschlossen setzte er sich Carl McArthur gegenüber, zeigte auf den kämpferischen Geschäftsmann.

»Sieh ihn dir gut an. Denkst Du, ich kann ihn ein zweites Mal aufhalten?«

Der US-Amerikaner beugte sich unbeirrt vor. »Ihr wusstet, dass wir die Abhörwanzen gefunden haben. Wie, erklär's mir.«

»Rechne mit dem Unwahrscheinlichen und erkenne Abweichungen vom Gewohnten. Die Art, wie und was Ihr gesprochen habt ... – So, jetzt habe ich eine Aufgabe für dich. Nimm Kontakt zu eurer Minenverwaltung auf, danach zum hiesigen Büro von „New World Tactics" und „Millennium Arms". Ich will, dass du genau das weitergibst, was ich dir jetzt sagen werde. Ein Fehler, und wir schicken dich doch noch zu den Mayi-Mayi.«

Operation „Große Angel" läuft an

Gegen 17 Uhr betrat eine vierköpfige Delegation die Büroräume der beiden US-Sicherheitsdienstleister in Bunia. Mit professioneller Höflichkeit führte die Assistentin der Geschäftsleitung die erwarteten Gäste an unbesetzten Schreibtischen vorbei bis in einen Sitzungsraum, wo bereits die beiden Chefs für Zentralafrika sowie ein weiterer Assistent warteten. Die Begrüßung verlief routiniert, wenn auch mit spürbarer Verunsicherung seitens der Gastgeber.

»Meine Herren, Sie sehen uns etwas überrascht«, kam Jeff Baker von „Millennium Arms" dann auch ohne Umschweife auf den Punkt. »Bisher waren alle Parteien immer sehr auf Diskretion bedacht – auch Minister Kamwanya.«

Der Leiter der kongolesischen Delegation lächelte charmant. »Genau darum soll es gehen, um Diskretion.«

»Ich verstehe nicht.«

»Wird unser Gespräch mitgehört oder aufgezeichnet?«, wurde der Gast konkreter.

Geradezu empört schüttelten beide Adressaten den Kopf, und Ken Marshall von „New World Tactics" sprang darüber hinaus vom Sessel auf, nachdem man erst kurz zuvor Platz genommen hatte. »Selbstverständlich nicht! Wir stehen doch auf derselben Seite.«

»Umso besser. Bis morgen bleiben wir hier alle zusammen. Aber ganz sicher nicht auf derselben Seite.«

Wie auf Kommando zogen die Begleiter Pistolen unter ihren Jacketts hervor.

Nachdem der erste Schock überwunden war, sah Ken Marshall den Kopf der Eindringlinge forschend an. »Worum geht es, die Öl- und Gasfelder am Albertsee?«

»Projekt Barracuda. Dafür habt Ihr den Großteil eurer Söldner doch eingeflogen.«

Marshall und Baker blickten sich überrascht an.

Titus Mandefus erster Gefolgsmann begann erneut zu lächeln, diesmal deutlich schelmischer. »Ich schlage vor, Ihr Brüder findet eure Sprache wieder, es gibt einiges zu tun. - Wie nehmt Ihr üblicherweise Kontakt zur Minenverwaltung auf?«

Während Marshall widerspenstig auf den Boden starrte, hielt Baker ein Katz-und-Maus-Spiel angesichts der Waffen und ihrer Verantwortung für die eigenen Mitarbeiter für zu riskant, zumal die Gegenspieler gut informiert zu sein schienen.

»Wir kommunizieren über eine sichere Satellitenverbindung.«

»Na dann fang mal gleich damit an …«

Es folgten Instruktionen, die der US-Amerikaner nicht unwidersprochen hinnehmen wollte: »Das ist doch wohl ein schlechter Scherz.«

»Aber wieso denn, Ihr weißen Spitzenmanager kennt euch doch in den Bordellen dieser Welt aus. Schwört auf Monogamie und betrügt zur selben Zeit eure Ehefrauen. Wir in Afrika ersparen uns diese Heuchelei.«

Das amüsierte die übrigen Kongolesen, während der Gesichtsausdruck ihres Anführers bedrohliche Züge annahm: »Und ich will es überzeugend. Immer dran denken, wir Kongolesen sind fröhliche Menschen, die von Natur aus lieber tanzen, als Gewalt anzuwenden. Aber wir leben in zu harten Zeiten, für die Ihr gesorgt habt.«

»Wer schickt euch?«, fand der Verantwortliche für „New World Tactics" doch noch zurück ins Gespräch.

»Jedenfalls gehören wir nicht zur Mannschaft des korrupten Ministers François Kamwanya.«

Es war lange nach Sonnenuntergang, als die Propellermaschine auf der Piste ausrollte. Männer in schwarzer Kampfmontur und mit Maschinenpistolen sicherten das Areal. Was dem Lufttaxi dann entstieg, zog selbst die Aufmerksamkeit des disziplinierten Sicherheitspersonals länger als erforderlich auf sich.

Der leitende Sicherheitsbeauftragte der SYTRAX vor Ort war ganz und gar nicht davon angetan. Ihm war völlig schleierhaft, wessen schwachsinnige Idee das sein konnte und noch mehr, wer das autorisiert hatte. Ein Anruf aus Bunia am späten Nachmittag, schon musste er diesen Zirkus dulden. Zugegeben, die zehn Frauen waren eine Sünde wert, aber das vor Ort war schließlich kein Urwaldpuff. Jeder Fremde stellte eine potenzielle Gefahr für die Geheimhaltung dar. Und was wollte dieses nichtafrikanische Mischblut, das direkt auf ihn zukam, etwa nachverhandeln?

Für Sahira Ferrara lag es nahe, dass der einzige nicht uniformierte Mann Entscheidungsgewalt hatte.»Hallo, Schatz. Wir sind hier, um euch Leichtmatrosen auf

Vordermann zu bringen. Weißt du schon, wer mitspielen darf?«

Von der forsch frivolen Art überfahren, machte Erik Verstappen keinen Hehl daraus, dass ihm die Situation nicht behagte: »Haltet euch hier draußen zurück. Ihr steht unter Beobachtung.«

Zügig ging er voran. »Hier lang. Wir haben ein separates Haus hergerichtet.«

»Hase, du musst unbedingt lockerer werden.« Sie griff ihm kräftig an den Hintern. »Ist doch nichts, immer nur Handschleuder.«

Der Weg führte auch in Richtung des Verwaltungsgebäudes, zumindest vermutete „Kali" das aufgrund der bislang vorliegenden Informationen.

Allerdings blieb ein in Frage kommender Bau von ihrem Führer unbeachtet.

»Was ist da drin, sieht wichtig aus?«

»Nicht für euch«, reagierte Verstappen dünnhäutig.

»Was denn, die Buchhaltung?«, stichelte sie weiter und blieb demonstrativ stehen.

Der Belgier musste zusehen, wie sich die übrigen Grazien um sie versammelten. Zähneknirschend gab er nach: »Verwaltung und Kommunikationszentrale. - So, weiter jetzt.«

Zweifellos das Zielobjekt. Sahira führte ihre Mitstreiterinnen dorthin und überhörte dabei geflissentlich die hektischen Warnrufe von Führer und Wachpersonal.

»So ein Dreck! War ja klar, dass die Weiber Ärger bringen würden!«, fluchte Verstappen und hetzte hinterher.Als er einen der US-Söldner die Waffe anlegen sah, fuhr er ihn tobend an: »Wohl verrückt geworden! Das sind leichte Mädchen, keine schweren Jungs!«

Mit Sahira sprang er nicht pfleglicher um: »Und jetzt zu dir! So eine Aktion kann hier schnell ins Auge gehen, verstanden?!«

Die Agentin änderte kurzerhand ihre Strategie, gab sich erbost: »Ich weiß nicht, was wir eigentlich hier sollen! Treffen irgendwo im Nirgendwo auf einen Haufen Impotenter, die mit uns einen Nachtspaziergang machen wollen! Vergiss es, Junge! Wenn Ihr ein richtiges Nachtmanöver erleben wollt, dann genau hier in diesem Haus! Wir laufen keinen Meter mehr!«

Die Verunsicherung des SYTRAX-Mannes ließ sie verführerisch nachlegen.

Schlangenhaft schmiegte sich ihr Arm um Nacken und Schultern, den entblößten Oberschenkel rieb sie an seinen Genitalien.

»Du bist doch ein Kerl, oder? Dann mach die lästige Tür auf, hol dazu wen immer du willst, und lass uns endlich Spaß haben«, hauchte „Kali" ihm leckend ins Ohr.

Um zusätzliche Unruhe zu vermeiden, schloss er widerstrebend auf. »Okay, rein mit euch. Wartet da.« Per Handzeichen zitierte er als Nächstes mehrere Sicherheitskräfte herbei. »Ihr fünf passt drinnen bei den Frauen auf, ihr zwei bleibt vor der Tür. Ich komme gleich zurück. - Keine wird angefasst!«

Hinter dem weiblichen Kommando nebst Bewachern schloss sich die Gebäudetür. Sie standen in einem großen, steril wirkenden Raum ohne schmückende Akzente, dafür mit

Schreibtischen und Regalen. Eine Treppe führte in die obere Etage.

Die „Wächterin der Schöpfung" öffnete ihre Tasche mit Wechselkleidung, schaute den schwarz uniformierten Rotschopf hinter sich lasziv an. »Kein Grund, hier nur dumm rumzustehen.«

Die „Kolleginnen" folgten dem Beispiel, widmeten sich dem Inhalt ihrer Taschen. Als „Kalis" lauter Pfiff ertönte, mutierten augenblicklich alle zu präzise agierenden Kämpferinnen. In Geheimfächern mitgeführte Betäubungsinjektionen wurden überfallartig eingesetzt, zusätzliche Tritte und Schläge erstickten jeden Widerstand im Keim. Die harten Trainingseinheiten im Vorfeld machten sich nun bezahlt.

Die Kommandos der Anführerin erfüllten die Kampfstätte: »Los jetzt! Fenster besetzen, Unterlagen zugänglich machen, nach Waffen suchen! Ich kümmere mich um den Funkverkehr!«

Auf dem Weg zurück zum Hauptgebäude verspürte Erik Verstappen süße Genugtuung. Sein Begleiter, dieser arrogante IOD-Repräsentant aus Übersee, schien immer verdammt viel mehr zu wissen als er – aber nicht dieses Mal.

»War ja eine Glanzleistung, die da reinzulassen, Herr Verstappen. Wieso hat man mich nicht von dem Flugzeug unterrichtet?«

»Es sind nur Frauen. Und sie stehen unter Bewachung.«

Der ungehaltene Gesprächspartner sah den SYTRAX-Mann mit festem Blick an. »Jemand arbeitet seit Wochen gegen uns. Wir werden abgehört, wir verlieren unsere

Männer, unsere Zielpersonen lösen sich in Luft auf. Aber Sie denken, Nutten hierher einzufliegen sei normal. Natürlich! Können Sie sich eigentlich vorstellen, dass die uns womöglich ausspionieren sollen?!«

»Sie pissen den falschen Baum an, Mister!«, platzte dem Belgier der Kragen. »Ich bin keiner Ihrer Lakaien! Wenn Ihre Leute Mist bauen, scheißen Sie die doch zusammen! Der Befehl für die Nutten kam direkt aus dem Büro von „Millennium Arms". Das ist doch wohl offiziell genug.«

Vor ihnen tauchte das zentrale Gebäude auf. Die beiden Posten hielten unverändert Wache.

»Na bitte, weggerannt sind Ihre Spione schon mal nicht«, höhnte Verstappen. »Verlangen Sie nach Verstärkung, oder reichen Ihnen die sieben Landsleute?«

Der US-Amerikaner verfügte weder über ausgeprägten Humor, noch hatte er eine hohe Toleranzschwelle gegenüber Sarkasmus. »Gehen Sie mir besser aus den Augen, Sie nachgemachter Sicherheitsexperte!«

Als der weitgereiste IOD-Repräsentant gemeinsam mit den beiden Posten vor der Tür eintrat, traute er seinen Augen nicht. Die Prostituierten, welche er eingehend zu verhören wünschte, vergnügten sich am Boden und auf den Schreibtischen mit ihren fünf Bewachern. Zu spät durchschaute er die List. Die abkommandierten Männer waren in Wahrheit bewusstlos, und außerhalb des direkten Sichtfeldes standen weitere Frauen mit den erbeuteten Maschinenpistolen im Anschlag bereit.

»Wenn die Herren dann bitte nähertreten wollen. Die Waffen übergeben Sie den Damen«, ordnete Sahira ruhig an.

»Nicht schlecht. Wirklich nicht schlecht«, reagierte der illustre Gefangene mit anerkennendem Händeklatschen. »Ich bin neugierig. Wollen Sie Beweise sichern? Wie wollen Sie die von hier fortschaffen?«

»Wir können die Vernichtung verhindern, das genügt schon«, blieb seine Gegenspielerin cool.

»Verstehe – für den an ein Wunder grenzenden Fall, dass dieses Gebiet von Helfern überrannt wird. Und wie lange meint Ihr die Stellung ganz alleine halten zu können?«

»So lange wie nötig. Eure Bande von Coltan-Verschwörern ist von der Umwelt mehr abgeschnitten als wir.«

Die Zuversicht der jungen Frau begann ihn zu beunruhigen. Das kannte er sonst nur von verblendeten Extremisten ohne Todesangst. Aber auch ihr Wissensstand zeugte von einer ernsten Bedrohungslage.

Genug Smalltalk für Sahiras Geschmack. Die nächste Spritze hielt sie bereits in der Hand.

Massive Truppenbewegungen der kongolesischen Armee von Norden her sorgten in den frühen Morgenstunden gleich für doppelte Aufregung. Der Grund: Die Kommunikationsdrähte von Brüssel und Stuttgart aus in die kongolesische Provinzhauptstadt Bunia und das geheime Ituri-Sperrgebiet liefen zwar heiß, doch weder der SYTRAX-Sicherheitschef Ruben Wouters, noch der Verbindungsoffizier beim AFRICOM, Colonel Jack Martins, konnten das IOD-Apartment oder die Minenverwaltung erreichen. Die automatischen Telefonanlagen von „New World Tactics“ und „Millennium Arms“ empfingen die Anrufe mit einer freundlichen aber ergebnislosen Warteschleife. Selbst Ken

Marshall und Jeff Baker schienen mit ihren Mobilfunkge-
räten in ein permanentes Funkloch gefallen zu sein.

Von der Entführung einer Ameisenkönigin

General Felix Kirundo stand in gewohnt maßgeschneiderter, grüner Tarnuniform plus rotem Barett am Rand einer unbefestigten Start- und Landepiste. Geradezu akribisch putzte er die Gläser seiner Sonnenbrille, während der Blick sich irgendwo im morgendlichen Dunst verlor. Mit seiner Rolle innerhalb des Projektes Barracuda war er zufrieden. Der Profit aus dem Coltan-Handel deckte seinen Bedarf mehr als ordentlich. Die über IOD und AFRICOM organisierten Waffenlieferungen an seine 3.800 Mann starke Rebellenarmee erfolgten reibungslos und in so großem Umfang, dass er in absehbarer Zeit den Marsch gen Süden würde antreten können. Unter seinem Kommando würden sie die Hutu-Milizen im Kongo bis auf den letzten Kämpfer ausmerzen. Letztlich dank eines internationalen Waffenembargos, welches so löchrig war wie ein Schweizer Käse. Wenn dann endlich die Heimkehr nach Ruanda anstand, würde seine Streitmacht dermaßen umjubelt und imposant sein und er selbst über so große Finanzmittel verfügen, dass dem erfolgreichen Kampf um das Amt des Staatspräsidenten nichts mehr im Weg stehen konnte. Von Anfang an hatte er Projekt Barracuda als persönlichen Steigbügelhalter auserkoren. Er, Felix Kirundo, wollte und würde die Karten in Zentralafrika neu mischen, wo nötig militärisch. Dabei scherte es ihn wenig, dass die USA in dem amtierenden Präsidenten Ruandas einen engen Verbündeten und zuverlässigen Erfüllungsgehilfen sahen. Auch wenn der noch so oft an der US-Generalstabsakademie des Heeres in Fort Leavenworth ausgebildet worden wäre, am Ende würde die neue Faktenlage für sich sprechen. Projekt Barracuda mit mächtigen Strippenziehern in den USA war ein Faustpfand, das auf Gedeih und Verderb zusammenschweißte. Ein Ass, das von ihm international jederzeit ausgespielt werden konnte.

Die Gedankenspiele des Tutsi-Rebellengenerals wurden von einer Transportmaschine im Landeanflug beendet. Seine Armbanduhr zeigte 8 Uhr 54.

Ein Adjutant eilte herbei und salutierte. »Von Süden nähert sich ein starker MONUSCO-Militärverband.«

»Oberst Mazari«, kommentierte Kirundo abfällig.

Die Nachricht beunruhigte ihn nicht, auch wenn ein Eindringen in die definierte Sicherheitszone ein denkbar schlechtes Szenario darstellen würde. Zweifelsohne konnte der pakistanische Oberst ein ernstzunehmender Gegner sein, wenn er erst Blut geleckt hatte. Zum Glück spielte der Mann in einem erbärmlichen Team. Das erweiterte UN-Kampfmandat war rein akademisch, die Interventionsbrigade nicht viel mehr als ein Papiertiger. Sollte Mazari seine Männer ruhig Gassi führen, solange sie nur nicht zu weit vorrückten. In dem Fall würde den Blauhelmen ein verlustreicher Rückzug bevorstehen.

»Was ist mit der Verbindung nach Bunia?«

»Noch immer niemand zu erreichen.«

»Halten Sie mich über die Truppenbewegungen auf dem Laufenden. Ich will einen detaillierten Bericht über Anzahl und Ausrüstung.«

Das leichte Transportflugzeug CASA C-212 „Aviocar" mit Heckladerampe war seinerzeit eigens für Einsätze in unzugänglichen Gebieten konstruiert worden, das Modell seit den frühen 70er Jahren gefragt. Entsprechend mustergültig verlief die Landung auf der registrierten Piste, knapp außerhalb des von Kirundo kontrollierten Gebietes. Die Presse sollte keine entvölkerten Landschaften und zerstörten Dörfer zu Gesicht bekommen. Stattdessen wollte der General die Gelegenheit nutzen, um sich einen Eindruck vom Wissensstand des avisierten Journalisten zu verschaffen.

Bonifacius stieg in Begleitung zweier Schwarzer aus, die eine Schulterkamera und einen Metallkoffer trugen. Letzterer wurde von einem Soldaten Kirundos inspiziert, enthielt jedoch lediglich das gängige technische Equipment. Auch das Abtasten der Drei blieb nicht aus. Zeitgleich warfen zwei Soldaten einen prüfenden Blick in die geräumige, für bis zu 25 Passagiere oder drei Tonnen Fracht ausgelegte Maschine. Zwei weitere bezogen Posten an der Einstiegsluke.

Derweil wartete der Herr über Leben und Tod auf einer Lichtung. Dort stand er vor einer Überdachung, die nicht mehr war als eine Zeltplane über einer Holzbalkenkonstruktion. Neugierig betrachtete „Shango" die charismatische Erscheinung. Wie aus Stein gemeißelt – einzig das rhythmische Schlagen der geschichtsträchtigen Peitsche aus

Nilpferdhaut gegen den Oberschenkel zeugte von Leben. Das also war General Felix Kirundo.

Im Schatten eines massiven Baumes standen ein Hummer Geländewagen und dahinter ein leerer LKW zum Truppentransport bereit.

Abseits davon war ein Pick-up mit fest montiertem, schweren Maschinengewehr platziert, die dreiköpfige Besatzung abwartend davor.

Vier Soldaten hielten sich nur wenige Meter hinter ihrem Oberbefehlshaber auf. Die ganze Szenerie hatte etwas Gespenstisches, was auch an den Nebelschleiern lag, die von Bodenvegetation und Baumkronen entlang der Piste aufstiegen. In dem diffusen Spiel aus Licht und Schatten wirkten menschliche Gestalten schnell wie geisterhafte Erscheinungen. Doch vor allem anderen beherrschte eine Frage die professionelle Wahrnehmung des „Wächters der Schöpfung": Wo befanden sich die restlichen Soldaten?

Als Bonifacius und seine beiden Begleiter den Interviewpartner schließlich erreichten, hatten sie drei bewaffnete Tutsi im Schlepptau.

»Wir befinden uns hier in Feindesland«, erklärte Kirundo die Sicherheitsmaßnahmen knapp. Schon setzte er sich unter die Überdachung, wies auf einen zweiten Klappstuhl und nahm bedächtig die Sonnenbrille ab.

»Boliba Jäger vom Konstantin Verlag«, setzte der Agent auf seine Tarnung.

»Sie sind ohne Kollegin hier?«

Donnerwetter, erwischt. Der Verlag hatte lediglich mich angekündigt. Trotzdem spielst du auf Sahira an. Einzige

*Erklärung ist das Abhören von Oberst Mazari im UN-Stabs-
quartier, unmittelbar bevor wir die Abhörwanzen entfernt haben.
Okay, ist registriert. Aber weshalb hast du es erwähnt?*

»Sie ist leider verhindert.«

»Wieso diese zwei Kongolesen und nicht ein Team aus der
Heimat?«, blieb der Rebellengeneral seiner provokanten
Linie treu, während ihm das Mikrofon am Kragen befestigt
wurde.

Bonifacius ließ sich nicht aus der Reserve locken: »Immer
derselbe Grund – Sparzwänge. Sie scheinen solche Probleme
ja nicht zu kennen.«

Auf sein Zeichen hin startete der Kameramann die
Aufnahme. »Vielen Dank, General Kirundo, dass Sie einem
Treffen zugestimmt haben. Es gilt mittlerweile als ein
offenes Geheimnis, dass Sie mit einer Streitmacht von schät-
zungsweise 3.000 Mann in der Provinz Ituri operieren.
Worum genau geht es Ihnen dabei?«

»Wir Tutsi sind die einzige Minderheit in der Demokratischen Republik Kongo, die verfolgt und unterdrückt wird.
Meine Aufgabe ist ihr Schutz. Außerdem verhindern wir
eine Machtausweitung der Hutu-Banditen und
Interahamwe-Terroristen.«

»Wie finanzieren Sie das? Ich sehe hier fabrikneues Kriegs-
gerät«, fasste Bonifacius nach, der inständig hoffte, sich
dieses fadenscheinige Gerede nicht viel länger anhören zu
müssen.

Zudem beschlich ihn das Gefühl tödlicher Gefahr.

Der Interviewte setzte die Sonnenbrille genauso bedächtig
wieder auf. »Zwei ausländische Journalisten sind ums Leben

gekommen, vor kurzem in Bukavu. Ein Mann namens Bonifacius Kidjo und eine Sahira Ferrara. Er ein Schwarzer, die Frau auch keine Weiße. Dafür sind Sie jetzt hier, Sie und Ihre verhinderte Kollegin …«

»Ich sehe den Zusammenhang nicht«, unterbrach der Agent und gab sich dabei irritiert.

Kirundo fuhr unbewegt fort: »Interessanter Zufall. Und ich glaube nicht an Zufälle. Was wollten Sie beide bei Oberst Mazari?«

Auf sein Handzeichen kamen hinter ihnen bewaffnete Tutsi-Rebellen aus ihrer Deckung, die jedoch keine Anstalten machten, näherzukommen.

»Sagen Sie mir, Herr Kidjo vom Konstantin Verlag, habe ich Ihnen den Verlust meiner Männer zu verdanken? Was suchen Sie, etwa diese NGO-Aktivistin Francine Magaud und ihre Freunde? Völlig sinnlos, die Kadaver sind tief genug vergraben.«

Eilig platzte Kirundos Adjutant in die angespannte Situation, erstattete Bericht in der ruandischen Muttersprache. Der fassungslose Gesichtsausdruck des Rebellenführers war eindeutig: Operation „Große Angel" erfasste das geheime Coltan-Gebiet.

„Shango" funktionierte wie ein Uhrwerk, als er dem falschen Kameramann zuzwinkerte, der dem Adjutanten daraufhin die Schulterkamera über den Schädel schlug. Er seinerseits versetzte dem sich erhebenden Kirundo einen längst überfälligen Fausthieb ans Kinn, gefolgt von einem lebensbedrohlichen Würgegriff. Sein zweiter Kampfgefährte warf ihm die Pistole des außer Gefecht gesetzten Adjutanten zu.

Das Areal glich einem aufgeschreckten Ameisenhaufen. Unter wüsten Forderungen und Drohungen wurden Schnellfeuergewehre auf die vierköpfige Gruppe gerichtet, wobei Kampfhandlungen angesichts der wertvollen Geisel ausblieben. Schritt um Schritt führte Bonifacius seine Leute rückwärts der wartenden Transportmaschine entgegen, dabei die Pistolenmündung unentwegt an Kirundos Schläfe.

»Du hattest nach deinen Todesschwadronen gegen Doktor Lumenganeso und Jan De Greef gefragt«, ging er in kalter Wut auf seinen Gefangenen ein. »Für die wird es keinen Einsatz mehr geben.«

Die Posten an der Einstiegsluke machten eine ratlose Figur, tauschten einen hitzigen Wortschwall aus. Dann endlich die ersehnte Rückendeckung: Sechs Mann in dunkler Tarnkleidung drängten aus dem Inneren der C-212. Der Betäubung der beiden überrumpelten Tutsi-Rebellen folgte die Bildung eines Halbkreises zur Absicherung.

»Überrascht, Herr General? Die Maschine wird eigentlich zum Schmuggeln und Verstecken von Waren aller Art benutzt. Das geht natürlich auch mit Menschen. Eine Leihgabe von Titus Mandefu. Ich soll dich herzlich grüßen.«

„Shango" realisierte eine neue Gefahrenquelle und wandte sich, gegen den einsetzenden Propellerlärm anschreiend, an das Sicherungsteam: »Der Pick-up! Das Flugzeug!«

Tatsächlich wurde mit dem schweren Maschinengewehr auf der Ladefläche gerade ihre Fluchtmöglichkeit ins Visier genommen. Gezielte Betäubungsgeschosse aus Präzisionsgewehren konnten das Problem vorerst abwenden. - Die Verteidigungslinie wurde erreicht, und schließlich war der seitliche Einstieg schon zum Greifen nahe, als das plötzliche

Waffenfeuer zwei Verteidiger nach hinten riss. Die Geschosse hatten die oberen Schichten der Schutzwesten bis in die Keramikplatten durchschlagen. Ein dritter Mann erlitt einen Treffer in den Oberarm. Während vier helfende Hände aus dem Laderaum zupackten und einen nach dem anderen in die Maschine zogen, war Bonifacius insgeheim doch froh über seine Entscheidung, Mandefus Forderung nach scharfer Munition nachgegeben zu haben. Trotzdem durfte das Ganze nicht zum geistlosen Feuergefecht ausarten. Letztlich war es wohl in erster Linie der Angst um den Rebellengeneral geschuldet, dass Verteidiger und Lufttaxi bislang halbwegs glimpflich davongekommen waren. Nicht zu vergessen, dass Letzteres dem Gros der Angreifer nur das Heck präsentierte, also verhältnismäßig wenig Angriffsfläche bot.

Die Maschine rollte bereits, als er dem vorletzten Mitstreiter hineinhalf. Blut spritzte ihm ins Gesicht. Erst nachdem er den erschlaffenden Körper mit einer letzten Kraftanstrengung in Sicherheit gezogen hatte, entlud sich sein Schock in einem wütenden Schrei.

»Verbandszeug! Schnell, das Verbandszeug!«, brüllte Bonifacius dem heraneilenden Kopiloten entgegen, während er den Blutschwall verzweifelt mit seinen Händen aufzuhalten versuchte, der pulsierend aus der Halswunde quoll.

Derweil bekamen andere gerade noch den letzten Mann zu fassen, der mit einem Oberschenkeltreffer wegzusacken drohte. Die Füße schliffen unkontrolliert über die Piste, als der Pilot weiter beschleunigte.

»Wir müssen sofort weg, solange die Kiste noch funktioniert!«, drang es aus dem Cockpit.

Mit Abheben des angeschlagenen Transportflugzeugs stellten Kirundos Soldaten das Feuer komplett ein.

Selbst der eingeleitete Steigflug konnte die niedergeschlagene Stimmung an Bord nicht heben. Und noch immer hielt Bonifacius den verbluteten Mandefu-Mann im Arm, so als würde er ihm damit neues Leben einhauchen können.

»So etwas passiert im Krieg«, kommentierte der Gefangene bar jeden Mitgefühls, dabei das eigene schmerzende Kinn befühlend. »Ein armseliges, vergessenes Land mit einem schwachen Volk, dem niemand beistehen will. Das ist die Wahrheit.«

Langsam hob „Shango" den Kopf, seine Augen spiegelten Mordlust wider. Der Blick wanderte von Kirundo zur Einstiegsluke.

»Ja, schmeißen wir den Teufel endlich raus! Sollen unsere Tiere sich an seinem Kadaver satt fressen!«, forderte einer der Kongolesen, der noch immer unter dem Treffer auf die Schutzweste litt.

»Die würden es tun. Ich würde es tun. Aber Du nicht. Du bist zu schwach, Mischblut«, zeigte sich der Rebellengeneral in seiner Arroganz unbeeindruckt.

Der Verhöhnte betrachtete die eigenen Hände voller Blut. Dann packte er Kirundo, markierte dessen Gesicht mit dem Blut des Verstorbenen, stieß ihn wieder zurück.

Daraufhin fasste der falsche Kameramann dem „Wächter der Schöpfung" fordernd an die Schulter. »Los doch! Niemand wird es erfahren!«

„Shango" starrte wie gebannte auf die Fetisch-Peitsche des Gefangenen, welche von diesem fest umklammert gehalten wurde. Mit einem entschiedenen Ruck erhob sich der Agent und öffnete die Einstiegsluke. Ohrenbetäubender Lärm drang nach innen, ein kalter Sog zerrte an der Kleidung. Er entriss seinem verdutzten Gegenüber das Symbol für Sklaverei und Unterdrückung, warf es kurzerhand hinaus. Nach Schließen der Luke setzte er sich wieder.

»Ohne Ameisenkönigin kein Ameisenvolk. Von Norden rücken kongolesische Armeeeinheiten vor, von Süden Oberst Mazaris Truppen. Deine Besatzungsarmee ist erledigt, Kirundo.«

Sichtlich angezählt aber nichtsdestotrotz Haltung bewahrend, sah der ihn an. »Bist du vielleicht ein Prophet?«

»Nur dein Fährmann zum Schafott.«

»Etwa der lachhafte Internationale Strafgerichtshof?« Der Mann aus Ruanda winkte lässig ab. »Du weißt doch, wer hinter mir steht, oder?! Knappe Rohstoffe wiegen immer schwerer als die Humanität oder irgendein internationales Recht, merk dir das. Schon sehr bald kehre ich als freier Mann in meine Heimat zurück.«

Sanft strich Bonifacius über den Kopf des Gefallenen. »Ich sagte Schafott.«

»Ich soll euch etwas über Projekt Barracuda erzählen? Na schön, ein einziges Mal, hier und jetzt.«

»Vergiss es, das Urteil ist gesprochen.«

Das letzte Überbleibsel an Hochmut erstarb in dem eiskalten Luftstrom, der durch die erneut geöffnete Einstiegsluke hereinströmte. Mit eisernem Griff zerrte „Shango" den Massenmörder dem Tod entgegen. Doch urplötzlich drängten sich andere Armpaare dazwischen, drückten ihn in seinen Sitz. Tutsi-Rebellengeneral Felix

Kirundo wurde letztlich von einheimischen Kongolesen aus der Maschine gestürzt.

Seltsam kraftlos und unfähig, einen klaren Gedanken zu fassen, brannten sich die nächsten Worte gleichwohl in Bonifacius' Gedächtnis ein:

»Das war unsere Aufgabe. Deine Seele wäre ein zu hoher Preis gewesen.«

Tod dem Barracuda

Neben dem Schutz des Verwaltungsbereichs waren die US-Sicherheitsdienstleister auch für die Sicherung des Flugfeldes und sonstiger Infrastruktur vor Ort zuständig. Das Wachpersonal der SYTRAX wiederum beaufsichtigte die Bestände und den Abtransport des Blutcoltans. Die Bewachung der kongolesischen Zwangsarbeiter hingegen lag in den Händen der Tutsi-Rebellen.

An diesem Morgen dirigierte der SYTRAX-Sicherheitsbeauftragte Erik Verstappen die Männer von „New World Tactics" und „Millennium Arms" angesichts der brisanten Situation persönlich. Zwanzig statt der üblichen zehn Profis hatte er schon am Flugfeld zusammengezogen. Er selbst stand unweit des Eingangs zum zentralen Verwaltungsgebäude, in welchem sich noch immer nichts rührte. Zehn dorthin beorderte Sicherheitsleute hielten sich bereit. Das alles schmeckte dem Belgier überhaupt nicht. Nicht, dass er Sympathie für diesen IOD-Wichtigtuer empfunden hätte. Schon gar nicht, nachdem der ihn vergangene Nacht so brüsk abgekanzelt und fortgeschickt hatte. Vielmehr beunruhigte ihn die in den frühen Morgenstunden erhaltene Information, dass der IOD-Repräsentant wie vom Erdboden verschwunden war und das für die amouröse Party auserkorene Führungspersonal vergeblich auf einen Ruf gewartet hatte. Obendrein fehlte der Doppelposten vor der Gebäudetür. Er hatte es doch gleich geahnt. Diese großmäulige Nutte war einfach zu selbstbewusst und zielstrebig aufgetreten. Sein direkter SYTRAX-Vorgesetzter Ruben Wouters würde ihm die Hölle heißmachen, wenn er die Angelegenheit nicht schnell bereinigte.

Entschlossen hob Erik Verstappen das Megafon. »Okay, da drin! Der Spaß ist vorbei! Ich gebe euch zehn Sekunden, um rauszukommen, sonst stürmen wir das Gebäude!«

»Was ist mit meinen Leuten? Wir müssen davon ausgehen, dass die auch drin sind«, reagierte der ranghöchste US-Söldner vor Ort konsterniert.

Verstappen warf ihm einen pikierten Blick zu. »Berufsrisiko. Nicht vergessen, Sie sind mir unterstellt.«

Auf sein Nicken hin arbeiteten sich drei Männer unter den erhöhten Fenstern die Fassadenfront entlang bis an die Eingangstür. Mit einem Zweitschlüssel war auch das Schloss problemlos zu überwinden. Bei dem Versuch, die Lage im Inneren zu sondieren, machte die kurze Salve aus einer Maschinenpistole dem allerdings ein Ende. Die geballten Treffer in die Schutzweste warfen den ersten Späher weit vor das Gebäude zurück. Warnschüsse aus Richtung der Fenster ließen die übrigen Beiden Reißaus nehmen, ohne das Feuer zu erwidern.

»Die verfluchten Weiber wissen, was sie tun. Mit dem Waffenarsenal da drin können die uns ewig Paroli bieten.« Wutentbrannt warf er das Megafon weg. »Will nur wissen, was das soll!«, zischte er.

Nach reiflicher Überlegung und prüfenden Blicken auf das betreffende Gebäude gab der SYTRAX-Mann seinen

Entschluss bekannt: »Ihre Männer sollen sich bereithalten. Wir schießen die Hütte zusammen. Und nicht aufhören, bis ich es sage.«

Bei dem Feuersturm würden die schon kapitulieren. Er wollte das erledigt wissen, bevor die avisierten Transportmaschinen mit Ablösung und Material eintrafen. Und das konnte jeden Moment so weit sein. - Was dann losbrach, ließ sich nur als Gewaltexzess beschreiben. Zwar hatte auch die Privatarmee einen Blutzoll zu zahlen, doch der unerbittliche Geschosshagel auf Fassade und Fenster ließ nur wenig Gegenwehr zu und produzierte im Gebäude Verwundete.

Taub vom ohrenbetäubenden Lärm wurde Erik Verstappen von seinem Nebenmann energisch an der Schulter herumgerissen. »Ich sagte, die Transportmaschinen landen gerade!«

»Feuer einstellen!«

Mit hölzernen Schritten ging der Sicherheitsbeauftragte zu dem fortgeworfenen Megafon, und seine blecherne Stimme ertönte erneut: »Kommt ohne Waffen raus! Es geschieht euch nichts! Das ist die letzte Chance, wenn Ihr nicht draufgehen wollt!«

»Kommt rein und holt uns!«, war die unnachgiebige Sahira Ferrara zu vernehmen.

Erik Verstappen sann noch immer darüber nach, ob es sich wohl um Todesmut oder einfach nur Verzweiflung handelte, als ihn unerwartete Schüsse vom Flugfeld zusammenzucken ließen.

Die je vier Turboprop-Triebwerke der beiden C-130 „Herkules" waren noch nicht heruntergefahren, als sich schon die hydraulischen Laderampen absenkten. Schwarzafrikanische Infanteristen drängten geordnet ins Freie und sicherten ihre Position. Der Blick durchs Fernglas offenbarte das Emblem der Afrikanischen Union. Kaum hatte diese Beobachtung die Runde gemacht, wurden erste Schüsse auf die ungebetenen Elitesoldaten abgegeben. Diese näherten sich taktisch geschickt und erwiderten das Feuer postwendend.

»Was passiert da bei euch! Los Mann, rede mit mir – Over!«, brüllte der private Sicherheitsdienstleister an der Seite Verstappens ins Funkgerät.

Das ferne Feuergefecht nahm weiter an Heftigkeit zu.

»Soldaten der AU, an die 140 Mann! Nicht aufzuhalten – Over!«, erfolgte die gestresste Antwort.

Der Belgier hörte mit und wusste, dass ab sofort jede Sekunde zählte. Die SYTRAX in Brüssel musste schnellstens informiert werden. Falsche Nutten, falsche Flugzeuge – alles nur eine List, um sich Zugang zu verschaffen. - Also gut, die Amazonen waren eh am Ende. Sie zu überwinden und an die abhörsichere Kommunikationsanlage zu gelangen, konnte nur noch eine Frage von Minuten sein. Dann würde er auch General Kirundo ins Bild setzen können und um dringende Verstärkung bitten.

»Sagen Sie Ihren Leuten an der Landepiste, der Gegner muss so lange wie möglich aufgehalten werden. Wir brauchen hier Zeit.«

Weitere Söldner erschienen auf der Szene.

»Männer, der Gegner sitzt uns im Nacken! Wir müssen in dieses verdammte Gebäude rein! Sofort!«

»Ihr habt gehört, was er gesagt hat!«, bestätigte deren direkter Vorgesetzter.

Auf Kommando wurden „Kali" und ihr Trupp erneut unter Feuer genommen.

Sahira kam sich vor wie in einem Wildwest-Fort. Holzsplitter und Glasscherben flogen wie Geschosse durch die Luft, bedeckten Boden und Einrichtung. Zahllose Einschusslöcher gaben den Wänden eine bizarre Erscheinung. Ihr selbst ging jede Furcht ab, sie war komplett auf den Auftrag fokussiert. Keiner von denen da draußen sollte an die Kommunikationsanlage oder beweiskräftigen Unterlagen herankommen. Die Frauen unter ihrem Kommando schlugen sich großartig, waren jedoch fast durchweg verletzt, zwei sogar schwer.

Besser ging es den männlichen Geiseln, die in einem Nebenraum untergebracht waren. Alles in allem war Aufgeben keine Option, nicht so kurz vor dem Ziel. Und so wechselte „Kali" das Magazin und lugte für eine knappe Sekunde über den Rand der Fensteröffnung, um die Maschinenpistole anschließend über den Kopf zu halten. Bis zur letzten Patrone deckte sie die nähere Umgebung mit Dauerfeuer ein und wiederholte die Prozedur. Nebenbei wurde die Agentin nicht müde, die anderen zum Durch-halten zu motivieren.

In Sichtweite des belagerten Verwaltungsgebäudes tauchte Sicherheitspersonal im Rückzugsgefecht auf, einige von ihnen angeschossen oder mittlerweile ohne Munition. Die Aktion der Belagerer geriet darüber ins Stocken.

»Afrikanische Union! Feuer einstellen und Waffen wegwerfen!«, erging der unmissverständliche Befehl für alle hörbar.

Die AU-Eingreiftruppe war wesentlich schneller vorgerückt als von ihm erwartet, nahm Erik Verstappen entmutigt zur Kenntnis. Schon erschienen die ersten Unionssoldaten auf der Szene, entschlossen, der Aufforderung Nachdruck zu verleihen. Der Belgier musste machtlos mit ansehen, wie die privaten Sicherheitsdienstleister ihre Waffen streckten und sich vorsorglich auf den Boden legten, die Gliedmaßen weit von sich gestreckt.

Vorsichtig näherten sich die Elitesoldaten mit vorgehaltener Waffe dem Hauptgebäude, bei ihnen mehrere Sanitäter.

»Nicht schießen! Afrikanische Union, wir sind Ihre Unterstützung!«

Als erste erschien Sahira unbewaffnet am Eingang, die mit bedächtigen Bewegungen und nach vorne gestreckten Armen ins Freie trat, um jedes eventuelle Missverständnis auszuschließen. Ramponiert und am Ende ihrer Kräfte, vergaß sie dennoch nicht, eilig die Sanitäter für ihr Team heranzuwinken. Zügig kam auch der Befehlshaber der Elitetruppe auf sie zu.

Der kräftige Nigerianer drängte zunächst einen der Sanitäter, bevorzugt Sahiras Verletzungen zu versorgen, bevor er sich direkt an sie wandte – voller Hochachtung salutierend: »Respektable Leistung.«

»Das meiste Blut ist nicht von mir. Zwei von uns ringen mit dem Tod«, antwortete die „Wächterin der Schöpfung" matt. »Ohne Sie, Kommandant …«

Sie küsste ihn auf die Wange.

»Akin Ayuba. Für Sie Akin«, ließ der Mann aus Abuja die Agentin wissen.

Er überraschte mit einem gewinnenden, wenn auch flüchtigen Lächeln.

Der Sanitäter gab Entwarnung.

»Alles nur oberflächlich«, erklärte sie in einem Anflug von Humor.

Kommandant Ayuba nickte knapp. »Gut. - Konnten Sie sich schon einen ersten Überblick verschaffen?«

»Geheime Coltan-Minen als Zwangsarbeitslager für ganze Familien, dazu Massengräber, so viel ist sicher. Wir müssen mit dem Schlimmsten rechnen.«

Auch er hatte neue Informationen, gottlob ermutigende: »Internationale Journalistenteams begleiten die vorrückenden Truppen aus Norden und Süden. Es wird bereits rund um die Uhr berichtet. Was wir hier finden, erfährt die Welt.«

»So soll es sein.« „Kali" sah den Offizier eindringlich an. »Akin, Sie wissen, dass Sie mich und mein Team hier nie gesehen haben?«

»Ich habe entsprechende Order. Offiziell teilen sich kongolesische Regierung, UN-Mission und Afrikanische Union die Lorbeeren. - Es war mir eine Ehre.«

Damit wandte sich der befehlshabende Nigerianer seinen Soldaten zu, nicht ohne zuvor ein weiteres Mal zu salutieren.

Ein großartiger Mann, dachte sich die Italo-Inderin, die nur noch Lust auf ein langes heißes Bad und ausgiebigen Schlaf verspürte.

Das körpereigene Adrenalin hatte seine Schuldigkeit
getan, und prompt überkam sie ein Schwächeanfall, der
schnell abgeschüttelt war.

Schuld und Sühne –
der Tod kommt auf leisen Sohlen

Die zwei schwarzen SUVs erreichten den Inlandsflughafen von Bunia vorsorglich nach Sonnenuntergang. Bis zu dem abseits gelegenen Hangar wählte man einen Schleichweg. An diesem Ort primitiver Schlichtheit wirkte der wartende Learjet mehr als dekadent, geradezu grotesk. Andererseits betonte er die Bedeutung, welche den eintreffenden Passagieren beigemessen wurde. Dass die auf dem Gelände stationierten MONUSCO-Blauhelme dem keinerlei Aufmerksamkeit zu schenken schienen, ließ einigen Raum für Spekulationen.

Angespannt dreinblickende Anzugträger standen im und am Hangar bereit, um die erwarteten Personen in Empfang zu nehmen. Gemeinsam mit anderen verloren die IOD-Agenten Carl McArthur und Isaac Washington keine Zeit, um nach dem Aussteigen den Jet zu erreichen. Der Ablauf schien ihnen bestens vertraut zu sein.

Überraschung kam erst auf, als McArthur von einem der Anzugträger höflich aber bestimmt angesprochen wurde: »Würden Sie mich bitte begleiten.«

Arglos folgte er dem dunkelhäutigen Mann bis zu einer abseits stehenden Limousine. Warum auch nicht, der Bursche hatte nichts Verdächtiges an sich. Vermutlich würde dieser ungeliebte, hohe IOD-Repräsentant dort auf ihn warten, um erneut Vorhaltungen zu machen oder diverse Instruktionen mit auf den Weg zu geben.

Dem war jedoch nicht so, der Innenraum des Wagens stattdessen leer. Sobald der altgediente IOD-Vollstrecker hinten Platz genommen hatte, wurde die Tür von außen geschlossen. Schnell wich die Verwunderung der Neugier, welche wiederum von Ratlosigkeit abgelöst wurde. Als dann endlich die Vordertüren aufgingen und zwei Männer einstiegen, fuhr dem US-Amerikaner der Schreck in die Glieder, denn auf dem Beifahrersitz drehte sich Titus Mandefu zu ihm um.

»Wie versprochen, ich habe dich nicht vergessen.«

Gefasst ging der Blick des Agenten im Fond zwischen Fahrersitz mit schussbereiter Pistole und Beifahrersitz mit rachsüchtigem Geschäftsmann hin und her. Selbst wenn er etwas zu sagen gehabt hätte, wären Gaumen und Stimmbänder wohl zu trocken gewesen. Wie nicht anders zu erwarten, nahm Mandefu die Schusswaffe des Profis an sich.

»Ich kann dem Alttestamentarischen einiges abgewinnen. Deshalb denke ich, ein Mann wie du hat einen infernalischen Abgang verdient.«

Daraufhin stiegen der kongolesische Patriarch und sein Mitarbeiter aus. Das Aktivieren der Zentralverriegelung komplettierte Carl McArthurs Vorstellung davon, wie seine Reise im Diesseits enden würde. Er ersparte sich die Mühe, nach einem Ausweg zu suchen. Ganz sicher hatte sein Henker nicht dieses Risiko auf sich genommen, um dann Fehler wie etwa eine funktionierende Hupe zu begehen. Mit stoßsicherem Glas hatte er es ganz sicher auch zu tun. Ja, doch, es schien ein Wagen aus dem eigenen Fuhrpark zu sein.

Er durfte noch Zeuge werden, wie Titus Mandefu in einen unauffälligen Mittelklassewagen stieg, welcher erst jetzt wie aus dem Nichts vorgefahren wurde. Drei der Anzugträger gingen rückwärts auf denselben Wagen zu, mit verdeckt gehaltenen Maschinenpistolen im kleinen Format. Wie es aussah, hatten die einzigen vermeintlichen Afroamerikaner echte Sicherheitsleute wie Marionetten kontrolliert – eine gelungene Illusion.

Just in dem Moment, als die Limousine das Flughafengelände unbehelligt verließ, explodierte die Limousine mitsamt Carl McArthur. Der weithin sichtbare Feuerschein erleuchtete auch das wild gestikulierende US-Personal, welches nur noch kopfloser umherirrte.

Etwas lief gewaltig aus dem Ruder, das Colonel Jack Martins um seine Existenz bangen ließ. »Code 44798barracuda …«

»Das sagt mir nichts«, drang eine abweisende Stimme aus der Freisprechanlage.

»Was soll das heißen?! Sir, es geht um Projekt Barracuda. Das „Africa Command" ist in heller Aufregung. Hier wird es zu heiß für mich und unsere Zelle. Wir müssen schnellstens aus Stuttgart abgezogen werden … Hallo, Herr Senator?! Es wird eine Untersuchung geben.«

Sekundenlang starrte der Mitverschwörer auf die stumme Telefonanlage mit der abhörsicheren Leitung, bevor er die Verbindung resignierend beendete. Der elitäre Verschwörerkreis in den USA wollte also den Kopf aus der Schlinge ziehen und ihn, den treuen Gefolgsmann Martins, zu einem

Bauernopfer machen. Keine Ahnung, weshalb er sich plötzlich so ruhig fühlte. Ja, man konnte es tatsächlich einen inneren Frieden nennen. Wahrscheinlich, weil er sich in sein Schicksal fügte.

Wenn selbst diese graue Eminenz ihn und das Geheimprojekt auf die Art verleugnen musste, dann verschonte die mediale Feuersbrunst tatsächlich niemanden mehr. Sie alle hatten ihren Meister gefunden. Wie hatte man auch ernsthaft annehmen können, dauerhaft ungeschoren zu bleiben? Konnten Gier und Nationalismus ihre Menschlichkeit dermaßen zurückgedrängt haben? Waren sie nur noch von blinder Arroganz geleitet gewesen?

Belustigt legte der Verbindungsoffizier im Regionalkommando der US-Armee seine Pistole auf den Tisch. Der plötzliche Heißhunger auf Schokolade war es, der ihn belustigte. Ohne diese Süßigkeit in greifbarer Nähe musste es eben drittklassiger Kaffee tun. Er leerte den noch vollen Becher in einem Zug.

Sollte er es wie in diesen alten Filmen machen, sich selbst richten? Das hieße Fahnenflucht. Nein, er war Offizier und würde sich für seine Taten verantworten. Er, Jack Martins, hatte alles nur zum Wohle seines Landes getan. Dafür war er bereit, jedes Urteil zu akzeptieren.

Zwei Männer in zivil betraten das schalldichte Besprechungszimmer. Während der erste die Schusswaffe vom Tisch aufnahm, schloss der zweite die Rollos zum Gang. Der Colonel erwartete ein Verhör oder einen Standardtext begleitend zu seiner Verhaftung, als ihn stattdessen eine Kugel aus der eigenen, aufgesetzten Pistole in die Schläfe traf.

Es waren die Latexhandschuhe seines Mörders, welche der unliebsame Mitwisser als letzten Eindruck mit in den Tod nahm.

Wie oft hatte er hier oben schon an der Panoramascheibe gestanden, alleine und seinen Gedanken nachhängend. Hunderte Male, da war sich Klaas De Koninck sicher. Viele Menschen hatte der mächtige Herrscher über die SYTRAX Minen- und Erzhandelsgesellschaft kommen und gehen sehen – in seinem Unternehmen, seinem Geschäftsumfeld, in Europa und weltweit. Oft war er an deren Schicksal unbeteiligt, häufig aber maßgeblich mitbeteiligt gewesen. Er hatte dieses Unternehmen auf den soliden Fundamenten seines Vaters fortgeführt, hatte es weiter wachsen und gedeihen lassen.

Jetzt, in diesen Tagen der zerstörerischen Attacken gegen seine Person und sein Lebenswerk, war er einfach nicht willens, der Entehrung weiter beizuwohnen.

Um seinen Feinden juristisch, medial und auch hinter den Kulissen wie in der Vergangenheit siegreich entgegenzutreten, fühlte er sich zu alt. Ja, er war verbraucht. Die SYTRAX hatte ihn völlig aufgezehrt. Oder war es schlicht seinem Charakter geschuldet, all dem Bösen, das er über viele Jahrzehnte in sein Herz eingelassen hatte? Nun, da er seinem Schöpfer gegenübertreten würde, trieben ihn solche Gedanken um. Damals, in den 60ern, hätte er sich da gegen seinen Vater auflehnen sollen, die Vormachtstellung der Belgier im Kongo offen kritisieren müssen? Vielleicht hätte er sogar einen wertvollen Berater für den insgeheim bewunderten Premier Lumumba abgegeben.

De Koninck kehrte dem Blick auf Brüssel den Rücken, um sich in einem der Sitzungssessel niederzulassen. Das Glas Wasser und die kleine goldene Pillendose standen bereit. Sollte die Nachwelt ihr Urteil über ihn fällen? Nachkommen hatte er keine, über welche die Meute hätte herfallen können. Und was immer aus der SYTRAX werden würde, sie blieb eine Heimat für viele Arbeitnehmer, würde Existenzen sichern. Das war so sicher wie das Amen in der Kirche, weil der Mensch nun mal ein kurzsichtiger Egoist war, ein irreparabler Betriebsunfall der Natur. Zum Wohle von Konsum und Aktienkursen, für den nächsten technologischen Fortschritt, ungezügelte Aufrüstung oder neuerdings sogar vermeintlich zum Schutz von Mutter Natur, gierte die sogenannte Krönung der Schöpfung nach natürlichen Rohstoffen in Größenordnungen, die dem gesunden Menschenverstand spotteten. Einst war es der Kautschuk für die menschengemachten Wunder namens Elektrizität und Automobil gewesen, irgendwann wurde es dann das Coltan für Mikrochips, die Außenhüllen von Raketen oder Smartphones & Co. Bedeutsam war Coltan und damit zwangsläufig auch Blutcoltan zudem für die viel gepriesene Elektromobilität – „schöne neue Welt". Kurzum, der Rohstoffwahn würde künftig genauso wenig nachlassen, wie sich Ignoranz und Dummheit nicht ausmerzen ließen. - Ja, dieses versöhnliche Fazit gefiel ihm, ihm, dem traditionsbewussten Patriarchen.

Mit leicht zittrigen Händen griff Klaas De Koninck in die todbringende Dose. Nachdem mehrere Pillen heruntergespült waren, lehnte er sich zurück und schloss die Augen.

Letzter Abend im „Bantu-Club"

An diesem besonderen Abend beherbergte der „Bantu-Club" nur geladene Gäste. Es waren die Protagonisten einer Operation, die weltweit wohl ihresgleichen suchte. Verschiedenste Charaktere – Kongolesen wie Nichtkongolesen, Afrikaner wie Nichtafrikaner – hatten dazu beigetragen, dass die tiefen Wunden des großen Kongo endlich eine echte Chance auf Heilung erfuhren. Wunden, über Generationen verursacht und befeuert von Menschen jenseits des schwarzen Kontinents.

Die allgemeine Stimmung war ausgelassen, wenn auch nicht überschwänglich. An einem Tisch saß Bonifacius Kidjo bei Jan de Greef, der noch lange an den Spätfolgen seiner erlittenen Verletzungen würde laborieren müssen. Besondere Freude empfand der „Wächter der Schöpfung" beim Anblick des lediglich alkoholfreien Cocktails, welchen der neue Freund trotzdem sichtlich genoss. Dessen momentane Zufriedenheit war zweifellos auch Titus Mandefus ebenso wehrhaften wie schönen Mitarbeiterin zu verdanken, die sich gerade um den belgischen Personenschützer bemühte.

»Eines musst du mir noch verraten«, richtete De Greef seine ganze Aufmerksamkeit auf Bonifacius. »Wie sind wir zu den Elitesoldaten der Afrikanischen Union gekommen, bei funktionierender Geheimhaltung und in der Kürze der Zeit?«

»Wie schon gesagt: Vertrauen wir auf die keimenden Selbstheilungskräfte Schwarzafrikas. - In den afrikanischen Eliten ist ein Sinneswandel zu beobachten, der mehr auf Eintracht denn auf Zwietracht setzt. Man beginnt langsam zu verstehen, dass eine selbstbestimmte Demokratische Republik Kongo Ruhepol und Motor für weite Teile des Kontinents sein kann. Der Rest war Geheimdiplomatie hinter der Diplomatie.«

Damit ließ der Agent und Journalist seinen Blick schweifen und erblickte den gerade eintreffenden Titus Mandefu, der direkt auf Oberst Ayub Mazari zusteuerte. Dieser war wiederum mit Sahira Ferrara in ein gestenreiches Gespräch vertieft. Auch über den pakistanischen Oberst machte sich Bonifacius so seine Gedanken. Der hatte mit der unautorisierten Bereitstellung von Soldaten und Material selbstlosen Mut bewiesen. Es blieb zu hoffen, dass ihm schwerwiegende Konsequenzen erspart bleiben würden. Schließlich wurden Männer wie Mazari dringender gebraucht denn je. Zum Glück wog der erzielte Erfolg schwer, zudem getragen von einer frenetischen Berichterstattung. Somit bestand wohl kaum Grund zu ernsthafter Sorge. Gerade die UN würde nicht so dumm sein, einen ihrer seltenen, weltweit gefeierten Helden zu demontieren. - Was Koki wohl ausgerechnet mit Mazari zu besprechen hatte? Kannten die sich am Ende doch besser als vorgegeben? Vielleicht hatte dieser krumme Hund auch nur ein Auge auf Sahira geworfen. Wer würde es ihm verdenken können?

Wie aus dem Nichts tauchte „Shango" hinter dem Clubinhaber auf, der bereits ein angeregtes Gespräch mit dem Oberkommandierenden des MONUSCO-Stabsquartiers Bunia führte.

»Tolle Party, Koki.«

»Mann, unsichtbar machen kannst du dich auch?«, kam es erschrocken zurück.

»Gibt es was Neues?«, ging Bonifacius nicht weiter darauf ein.

»Sie meinen, seit Rebellengeneral Kirundo eine Flucht ohne Fallschirm gewählt hat?«, erwiderte Ayub Mazari trocken. »Wie ist es damit: Auf dem hiesigen Flughafen ist ein Auto mitsamt Fahrgast explodiert. Könnte eine hausinterne Säuberungsaktion der IOD gewesen sein, wenn man daran glauben möchte.«

Die Anspielungen des Alliierten reizten „Shango" zum Mitmachen: »Explodiert? Auf einem von der MONUSCO genutzten und bewachten Flughafengelände?«

»Von Zeit zu Zeit fordern Befehle von höchster Stelle eine – sagen wir mal – vorübergehende Blindheit ein.« Mazari lächelte fein. »Dabei kann uns dann auch schon mal etwas ungewollt entgehen.«

Der argwöhnische Blick des Deutsch-Kongolesen wanderte zu Titus Mandefu, während er auf das Gesagte einging: »Wie zum Beispiel ein Attentat – verstehe. Und von solchen Befehlen würden Sie selbstverständlich nie einem Außenstehenden erzählen.«

»Ausnahmen sollte man nie ausschließen.«

Damit war der Fall für Bonifacius klar. Ihm stand jedoch nicht der Sinn danach, es weiter zu hinterfragen, nur um dann den Moralapostel zu geben. In die Luft geflogen war ein IOD-Mörder, gefährlich und böse, Punkt. - Zärtlich strich er Sahira über den Rücken, die den Tisch zeitweise verlassen hatte und sich jetzt an ihn schmiegte.

Trübsinnig starrte Mandefu derweil auf seinen „Cuba Libre", sprach plötzlich wie zu sich selbst: »Nach der ganzen Mühe liegt wieder mal alles in ausländischen Händen.«

Er ließ sich ein schnurloses Mikrofon reichen und stand auf. Auf sein Zeichen verstummte die Musik.

»Ich freue mich sehr, an diesem Abend alte und neue Freunde vereint zu sehen. In Gedanken auch diejenigen, die für Operation „Große Angel" ihr Leben gegeben haben. Sie starben für ein Land, das sie liebten. Sie haben mit uns gemeinsam gegen ein Unrecht gekämpft, das endlich aufhören muss. Um unserer Kinder Willen, um Afrika Willen. - Gleich beginnt eine Sondersendung, die wir uns gemeinsam auf Leinwand anschauen werden. Es ist der Beleg dafür, was jeder von euch, was wir mit vereinten Kräften für die Menschen der Demokratischen Republik Kongo erreichen konnten. Wir beklagen Opfer unter uns, das wohl, aber um den Preis der Freiheit.«

Begleitet von lautstarkem Applaus, wurde die besagte Leinwand heruntergefahren. Nachdem aus einem Fernsehstudio einführende Hintergrundinformationen geliefert worden waren – den Anwesenden im „Bantu-Club" längst geläufig –, konnte die Sondersendung spätestens mit originalen Filmaufnahmen alle in ihren Bann ziehen:

Aus der Perspektive vorrückender Wagenkolonnen und Bodentruppen der regulären kongolesischen Armee sowie der UN-Interventionsbrigade, dokumentierten eingesetzte Kamerateams Gefechte mit Kirundos Rebellenarmee und deren Entwaffnung nach Gefangennahme. Darüber hinaus konnte die Weltöffentlichkeit ein mannigfaltiges Arsenal hoch aufgetürmter, neuwertiger Waffen bestaunen. Ergänzt wurden die visuellen Eindrücke durch den begleitenden Kommentar einer Sprecherin:

»Annähernd 1.000 Angehörige der Rebellenarmee des berüchtigten Generals Felix Kirundo konnten in der Provinz Ituri bereits gefangengenommen werden, haben sich gestellt oder sind gefallen. Auf der Flucht vor kongolesischen Regierungstruppen und Blauhelmen der Vereinten Nationen, sollen sich nach offiziellen Angaben bis zu 2.000 Mann ostwärts auf die ugandische Grenze zubewegen. Die Regierung in Kampala ließ dazu verlauten, dass aktuell zusätzliche Truppenverbände an die Nordwestgrenze verlegt werden. Eine Grenzverletzung werde nicht geduldet. Die ugandische Regierung hat darüber hinaus angeboten, auf entsprechende Anfrage der Demokratischen Republik Kongo unterstützend in die Kampfhandlungen einzugreifen. Von Felix Kirundo selbst fehlt bislang jede Spur. Ruanda kündigte bei dessen Auslieferung eine Anklage wegen Hochverrats und Verschwörung an.«

Es folgten Aufnahmen aus dem befreiten Zentrum des Coltan-Minengebietes. Ob Flugpiste, Straßensystem oder Gebäude für Verwaltung und Personal, die gesamte Infrastruktur erfuhr eingehende Aufmerksamkeit. Minenanlagen und Schlafbaracken der kongolesischen Zwangsarbeiter offenbarten die gelebte Menschenverachtung, was ebenfalls und in allen Details in die Wohnzimmer rund um den

Globus gesendet wurde. Speziell bei diesem Anblick bedauerte „Shango" inständig, Kirundo nicht persönlich aus dem Flugzeug geworfen zu haben. Schließlich wurde sogar noch eine Kühlhalle vorgeführt, angefüllt mit dem Fleisch auch geschützter Wildtiere wie dem Okapi oder Schimpansen, wohingegen die angefallenen Schlachtabfälle in eigens ausgehobenen Gruben entsorgt worden waren. Auch hierzu bot der gesprochene Kommentar ergänzende Hintergrundinformationen:

»Es konnten 36 Wilderer aus sechs afrikanischen Ländern festgenommen werden, die schockierende Angaben zum stark dezimierten Wildbestand im Semue-Nationalpark und darüber hinaus gemacht haben. Teile des uralten Ituri-Regenwaldes sind systematisch gerodet worden und damit unwiederbringlich zerstört. Über illegale Kanäle wurden die wertvollen Tropenhölzer ins außerafrikanische Ausland verbracht. Damit haben sie den gleichen Weg genommen wie das im geheimgehaltenen Minengebiet abgebaute Coltan. - Im Zusammenhang mit den Vorgängen in Ituri wurden Minister François Kamwanya und seine Ehefrau am Flughafen von Kinshasa verhaftet. Der Staatspräsident persönlich sprach von einer nationalen Schande und kündigte an, sein Minister werde sich wegen Verschwörung, Amtsmissbrauch und Bestechlichkeit im Amt verantworten müssen. Des Weiteren hat die Regierung Niederlassungen von zwei US-Sicherheitsfirmen in Bunia durchsuchen und schließen lassen sowie die sofortige Ausweisung von mehr als 160 belgischen und US-Staatsbürgern angeordnet. Der belgischen Minen- und Erzhandelsgesellschaft SYTRAX wurden bis auf Weiteres sämtliche Förder- und Handelskonzessionen in der Demokratischen Republik Kongo entzogen. Umfangreiche Dokumente, die eine aktive Mittäterschaft des Unternehmens und weiterer Geschäftspartner beweisen sollen, unterliegen noch immer einer eingehenden Prüfung.«

Im letzten Teil des Beitrages folgten die wohl emotionalsten Szenen, wie sich unschwer aus den Reaktionen im „Bantu-Club" ableiten ließ. Aus Baracken und unzureichend gesicherten Grubenanlagen strömten den Befreiern Elendsgestalten entgegen. Manche umarmten die Soldaten, andere warfen sich ihnen zu Füßen. Nicht wenige sanken entkräftet zu Boden. Die emotionale Grenze zwischen Trauer und Erleichterung verwischte in einer Flut aus Tränen und Wehklagen. Ein magischer Augenblick war die Ankunft zweier Truppentransporter mit Kindern. Neuer Lebensmut keimte auf, als sich erwachsene und noch minderjährige Kongolesen wahllos in die Arme fielen. MONUSCO-Blauhelme verteilten Nahrungsmittel an die gepeinigten Menschen, Sanitäter leisteten medizinische Hilfe. Doch auch die Entdeckung von Massengräbern ersparte die Sondersendung den Zuschauern nicht. Die Sprecherin präsentierte die Informationen dazu unverändert sachlich:

»Die Kinder wurden von den Eltern getrennt gehalten, offenbar um so den Druck und die Arbeitsleistung zu erhöhen. Auch diese Kinder sind gezwungen worden, harte körperliche Arbeit zu verrichten. Es wurden auch erste Massengräber entdeckt. Weitere werden nahe der verlassenen Dörfer des weitläufigen Gebietes vermutet. - Aus der ganzen Welt treffen Beistandsbekundungen und Hilfsangebote ein. Die Regierungen der USA und Chinas sowie die

Europäische Union haben umfassende Soforthilfen in Aussicht gestellt. Der Papst und der Generalsekretär der Vereinten Nationen riefen zu weltweiter Solidarität sowie zu einer kritischen Aufarbeitung auf.«

»Und kein Wort zu den Drahtziehern im Hintergrund, den grauen Eminenzen«, stellte Titus Mandefu freudlos fest.

»Noch nicht. Diese Parasiten hatten Jahrzehnte Zeit, sich häuslich einzurichten und abzusichern. Trotzdem konnten sie Operation „Große Angel" nicht verhindern«, reagierte Bonifacius mit verhaltener Zuversicht.

Sahira, die ihren Missionspartner in den letzten Wochen gut genug kennengelernt hatte, spürte Unsicherheit und nahm ihn beiseite.

»Was beschäftigt dich?«

»Weißt du noch, die alte Seherin in dem Dorf? Sie sagte, es würden noch acht von uns sterben. Seither wurde einer in dem IOD-Apartment erschossen, einer im Feuergefecht mit Kirundos Soldaten, und du hast zwei Frauen in dem Verwaltungsgebäude verloren. Was ist mit den übrigen?«

»Du glaubst daran?«

Sein entschiedener Blick ließ keinen Zweifel aufkommen.

»Also gut«, ging „Kali" sachlich darauf ein, »was ist mit der Eingreiftruppe der Afrikanischen Union? Kommandant Ayuba hat Männer verloren. Vielleicht hat sie die ja auch gesehen.«

»Wie viele?«, wollte er wissen.

»Weiß nicht genau …«

»Vier – ein Fünfter ist außer Lebensgefahr«, steuerte der pakistanische Oberst die fehlende Information bei. »In diesem Teil der Welt sollte man besser an das glauben, was alte Menschen einem weissagen.«

Sahira sah ihn entgeistert an. »Vier plus vier – acht. Das kann nicht sein.«

Erleichtert küsste Bonifacius sie auf die Wange. »Doch, kann es. Und es bedeutet, wir werden niemanden mehr verlieren.«

»Oberst, was ist mit Ihren Verlusten?«, blieb die Agentin ungläubig am Ball.

Der Angesprochene lächelte nachsichtig. »Keine Afrikaner darunter, vielleicht deshalb.«

»Aber die beteiligten kongolesischen Streitkräfte, was ist mit denen?«

»Aus irgendeinem Grund wollte sie die FARDC wohl nicht berücksichtigen«, hakte der „Wächter der Schöpfung" das Thema für sich ab.

Bei Bauernspeisen und Schach

Endlich hatte Bonifacius Kidjo es wieder, sein Bauernhaus mit weitläufigem Garten inmitten der andalusischen Bergwelt der Sierra Nevada.

Sicher, es gab auch anderswo schöne Sonnenuntergänge. Doch hier, hoch oben in Stille und Harmonie mit der Natur, wurde einem das Wunder der Schöpfung so dicht vor Augen geführt, wie er es anderswo nur selten verspürt hatte. Und nur hier gab es einen väterlichen Freund Pablo. Oh, wie hatte ihm das Beisammensein mit dem altersweisen Bergbauern gefehlt.

Da saßen sie nun beide konzentriert vor dem Haus, wortlos, über ihnen der nach und nach sichtbar werdende Sternenhimmel, vor ihnen auf dem rustikalen Holztisch ein Schachspiel, dazu Käse, Schinken, Oliven und Rotwein aus der Region.

»Das hätte ich nicht mehr für möglich gehalten. Überall auf der Welt gehen Menschen für dieselbe Sache auf die Straße«, ergriff Pablo bewegt das Wort. »Das letzte Mal, dass man sich so mit Afrika solidarisiert hat, war zu Zeiten der Apartheid in Südafrika.«

Für den Moment ließ der Hausherr das Schachspiel Schachspiel sein, gönnte sich etwas Käse und einen Schluck Wein. »Gewissen und Mitgefühl lassen sich eben nicht auf ewig betäuben. Konsum, Annehmlichkeiten, Wohlstand – so wie es bis heute läuft, steht dahinter ein viel zu hoher Blutzoll. Aber wie es scheint, verlieren Beschwichtigungen und Lügen endlich an Überzeugungskraft. Justitia und Medien sind von der Kette und verrichten wertvolle Arbeit. Vorstände, Politiker, Beamte und ganze Wertschöpfungsketten – die jüngsten Machenschaften rund um Blutcoltan sorgen dafür, dass jetzt ein ganzes Wirtschaftsmodell unters Brennglas gelegt wird. Lange überfällig, wenn du mich fragst. Man denke nur mal an die fast schon hysterisch vorangetriebene Elektromobilität. In der Demokratischen Republik Kongo werden die weltweit größten Lithiumvorkommen vermutet, und das benötigte Kobalt stammt zu etwa 70 % aus dem Kongo. Nur ein weiterer Fluch, solange sich nichts fundamental ändert. - du bist am Zug, mein Freund.«

Der legte sogleich nach, allerdings nicht nur auf dem Schachbrett: »Schon das Neueste aus Deutschland gehört? Die Bundesregierung bringt Amerika in Erklärungsnot, was Aufgaben und Legitimität des Regionalkommandos der US-Armee in Stuttgart betrifft. - Schach.«

Bonifacius wendete die drohende Niederlage erfolgreich ab, gleichwohl lag in seiner Antwort ein bitterer Unterton: »Man hat nur endlich die eigene Souveränität wiederentdeckt, statt weiterhin den Unwissenden und Unbeteiligten zu mimen. Immerhin werden von deutschem Boden aus Bürgerkriege, Söldnereinsätze, blutige Rohstoffsicherung und gezielte Tötungen koordiniert.«

»Eine Erkenntnis werde ich jedenfalls mit in mein Grab nehmen«, resümierte Pablo. »Wo Menschen den Mammon zu ihrem Gott erheben, regieren Mordlust und Verblendung. - Schachmatt – du bist nicht bei der Sache, mein Junge.«

Ein Hupen von der anderen Seite des Hauses verkündete die Ankunft eines späten Gastes.

Sich noch zwei Scheiben Schinken einverleibend, erhob sich der andalusische Bauer gemächlich. »Ein erwarteter Besucher also.«

Der Journalist lächelte wissend.

Für einen Augenblick schien sein Gegenüber um Jahrzehnte verjüngt zu sein: »Zweifellos eine schöne Frau. - Aber sag mal, hättest du ein paar von diesen Verbrechern da unten im Kongo nicht lieber mit eigenen Händen zur Strecke gebracht, anstatt nur darüber zu schreiben?«

Da Bonifacius nun mal „Shango" war und er einer Geheimgesellschaft angehörte, gab seine Antwort darauf auch nur die halbe Wahrheit wieder: »Mein Schwert ist die Feder, mein Freund – nur die Macht der Feder.«

Damit dirigierte er seinen Gast und Freund ins Haus, damit sie gemeinsam Sahira Ferrara begrüßen konnten.

Dem Griot das letzte Wort

200 Jahre Industrialisierung und Fortschritt haben ein schweres Erbe hinterlassen, welches dringender denn je die besten Seiten des Menschen erfordert.

Der Kampf Gut gegen Böse existiert nicht nur im Reich der Fantasie, in Märchen und Mythen.

Wer seiner inneren Stimme vertraut, auf das eigene Gewissen hört, weiß das.

Manch einer muss genau dieses erst wieder lernen. Wenn dem so ist, nur Geduld. Es kann Zeit brauchen, Verschüttetes wieder freizulegen.

Die Vergangenheit lehrt uns die Gegenwart, führt uns in die Zukunft. Sie ist der Dünger. Doch der Mensch entscheidet, was daraus erwächst – die wohlschmeckend heilsamen Früchte des Guten oder die verführerisch verzehrenden Blütendüfte des Bösen.

Erzählt mir nicht, der Einzelne könne nichts ändern. Ich habe dieses Argument auf meiner langen Wanderschaft so häufig gehört, wie ich wahre Helden erlebt habe. Selbst Heldentum beginnt mit den kleinen Dingen des Lebens. Dabei stellt die Summe der kleinen Heldentaten vieler, die großen Heldentaten einiger weniger in den Schatten. Es sind Alltag, Lebensumstände und die Macht des Augenblicks, die

Helden hervorbringen. Ihre Zeit kommt zumeist unvorhergesehen, überraschend, ungewollt.

Menschen brauchen auch Vorbilder, die die Fackel der Menschlichkeit und uralten Werte bereits hochhalten und den Weg erleuchten, auf dem andere folgen können. Fehlen solche im realen Leben, werden sie Kraft der Fantasie und Kreativität erschaffen. So war es immer, so wird es immer sein.

Ende